Gallmeister

WILLIAM G. TAPPLY est l'auteur de plus d'une vingtaine de romans policiers et collaborait régulièrement à des magazines de pêche américains. Il a enseigné la littérature à Clark University et vivait à Hancock, dans le New Hampshire. Il est décédé en juillet 2009 alors que paraissait aux États-Unis *Dark Tiger*, troisième volet des aventures de Stoney Calhoun.

Dérive sanglante

Tapply le filou plonge son polar en pleine nature, magnifique, hostile, et en fait le moteur de sa narration, tout en suspense et rebondissements – du plaisir à l'état brut.

TÉLÉRAMA

Chaque page est un ravissement [...] Nous tenons là un grand et beau livre, où se trouve condensé tout ce qui fait que ces foutus Yankees gardent la (haute) main sur le polar.

ROLLING STONE

Quel beau héros que ce Stoney Calhoun. [...] Une bonne intrigue menée en pleine nature et sans temps mort.

OUEST FRANCE

Le charme de ce roman tient autant à l'intrigue, admirablement ficelée, qu'à l'humanité des personnages [...] Sans oublier la nature de l'État du Maine, omniprésente, et l'art subtil de la pêche à la mouche.

LA CROIX

Ce roman est un vrai petit bijou. Suspense et dépaysement garantis avec cette histoire qui se déroule dans le Maine.

ELLE

Dans *Dérive sanglante*, heureusement, on est très loin de la littérature à durée de vie limitée, de la littérature jetable. Tapply, comme les autres grands auteurs naturalistes américains, c'est du solide, du profond, fait pour durer. Comme la splendeur du Maine, espérons-le.

RTL

dérive sanglante

DU MÊME AUTEUR

Dérive sanglante, Gallmeister, 2007 ; totem, 2012
Casco Bay, Gallmeister, 2008.
Dark Tiger, Gallmeister, 2010.

totem

william g. tapply

dérive sanglante

Traduit de l'américain
par Camille Fort-Cantoni

Gallmeister

Titre original :
Bitch Creek

ISBN 978-2-35178-520-1
ISSN 2105-4681
totem n°20

Conception graphique de la couverture : Valérie Renaud

1

IL ÉTAIT environ 8 heures du matin lorsque Stoney Calhoun entendit la sonnette tinter : signal qu'on passait le seuil de la boutique. Il leva les yeux de son étau. Un homme aux cheveux blancs se tenait dans l'embrasure de la porte, d'où il examinait le casier des cannes Sage et Orvis adossées au mur. Calhoun reporta son attention sur la mouche presque achevée dans son étau.

Une minute plus tard, l'homme était devant lui.

— Nom de nom, qu'est-ce que c'est que *ça* ?

Calhoun garda les yeux baissés.

— Une *bunker fly*, marmonna-t-il avec l'accent du coin, ce qui donnait quelque chose comme "bunka fly".

Il en remettait toujours une louche pour les clients des autres États, histoire de faire couleur locale. C'était une idée de Kate : les touristes, les gens des plaines, tous ceux qui "venaient de loin" – et ce vieux type avec son pantalon de toile tout juste sorti du pressing, ses mocassins rutilants, son polo vert boutonné jusqu'au cou et son accent garanti vieux Sud, si lui ne venait pas de loin ! –, tous ces gens-là s'attendaient à ce que Calhoun parle comme un guignol de pub télévisée. Et Kate était d'avis qu'ils seraient plus enclins à dépenser leur argent dans sa boutique s'ils n'étaient pas déçus.

— Un peu plus de "ouaip", Stoney, lui disait-elle sans répit. Joue les taciturnes. Et si tu arrives à le placer, dis-leur des trucs comme "Il y a plus d'saison, mon pauv'monsieur".

Kate était la patronne, alors Calhoun s'efforçait de faire comme elle disait.

Sans relever la tête, il nota que les mains de l'homme, qui reposaient sur la table de montage, étaient bronzées jusqu'à l'os et piquetées de taches brunes. Il arborait une Rolex au poignet gauche. Pas d'alliance. Des ongles courts, récemment manucurés.

Calhoun se lécha les doigts, lissa les plumes de marabout et les poils de chevreuil de la mouche qu'il fignolait en artiste, puis il fit deux trois tours de soie sur la tête avant de les ramener en arrière. En prenant son temps.

Taciturne. Laconique. Le gars du coin. Du Calhoun tout craché.

Enfin, il leva les yeux.

— Vous êtes de Géorgie ? Floride ?

L'homme commençait à perdre ses cheveux blancs, coiffés vers l'arrière de façon à dégager un grand front bronzé. Il avait de larges oreilles qui lui sortaient du crâne quasiment à angle droit et des yeux d'un bleu glacé, pénétrant, derrière des lunettes à monture d'acier, avec des pattes d'oie qui lui griffaient le coin des paupières. Il devait aller sur ses soixante-dix ans, se dit Calhoun.

— Key Largo, en fait, dit l'homme. Comment vous avez deviné ?

Calhoun haussa les épaules.

— Au hasard.

Il reporta son attention sur la mouche. Il l'inspecta des deux côtés, fit un nœud d'arrêt, sectionna le fil de soie et desserra les mâchoires de l'étau. La mouche faisait près de vingt centimètres de long. Il la tendit à l'homme.

— Il n'y a plus qu'à lui coller deux yeux de plastique, et le tour est joué. Qu'est-ce que vous en dites ?

L'homme lorgna la mouche.

— Ça fiche la trouille. Qui irait gober ce genre de bestiole ?

— Les bars rayés. (À prononcer *ra-yés*.) Vous n'en avez pas à Key Largo ?

L'homme sourit, découvrant une dentition couronnée à grands frais, à moins qu'il ne s'agisse d'une prothèse dernier cri.

— Non, on n'en a pas. Mais nous avons des tarpons de deux cents livres qui prendraient la fuite s'ils voyaient ce genre de truc venir à leur rencontre.

— Une *bunker fly*, c'est une imitation d'alose, dit Calhoun. Il y en a pas mal dans le coin. Elles arrivent près des côtes fin juin, en ce moment. Vers le milieu de l'été, elles font déjà près d'un pied de long. Les bars en sont dingues. Faut voir les mouches qu'on monte en août.

L'homme rendit le leurre à Calhoun avant de lui tendre la main.

— Je m'appelle Green. Fred Green. En fait, j'avais dans l'idée de pêcher quelques truites. Des poissons sauvages, pas des truites d'élevage. Je cherche quelqu'un qui connaîtrait bien les petites routes et les bois des environs. Les gens de l'hôtel m'ont parlé de vous.

Calhoun leva les yeux.

— Moi ?

Green haussa les épaules.

— Je ne connais pas votre nom.

— Calhoun.

Il serra la main du vieil homme, une main douce et lisse, avec quand même une certaine poigne.

— Et c'est quand que vous iriez pêcher ?

— Aujourd'hui, c'est la seule occasion que j'ai. J'étais venu pour un congrès d'affaires, et puis je me suis dit que j'irais faire l'école poissonnière pour la journée. Je rêve depuis toujours de prendre une truite du Maine.

Calhoun se renversa sur sa chaise et considéra Green par-dessus les lunettes en demi-lune qu'il portait pour monter des mouches.

— Si votre rêve c'est une truite d'ici, faudra vous taper un bout de marche. Près de la route, tout le poisson sauvage a été pêché ou remplacé par des truites d'élevage.

— Parfait, dit Green. C'est exactement ce que je veux. J'ai fait pas mal de chemin dans ma vie. Vous êtes déjà allé en Argentine ?

— Nan, dit Calhoun.

— Moi si. J'y ai vu des truites de mer grosses comme votre cuisse. Et la Russie ! La Sibérie, voilà où il faut pêcher le saumon. Mais côté bivouac, c'est franchement primitif.

— Connais pas, dit Calhoun.

— J'ai aussi campé un mois en Alaska, dit Green. À pêcher le saumon royal. Et des arc-en-ciel géantes qui vous mangeaient une souris ou un caneton, et des nuées de moustiques à n'en plus voir le soleil. Et des grizzlys qui rôdaient dans le camp toutes les nuits. Vous avez été en Alaska ?

— Nan. Mais j'connais le Maine comme ma poche. Jackman, Mattawamkeag, Chesuncook, Rangeley, Seboomook. (Tout ça avec l'accent du Maine.) Ouaip. J'en ai fait pas mal à pied.

Calhoun haussa les épaules.

— Vous m'avez l'air d'être un sacré pêcheur, monsieur Green. C'est pas une truite de vingt centimètres qui fera votre bonheur.

Green se fendit d'un sourire.

— La taille, je m'en fiche. J'ai pêché un peu partout, et je tiens le compte de tous les poissons que j'ai pris sur leurs lieux d'origine. La fario en Bavière. Le saumon en Islande. L'omble en Alaska. J'ai pêché toutes les espèces et sous-espèces de *cutthroat* de l'Ouest. Dans le Nevada, j'ai escaladé une montagne pour attraper une truite dorée. Mais je n'ai encore jamais pris une truite du Maine. Et là, je me dis que je suis dans le coin et qu'à mon âge c'est sans doute la dernière chance que j'ai.

Calhoun poussa un soupir, s'extirpa de derrière la table de montage et regagna le comptoir. Ouvrant négligemment le registre du magasin, il fit semblant de l'étudier.

— Vous auriez dû venir hier, dit-il. Vous nous prenez un peu de court, là.

— C'était aujourd'hui ou jamais, dit Green. Il y aura un bon pourboire à la clé.

Calhoun n'avait nul besoin de consulter le registre pour savoir qu'en fait de guides il ne restait que lui et Lyle McMahan. Kate était partie avant l'aube sur la Kennebec River avec un couple du New Jersey.

C'était au tour de Calhoun d'emmener Green à la pêche. Lyle viendrait le remplacer à la boutique.

Sauf que Calhoun ne bondissait pas exactement de joie à l'idée d'emmener ce type crapahuter à travers bois jusqu'à l'un des étangs qu'il avait repérés dans les collines boisées, à l'ouest de Sebago. Il n'avait pas la moindre envie de passer la journée à s'extraire des fourrés de ronces, à patauger dans les marais en portant sa canne et celle de Green, les waders*, les float tubes et le panier à pique-nique. Et il faudrait en plus se battre contre les insectes et s'arrêter toutes les dix minutes pour que le vieux croûton puisse s'asseoir et reprendre son souffle.

Pour être tout à fait honnête, en bonne compagnie, ce serait là une journée comme il les aimait. Mais il se doutait que Green serait rudement déçu si, après avoir sué sang et eau, il n'attrapait pas même une petite truite, quand bien même son guide se serait démené à son service.

* Les waders sont des pantalons de pêche étanches permettant au pêcheur d'entrer dans l'eau jusqu'à hauteur de poitrine. Un float tube est une bouée, de forme circulaire ou en fer à cheval, aménagée pour permettre à son occupant de pêcher assis, les pieds dans l'eau, le pêcheur se déplaçant à l'aide de palmes. Ces termes n'ont pas d'équivalent français. (Toutes les notes sont de la traductrice.)

Et puis, guide ou pas guide, on ne partage pas ses coins de pêche avec n'importe qui.

Mais surtout, Calhoun supportait mal les frimeurs. Il savait que s'il restait plus longtemps en présence de ce type, il finirait par lui rabattre son caquet avec quelques sarcasmes. Ça inquiétait Kate, cette tendance aux sarcasmes. C'était mauvais pour les affaires.

Non, vraiment, il n'avait pas envie de passer la journée avec Green. Mieux valait rester à tenir le magasin, monter quelques mouches, trouver un peu de Bach ou de Sibelius à la radio, et guetter le retour de Kate pour l'aider à décharger, et puis se mettre à l'aise, les pieds sur un banc, à siroter un Coca pendant qu'elle lui raconterait sa journée.

Calhoun leva les yeux du registre.

— Vous avez de la chance, dit-il à Green. Lyle est libre aujourd'hui, et vous ne pourriez pas mieux tomber. C'est un guide diplômé et il a vécu toute sa vie ici, il connaît tous les comtés comme sa poche, York, Oxford et Cumberland, jusqu'au moindre trou d'eau. S'il y en a un qui peut vous aider à prendre une truite d'ici, c'est bien Lyle. Bon, faut bien dire que vous nous prenez au dépourvu. Mais je vais l'appeler, histoire de voir s'il peut faire un saut jusqu'ici… si c'est ce que vous voulez.

— Lyle, dit Green. Oui, je crois que c'est un des noms qu'on m'a cités à l'hôtel.

— Lyle McMahan, dit Calhoun. Il a une bonne réputation dans le coin.

— Vous parliez d'un float tube, dit Green. Vous voulez dire une espèce de bouée de pêche ? C'est nouveau pour moi. On ne risque rien là-dedans ?

— Rien du tout, dit Calhoun. Vous allez adorer ça.

Green se frotta les mains.

— OK, ça me va.

Calhoun décrocha le téléphone et pianota le numéro de Lyle. Lyle McMahan, qui entamait son second cycle d'histoire à l'Université du Maine, partageait une grande baraque délabrée avec une flopée d'étudiants – jamais les mêmes –, leurs conjoints réciproques et divers parasites qui squattaient les lieux. Calhoun avait renoncé à inventorier tous ses colocataires.

Cette fois, une fille à la voix endormie fit entendre un “Yo ?” étouffé.

— Lyle est dans les parages ? demanda Calhoun.

— Un moment, m'sieur, je vais voir.

Une minute plus tard, elle reprit l'appareil.

— Il arrive. (Pause.) Hé, c'est toi, Stoney ?

— Oui. À qui ai-je l'honneur ?

— Julia. (Elle prononçait son nom d'une voix traînante, en articulant les trois syllabes : *Juu-lii-aa*.) Tu te souviens de moi ?

— Et comment, dit-il. Bien sûr. Comment ça va ?

En réalité, il n'arrivait pas à se rappeler si Julia était l'une des petites blondes sportives de la communauté ou la grande bringue aux cheveux roux.

— Ça va plutôt bien, dit-elle. Ah, le voilà.

— Qu'est-ce qui se passe, Stoney ? dit Lyle peu de temps après.

— J'ai du boulot pour toi, dit Calhoun. On a ici M. Green, fraîchement débarqué de Floride, qui voudrait bien pêcher une truite du Maine garantie d'origine.

— Mais c'est ton tour, vieux. Qu'est-ce qui t'arrive ?

Calhoun leva les yeux. Green se tenait devant lui, aux aguets.

— Super, dit-il au téléphone. Ramène ton cul ici, fiston. Le client ne tient plus en place, et c'est toi qu'il demande.

— Encore un mec que tu me refiles en seconde main ? dit Lyle.

— Ouaip. En gros c'est ça.

— Je vais dire à Kate que t'abuses de la situation, mon vieux. (Lyle éclata de rire.) Bon, vends-lui quelques mouches.

Raconte-lui la fois où la nana de Smith est restée coincée sur la lunette des chiottes qu'il venait de passer au vernis. J'arrive dans un quart d'heure.

Calhoun raccrocha et se tourna vers Green.

— C'est réglé, il va passer vous prendre. Vous avez ce qu'il faut comme équipement ?

— J'espère que vous pourrez me dépanner, dit Green. Je n'ai rien apporté.

— Lyle verra ça avec vous quand il sera là, dit Calhoun.

Il désigna la petite boutique d'un geste de la main.

— Vous trouverez du café dans le fond. N'hésitez pas à jeter un œil. Si quelque chose vous plaît, dites-le-moi. On fait 20 % sur les vêtements.

Calhoun revint à son étau sans plus songer à Green. Peut-être une pointe de culpabilité à l'idée qu'il aurait pu se donner plus de mal pour lui vendre quelque chose.

Une demi-heure plus tard, lorsque Lyle entra en coup de vent, Calhoun avait monté deux autres *bunker flies*. Il jeta un coup d'œil à Green pour observer sa réaction. Lyle McMahan était une grande perche d'un mètre quatre-vingt-dix avec un petit bouc ébouriffé au menton, une boucle à l'oreille et un catogan qu'il nouait avec un ruban de caoutchouc, comme ceux que l'on met aux homards.

Si Green s'attendait à voir paraître l'archétype du guide local – avec sa chemise à carreaux noirs et rouges, sa barbe noire en broussaille, son cigare éteint fiché au coin des lèvres –, il n'en laissa rien paraître. Il échangea une poignée de main avec Lyle et tous deux bavardèrent quelques minutes. Puis ils firent le tour de la boutique pour prendre le nécessaire, que Lyle alla porter dans son vieux pick-up Dodge, talonné par Green.

Calhoun les regarda par la fenêtre charger le coffre. Puis Lyle sortit le répertoire topographique qu'il rangeait sous le siège du conducteur et l'ouvrit sur le capot de la camionnette. Green et lui se penchèrent et, après quelques minutes à bavarder en tournant les pages et en désignant des lieux – Green du doigt, Lyle du crayon –, ils relevèrent la tête, l'air satisfait.

Lorsque Lyle rentra inscrire son nom dans le registre, il dit :

— On est partis pour bien se marrer, l'vieux Green et moi.

Calhoun le regarda en souriant.

— Ouaip, ça c'est sûr.

— En fait, il est plutôt intéressant, ce type, dit Lyle. Il a pêché un peu partout dans le monde.

Il finit d'écrire et laissa tomber le stylo sur le comptoir.

— Il connaît même un endroit par ici.

— Ah oui ?

— Ouaip. Un vrai filon, il paraît. Quelqu'un lui a parlé d'un coin top-secret, et je crois qu'on l'a repéré sur la carte. (Lyle fit un grand sourire.) Il veut le tester. Si ça marche, j'aurai qu'à l'ajouter sur ma liste. Et si on fait chou blanc, ce ne sera pas ma faute.

— Tu joues les malins, fiston ?

— Non, m'sieur, dit Lyle. Green et moi, on est partis pour une journée du tonnerre, avec un pourboire énorme quand on sera rentrés. Désolé, Stoney ! T'aurais pu en profiter, mais c'est sur moi que ça tombe.

— Sans rancune alors. Bonne pêche, dit Calhoun. Allez, les gars, offrez-vous du bon temps.

2

Calhoun entendit le vieux Blazer Chevrolet de Kate une bonne minute avant qu'il ne fasse halte devant la boutique. Un de ces jours il faudrait qu'il aille ramper dessous afin d'ajouter un peu de ruban adhésif autour du pot d'échappement.

Il jeta un coup d'œil au radio-réveil posé sur la table de montage. Bientôt 6 heures et demie. Le rendez-vous avec les clients du New Jersey était à cinq heures du matin. Encore une journée de treize heures et des poussières, la ration quotidienne des guides de pêche.

Se levant de sa chaise, il sortit de la boutique. Kate, qui avait fait marche arrière pour ranger son bateau, se penchait sur le dispositif d'arrimage en jurant entre ses dents.

— Je cogne dessus un bon coup ? demanda Calhoun.

Kate se redressa, plaqua ses mains sur ses hanches et cambra le dos.

— Ce foutu machin est décidé à m'emmerder.

Calhoun effectua quelques tours de manivelle, donna un coup sec du tranchant de la main et décrocha la remorque.

— Encore faudrait-il lui parler gentiment, dit-il.

— Sûr que tu sais t'y prendre avec les machines, dit-elle. Dommage que tu saches moins bien y faire avec les gens.

Calhoun souleva l'avant de la remorque, le temps que Kate glisse une planche sous la roue. Puis il fit le tour de la boutique, ouvrit un robinet fixé au mur et déroula un tuyau d'arrosage qu'il traîna vers le bateau. Kate ouvrit les soupapes et Calhoun lava le hors-bord à grande eau.

Elle racla quelques taches de sang avec la grosse éponge réservée à cet usage.

— On n'a pas perdu notre journée, dit-elle.

— Je l'aurais parié.

— Ils ont pêché au lançon dans les vasières pendant les deux heures de marée descendante, plus une bonne partie de la montante. Bon, ils n'y voyaient pas plus loin que le bout de leur canne, mais on a jeté l'ancre pendant trois bonnes heures avec des petits poissons qui écumaient et frétillaient tout autour de nous.

— Des jeunes bars ? dit Calhoun.

— Dans l'ensemble. Mais on s'est bien amusés.

— Des gros ?

— Possible que Charlie en ait pris un au début, mais il s'est décroché avant qu'on ait pu l'inspecter de près. Tu vois cette zone de courant vers la pointe de l'île ?

— Là où il y a ce chien noir qui vient toujours sur la jetée t'aboyer dessus ?

— Exactement. Il y avait un poisson qui pointait vers les rochers et Charlie a lancé une de tes mouches en plein milieu d'un remous. Le mastodonte l'a gobée tout rond, Charlie l'a ferré, et le voilà qui se carapate vers Boston. Mon gars panique, veut lui montrer qui est le plus fort, et…

— Ping ! dit Calhoun.

— Le poisson a arraché un bas de ligne de dix livres comme un vulgaire fil de nylon. Il a dû le sectionner en passant près d'un rocher. (Kate eut un large sourire.) Pauvre Charlie, j'ai bien cru qu'il allait faire une crise cardiaque.

Calhoun était toujours fasciné par l'enthousiasme indéfectible de Kate. Elle possédait son magasin – Chez Kate, Appâts & articles de pêche – depuis huit ans et ça en ferait bientôt cinq qu'elle guidait. Chaque jour était une aventure pour elle, chaque client un nouvel ami. Au début, les pêcheurs étaient enclins à regarder par terre, à traîner les pieds et à grommeler dans leur barbe lorsqu'ils comprenaient qu'ils auraient affaire à une femme. Mais le bruit se répandit vite que Kate Balaban savait flairer le poisson, qu'elle possédait de l'énergie à revendre et un inépuisable répertoire d'histoires crues. Elle pouvait réparer un hors-bord en panne sous la pluie pendant que son Boston Whaler tanguait sur la houle, elle savait lancer une soie plongeante à plus de quatre-vingts pieds par dix nœuds de vent, et elle préparait d'excellents pique-niques.

Et puis Kate était une femme à la beauté spectaculaire qui ne se formalisait pas de voir les hommes la manger des yeux. Elle nouait généralement ses cheveux noirs en une longue tresse qui lui tombait jusqu'à la taille, et savait user d'un maquillage subtil pour souligner ses pommettes haut placées, ses grands yeux étincelants et sa bouche généreuse. Lorsqu'elle guidait, Kate portait en général un short, un T-shirt et des espadrilles : au bout de quelques semaines, sa part de sang irlandais s'évaporait au soleil et l'on aurait dit une authentique Indienne Penobscot. Elle faisait près d'un mètre quatre-vingts, dont un bon mètre de jambes. Lorsque Calhoun la voyait en short, il en avait le souffle coupé. On lui aurait donné vingt-cinq ans sans ses yeux, qui trahissaient plus de soucis qu'on ne saurait accumuler en si peu de temps. En réalité, Kate Balaban avait trois ans de plus que Calhoun, qui en comptait trente-huit.

Son alliance ne suffisait pas à décourager ses clients les plus hardis, mais Kate savait les remettre à leur place sans jamais les offenser.

Calhoun l'aida à décharger son équipement et, tandis qu'elle rinçait au jet d'eau les cannes et les moulinets encore humides d'eau salée, il rapporta le reste dans la boutique. Lorsqu'elle entra, quelques minutes plus tard, il avait disposé sur le comptoir une bière froide pour elle et un Coca pour lui.

Elle porta la bière à ses lèvres, but une longue gorgée et se pencha sur le registre.

— Mmm, marmonna-t-elle.

Puis elle leva les yeux.

— Où est donc parti Lyle ?

— Il ne l'a pas noté ?

— Non. Tout ce qu'il indique, c'est : "étang à truites de M. Green".

Calhoun récapitula sa rencontre avec Fred Green, de Key Largo, le client qu'il avait refilé à Lyle McMahan.

— Bon sang, Stoney. C'était ton tour.

— Le type avait l'air plutôt heureux et Lyle était bien content de récupérer le job. Green et lui ont eu l'air de bien s'entendre. D'ailleurs, Lyle a plus besoin de cet argent que moi.

— Là n'est pas la question. Nous avons un système ici, et aucun de nous trois n'est censé refuser un client. Ce n'est pas la première fois que je te le rappelle.

— Désolé, m'dame. Ce type me revenait pas. Qu'est-ce que je peux dire de plus ?

— Tu pourrais te dire qu'on s'en fout, qu'il te "revienne" ou pas. Tu pourrais te dire que j'ai fixé la règle une fois pour toutes : que chacun guide à son tour, et que ça vaut pour tout le monde. (Elle secoua la tête.) Putain, Stoney.

— J'ai monté deux douzaines de *bunker flies* et quatre douzaine de lançons. À la radio, ils ont passé le *Concerto de l'Empereur* de Beethoven, avec Van Cliburn et un truc de Bartók par le Chicago Symphony Orchestra. J'ai écoulé une canne Sage et un moulinet Abel, et j'ai bien failli fourguer les chemises Orvis en promo à deux femmes qui se sont pointées vers midi. Voilà ce que j'appelle ne pas perdre sa journée.

Kate pencha la tête sur l'épaule en fronçant les sourcils. Il lui fit un beau sourire. Elle s'efforça une bonne minute d'y résister, puis secoua la tête et le lui rendit.

— Il y a des jours où tu me rends dingue, dit-elle.
— Oui, m'dame.
— Tu es incorrigible.
— Ouaip.
— Je me demande ce qui m'a pris d'embaucher un vieux con misanthrope de ton espèce.
— Ça m'échappe aussi, dit Calhoun.

Cinq ans plus tôt, une heure avant le lever du soleil, Calhoun remontait à pas de loup un petit chenal de marée qui se jetait dans Casco Bay, au nord de Portland. Le ciel couleur d'étain commençait tout juste à rosir vers l'est. On était à mi-marée et, près des rives, l'eau plate était aussi noire qu'un café au petit matin. Le brouillard pesait comme une bâche sur le marais salant, alourdi d'un arôme riche et panaché de vase humide, de varech et de mollusques. Hormis les mouettes qui poussaient des cris rauques en se gorgeant de moules sur l'estran et les coups de gong étouffés d'une lointaine bouée sonore, le coin était silencieux et désert, d'un calme absolu. Un endroit comme Calhoun les aimait.

Il lui restait une centaine de mètres à parcourir lorsqu'il vit l'eau clapoter dans les hauts-fonds, près de la bordure de zostères. Des bars. Pas du menu fretin, à ce qu'il pouvait en juger. Il avait monté une petite *Deceiver*, blanc et vert chartreux, sur un long bas de ligne et il effectua quelques faux lancers sur le côté en se rapprochant de sa proie pour ne pas l'effrayer avec l'ombre de sa soie.

Le leurre atterrit un peu en deçà du poisson, mais tandis qu'il le ramenait à lui d'une secousse, il vit l'eau se creuser à la suite de sa mouche, puis tourbillonner, et il sentit le bar refermer sa mâchoire sur l'appât. Il donna un coup sec sur la soie pour ferrer l'hameçon, sentit tout le poids du poisson vivant, et redressa sa canne d'un geste ample. Le poisson se rua vers le milieu du chenal. Le moulinet grinça sauvagement. Calhoun maintint sa canne en l'air, laissant la soie filer.

— Whaou !

Le cri était parti de si près que Calhoun manqua de laisser choir sa canne. Il tourna brusquement la tête. Assise sur un rocher, à quelques pas de lui, se trouvait peut-être la plus belle femme qu'il ait jamais vue. De grands yeux noirs, une natte sombre qui s'échappait de sa casquette rose, un grand sourire exubérant, de longues jambes brunies par le soleil.

Il ouvrit la bouche pour lui adresser la parole sans trop savoir quoi dire, quand sa ligne mollit soudain.

— Eh merde, dit la femme. C'est ma faute. Je suis vraiment désolée.

Calhoun rembobina sa ligne pour inspecter la mouche. L'hameçon était tordu et il se rappela qu'il l'avait accroché un peu plus tôt sur un rocher.

Il alla vers la femme et lui montra l'hameçon.

— Non, c'est ma faute, dit-il.

Il arracha la mouche des dents avant d'en fixer une autre. Il vit une canne à lancer calée contre le rocher sur lequel elle était assise.

— Vous en avez pris beaucoup ?

— En fait, je vous piste depuis tout à l'heure.

Il sourit.

— Impossible. Je m'en serais rendu compte.

— Holà ! dit-elle. Je suis une Indienne. Et ça fait un moment que j'ai envie de me mettre à la pêche à la mouche. Ça vous ennuie si je reste à vous regarder ?

C'est alors qu'il vit son alliance.

— Essayons de trouver des poissons, dit-il. Comme ça vous pourrez tenter votre chance.

— Je suis plutôt nulle avec une canne à mouche.

— On va bien voir.

Ils remontèrent le chenal, suivant le reflux d'ouest en est où le soleil venait de se lever derrière un banc de nuages. C'est elle qui vit l'eau remuer la première.

Il lui tendit sa canne.

— Non, dit-elle tout bas. Allez-y, vous.

— Prenez-la, dit-il.

— Je vais tout gâcher.

— Eh bien, on recommencera ailleurs. Allez, essayez.

Elle prit la canne et avança, courbée en deux, puis elle se mit à lancer. Son lancer était mou et la mouche atterrit à bonne distance du poisson, mais alors qu'elle ramenait la ligne par secousses, Calhoun vit l'eau se creuser en un nouveau sillage.

— Préparez-vous, chuchota-t-il. Il a vu la mouche. Ramenez-la encore un peu. Attendez de bien le sentir au bout du fil.

Soudain l'eau jaillit brutalement.

— Allez-y, ferrez ! cria Calhoun.

Elle leva la canne, mais celle-ci ne plia pas sous le poids du poisson.

— Bon Dieu ! fit-elle en ramenant la mouche. J'étais si excitée que j'ai complètement oublié de tenir la soie. (Sa main alla tapoter son sein gauche.) Mon cœur bat aussi vite que mon petit moteur deux chevaux. (Elle pencha la tête de côté avec un sourire radieux.) OK, m'sieur. Ça y est, je suis mordue. Va falloir tout m'apprendre.

Ils étaient restés sur le bord du chenal tandis que la marée refluait et que le soleil dispersait le brouillard, et Calhoun s'était posté derrière elle, lui tenant le poignet en comptant à haute voix, plus que sensible à l'odeur de ses cheveux fraîchement lavés, à son corps mince et musclé contre le sien, et au bout d'une demi-heure, elle lançait la soie comme si elle avait fait ça toute sa vie.

Au passage, elle lui apprit que son nom était Kate Balaban – enfin, son nom de jeune fille, qu'elle avait conservé – et que lorsque son mari était tombé malade, elle avait acheté un petit magasin d'articles de pêche à la sortie de Portland, qu'elle essayait de gérer seule. Walter – son mari – trouvait cela stupide et frivole, et il n'avait sans doute pas tort parce que jusqu'ici c'est tout juste si elle parvenait à équilibrer ses comptes.

Calhoun lui en dit plus qu'il ne l'escomptait : il lui raconta qu'il se construisait une cabane dans les bois, à la lisière de Dublin, à l'ouest de Portland, et qu'il était sorti de l'hôpital d'Arlington, en Virginie, trois mois plus tôt. Avec un bilan positif, si l'on exceptait son oreille droite, qui était restée sourde, et ces trous noirs qui seraient peut-être de courte durée, à ce qu'on lui disait, et aussi le fait qu'il ne supportait plus l'alcool parce que le métabolisme de son cerveau s'était modifié, mais ça, en somme, ça ne lui posait pas trop de problème.

Kate Balaban hochait la tête en l'écoutant, comme s'il parlait d'un mauvais rhume. Elle ne lui posa pas de questions et il lui en fut reconnaissant.

Enfin, elle jeta un coup d'œil à sa montre.

— Flûte. Il faut que je rentre ouvrir le magasin.

Elle lui tendit sa canne et ils rebroussèrent chemin jusqu'au parking.

Calhoun s'appuya contre le Blazer tandis qu'elle rangeait sa canne à lancer dans le coffre. Elle revint avec une Thermos et deux tasses. Elle versa le café, lui tendit une tasse et s'appuya contre la voiture à ses côtés. Ils sirotèrent leur café en contemplant le chenal en contrebas, puis, au bout d'une minute, sans le regarder, Kate dit :

— Et vous avez du boulot en ce moment ?

— Je finis d'aménager l'intérieur. Les plinthes, les étagères, tout le bazar. Après, ce sera le tour de la peinture. De quoi m'occuper.

— Oh, murmura-t-elle.

— Je n'ai pas de boulot rémunéré, dit-il.

— Et vous en cherchez un ?

— Je ne me suis pas trop posé la question. Pourquoi ?

Elle se tourna vers lui.

— Je ne pourrai pas vous payer beaucoup pour commencer. Mais j'aurais bien besoin de quelqu'un pour m'aider. Je voudrais ouvrir un département de pêche à la mouche. Vous pourriez m'aider de ce côté-là. Et puis je voudrais guider. Pour le saumon, le bass, la truite. Et le bar, bien sûr. J'ai ma licence, mais je suis coincée à la boutique.

Elle lui décocha un sourire.

— Qu'en dites-vous ?

— Vous ne me connaissez pas, dit Calhoun.

Haussement d'épaules.

— Oh, je vois assez bien qui vous êtes. Dans l'ensemble, je sens bien les gens.

Non, se dit-il. Parce qu'enfin, vous ne me connaissez pas *vraiment*.

Ils continuèrent à picorer les restes du pique-nique que Kate avait préparé pour le couple du New Jersey tandis que l'obscurité envahissait peu à peu le porche. Calhoun but un Coca et Kate siffla deux bouteilles de bière avant de jeter un coup d'œil à sa montre.

— Merde, où est passé Lyle ?

— Sur le chemin du retour, à tous les coups.

— Il est gentil, ce gosse, dit Kate. Mais bon Dieu, il y a des moments où il n'en fait qu'à sa tête. Il le sait bien, qu'il est censé…

— Mais oui, il va repasser, dit Calhoun d'une voix calme. Il a sûrement levé une truite ou deux au coucher du soleil. Il aura des choses à nous raconter.

— Je suis inquiète, dit Kate.

Il se pencha et posa sa main sur la sienne.

— Lyle est un grand garçon.

— Et il cavale à travers bois à la nuit tombée, en traînant derrière lui un vieux de la ville tout décati, sinon cardiaque…

Calhoun pressa sa main.

— Je vais l'attendre. Allez, rentre chez toi ! Walter a besoin de toi.

Elle tourna la tête et lui sourit.

— Tu sais, Stoney, dit-elle doucement, la plupart du temps je n'ai pas très envie de rentrer.

Il acquiesça.

— Je sais.

— Tu as une heure de route jusque chez toi, dit-elle. File. Je donne encore une heure à Lyle, et après, qu'il aille au diable.

— Je peux rester…

— Non, dit-elle. S'il te plaît. J'ai envie d'être un peu seule.

Il hocha la tête et se leva.

— On n'a prévu aucune sortie demain, n'est-ce pas ?

— Non, dit-elle. Je ferai l'ouverture. Tu pourrais venir vers midi ?

— Je serai là, patronne.

— Allez, file, dit-elle. Et fais attention sur la route.

3

CINQ ANS PLUS TÔT, Calhoun quittait l'hôpital d'Arlington, Virginie, où il venait de passer dix-huit mois. C'était un jeudi de la fin mars, une chaude journée. Il avait en poche un chèque de 25 000 dollars et une carte de crédit à son nom. On l'avait informé qu'une somme d'argent suffisante pour lui épargner d'avoir à travailler serait déposée tous les mois dans la banque de son choix, pour le restant de sa vie.

Quelqu'un avait de sacrées obligations envers lui. Mais quand il avait cherché à en savoir plus, il n'avait pu obtenir de réponse à ses questions. Calhoun n'avait pas insisté. Il n'avait sans doute pas intérêt à raviver certains souvenirs.

Il acheta une vieille Ford d'occasion et mit cap au nord. Il se sentait irrésistiblement attiré par le Maine. Son cerveau lui envoyait des images décousues et évocatrices : l'odeur des algues et de l'air salé et des aiguilles de pin, le son du ressac, la nuit, la saveur du *clam chowder* où flottent des morceaux de lard, le homard bouilli ruisselant de beurre fondu, le poisson fraîchement pêché qu'on fait griller sur un feu de plage, le black bass qui fait plier une canne à mouche, le spectacle d'une truite en octobre, parée pour la saison du frai, qui bat de la nageoire dans un remous d'eau et de graviers, la courbe argentée d'un saumon jaillissant d'un grand lac gris.

On lui avait dit qu'il avait passé son enfance à Beaufort, en Caroline du Sud, ce qui expliquait son nom. Ce qu'il ne s'expliquait pas, en revanche, c'était d'où lui venaient ces réminiscences du Maine. Mais elles étaient là, et elles étaient fortes.

À l'hôpital, il avait lu les merveilleux récits d'E.B. White sur la vie dans les territoires rocailleux du Maine, et il savait qu'il avait déjà habité cette région, déjà lu ces essais.

Et lorsqu'il avait lu Thoreau, le texte lui était si familier qu'il lui suffisait d'effleurer un passage des yeux pour être à même de le réciter. *J'ai gagné les bois*, avait écrit Thoreau, *parce que je désirais vivre de mon propre chef, ne me confronter qu'aux faits essentiels de l'existence… Je voulais vivre en profondeur et sucer toute la moelle de la vie…*

Stonewall Jackson Calhoun, après sa renaissance dans un hôpital pour vétérans d'Arlington, avait subi l'attrait du Maine, où un homme pouvait encore gagner les bois. Il avait bien l'intention de sucer la moelle de sa nouvelle existence.

Le Maine. Des flashs intenses de déjà-vu, si vifs, si suggestifs, si troublants qu'il lui fallait parfois s'asseoir pour essuyer les larmes qui lui montaient aux yeux. Les routes poussiéreuses flanquées de murets, le sol sablonneux, les champs brûlés avant les semis, les ruines d'anciennes fermes au bout de chemins à présent envahis par un fouillis de genièvre et de peupliers et de vieux pommiers noueux, le bruissement d'une perdrix qui s'envole, la queue blanche, soudain entr'aperçue, d'un cerf, les érables aux troncs desquels on fiche un robinet pour en extraire la sève, le toit en aluminium d'une grange, lesté de vieux pneus de tracteur en cas de tornade, les vaches Holstein et Jersey broutant dans les pâturages rocailleux, les grosses caravanes auxquelles il pousse des antennes de 6 mètres de haut, les verges d'or qui fleurissent entre les carcasses rouillées des automobiles mortes, les poules qui picorent le gravier devant les portes, les blizzards et les orages et les vents du nord-est en septembre, et toujours cette fille aux cheveux blond miel, étendue sur une vieille couverture d'armée brune, ses yeux verts rieurs, ses petits seins nus, allongeant le bras pour toucher son visage, murmurant quelque chose qui ressemblait à “ouaip”…

Calhoun n’avait pas perdu la mémoire. Il se rappelait certaines choses dont il savait qu’il les avait déjà rencontrées. Son cerveau lui faisait l’effet d’une prise de courant où l’on aurait branché trop d’appareils : toute son énergie partait dans des bouquets d’étincelles. Il croulait sous les souvenirs, dont beaucoup étaient parfaitement cohérents, tels des extraits de films dont il aurait été à la fois héros et spectateur.

Il y avait d’autres personnages dans ces films, outre Stoney Calhoun. Cette fille aux seins nus sur la couverture, des enfants rieurs, des vieilles femmes aux cheveux blancs. Mais la plupart des figurants n’avaient pas de nom, pas d’identité. Il avait beau s’efforcer de passer les scènes au ralenti et de faire un gros plan sur chaque visage, il ne parvenait pas à les situer dans le paysage chaotique qui représentait les trente-trois premières années de sa vie.

Comme les souvenirs du Maine étaient les plus vivaces, c’est là qu’il était parti tout reprendre à zéro.

Calhoun était habitué à veiller tard et à se lever tôt. Il regrettait chaque minute gaspillée à dormir. Il avait déjà perdu des pans entiers de sa vie et il n’allait pas se priver de ce qui lui restait.

Et puis, il ne s’attendait pas à faire de beaux rêves.

Aussi, à 5 heures et demie le lendemain matin, Calhoun et Ralph, son épagneul breton, étaient assis côte à côte sur un bloc de granit, près de la petite rivière qui passait derrière la cabane, à boire du café en attendant que le jour se lève. Calhoun avait repéré en aval deux truites qui gobaient des éphémères. Ralph les avait vues, lui aussi : il tremblait, geignait et les fixait du regard en vrai limier.

Calhoun lui gratta les oreilles et lui tendit sa tasse de café.

— Pour le gibier à plume, tu peux faire mieux, dit-il. Mais avec les truites, tu démarres au quart de tour. Tu feras un bon guide de pêche.

Ralph lapa le café sans quitter des yeux la truite qui fendait l'eau.

Calhoun n'amenait pas de clients sur cette rivière. C'était son repaire secret. Il l'avait montré à Kate, bien sûr, mais sans la laisser y pêcher. Il n'avait jamais tenté d'attraper les truites qui étaient là, pas avec une ligne et un hameçon en tout cas. Il en avait pêché des douzaines dans sa tête, et cela suffisait à son bonheur.

Il contemplait l'eau mouvante, cherchant à en pénétrer la surface, lorsque *cela* apparut de nouveau. Un corps nu, dérivant dans le courant, s'arrêta face à lui, au milieu du cours d'eau. Il resta là, flottant sur le dos, bras et jambes ballants, juste au-dessus du fond. Ses cheveux blond paille flottaient tout autour de sa tête en ondulant doucement dans le courant. Peut-être un homme – ou une femme. Peut-être un enfant – ou un adulte. Pas moyen de savoir.

Calhoun observa le corps. Il n'éprouvait désormais plus de surprise, mais une simple curiosité lorsqu'une de ces visions se manifestait. Il se demandait d'où elle sortait, quelle synapse calcinée de son cerveau l'avait programmée, quelle histoire elle pourrait lui raconter s'il arrivait à en retracer les origines.

Ce corps provenait de sa vie d'avant, c'était tout ce qu'il savait. Il faisait partie des fragments qui venaient le tourmenter et lui semblaient, à cet instant précis, absolument réels. Et qui éveillaient en lui une irrésistible tristesse.

Il se demanda si ce corps était son corps.

Il ferma les yeux, garda les paupières serrées jusqu'à effacer l'image du cadavre entre deux eaux. Lorsqu'il rouvrit les yeux, le corps avait disparu.

Calhoun resta sur son bloc de granit, près du cours d'eau, regardant les truites et méditant sur la façon étrange dont fonctionnait son cerveau. Puis une image se forma soudain dans sa tête : Kate, le téléphone pressé contre son oreille, tapotant nerveusement du pied en fixant le plafond du regard.

Encore un des trucs bizarres qui lui arrivaient. Il ne savait pas d'où ça lui venait.

Il se leva.

— Allez, dit-il à Ralph, on va manger.

Le mot magique. Un dernier regard nostalgique en direction de l'eau, et Ralph se remit sur ses pattes.

Ils gravirent la colline pour regagner la cabane et passèrent le seuil. Calhoun prit son téléphone et composa rapidement le numéro de la boutique.

Kate répondit dès la première sonnerie.

— C'est toi, Stoney ?

— Oui, m'dame.

— J'ai essayé de t'appeler il y a quelques minutes à peine.

— Je sais, dit-il. Que se passe-t-il ?

— Lyle n'est pas revenu. J'ai attendu jusqu'à 11 heures passées.

— Tu n'as qu'à l'appeler et lui coller une engueulade maison.

— Tu me prends pour une imbécile ou quoi ? J'ai déjà appelé chez lui. Tiré une fille du lit, qui n'a pas trop apprécié. Elle m'a dit qu'elle avait veillé jusqu'à 2 heures du matin et que Lyle n'était pas rentré.

— Lyle n'est pas ton gamin, Kate. C'est un homme adulte qui sait prendre soin de lui.

Il l'entendit chasser l'air de ses poumons d'un seul souffle.

— Oui, je sais bien. Mais ça ne lui ressemble pas, de ne pas venir au rapport après une journée avec un client. Je suis inquiète, Stoney.

— Écoute, dit-il. Il s'est sûrement arrêté quelque part avec son nouveau pote. Ils ont dîné ensemble, ils se sont offert quelques bières, et Green a commencé à lui raconter ses hauts faits, ses fabuleux voyages, les trophées qu'il a décrochés au Costa Rica et en Sibérie. Et si ça se trouve, le petit Lyle a tapé dans l'œil de la serveuse, et elle lui a fait comprendre qu'elle aimerait bien lui montrer ses tatouages, et voilà l'heure de la fermeture, et… tu vois le tableau ?

Kate poussa un soupir.

— Tu as sans doute raison.

— Il n'est pas encore 6 heures et demie, dit-il. Le gosse est sans doute empêtré quelque part dans des draps de soie parfumés et une paire de jambes nues. Il va se pointer. Et là, tu lui flanques une engueulade maison.

— Je vais me gêner !

— Écoute, dit-il, si ça peut te soulager, je fais un saut à la boutique. Histoire de te tenir la main.

— J'ai pas besoin qu'un putain de mec vienne me tenir la main, dit-elle d'une voix suave.

— Bien sûr que non. En fait, j'allais nous faire quelques œufs brouillés, à Ralph et à moi. Le temps de manger et j'arrive.

— Pas besoin de te presser. Tu n'as qu'à venir à midi, comme prévu. Ça ira très bien pour moi.

— Oui, je sais. C'est juste que je n'ai rien de mieux à faire.

Kate hésita, puis elle se ravisa :

— Merci, Stoney.

Il laissa la cabane à la garde de Ralph en lui rappelant ses devoirs : mordre au derrière tous les intrus sans exception, faire la vaisselle et couper un peu de bois de chauffage.

— Et pas question d'aller nager dans la rivière, ajouta-t-il.

Ralph, vautré sur la terrasse ensoleillée, agita son moignon de queue sans rouvrir les yeux.

Calhoun monta dans sa camionnette et suivit en cahotant le petit chemin de terre qui débouchait, cinq cents mètres plus loin, sur la route de Portland. Il ne l'avait pas avoué à Kate, mais il était inquiet, lui aussi. Lyle n'était pas du genre à oublier de repasser à la boutique après avoir guidé un client toute une journée.

Il arriva un peu avant 8 heures. La pancarte FERMÉ pendait à la fenêtre. Il entra avec son jeu de clés et trouva Kate dans l'arrière-boutique qui lui servait de bureau, les deux pieds sur la table et le téléphone vissé à l'oreille. Elle lui sourit en levant un doigt.

— Fais-moi plaisir, dit-elle au téléphone, tu veux bien aller jeter un coup d'œil dans sa chambre ? (Elle leva les yeux au ciel, avec un regard de côté pour Calhoun.) Oui, je sais qu'il adore se lever à l'aube pour aller pêcher, mais tu pourrais regarder s'il a dormi dans son lit cette nuit… Merci, c'est gentil.

Calhoun attrapa la chaise qui faisait face au bureau.

— Tu as rappelé chez lui ?

— Je ne savais pas quoi faire d'autre. Cette fille à qui je viens de parler, je parie qu'elle a passé la nuit à fumer des joints. Un éléphant aurait débouché en trombe dans son salon qu'elle n'aurait rien remarqué, alors Lyle… Je suis sûre qu'ils font la bringue tous les soirs là-bas.

— Pas Lyle, dit Calhoun. Lyle ne fait pas la bringue. Comme disait cette fille, il se lève tôt, et il est sérieux avec ses études.

Kate acquiesça.

— C'est bien le problème. Je…

Elle leva la main et baissa les yeux, attentive, hochant la tête.

— Ouaip, dit-elle. Vas-y, j'écoute.

Elle chercha en tâtonnant un stylo sur la table et écrivit rapidement quelque chose.

— C'est noté, dit-elle au téléphone. Merci… oui, bien sûr. Toi aussi.

Elle reposa le combiné sur le bureau.

— Elle dit que la chambre de Lyle est un vrai bordel, comme d'habitude, impossible de dire quand il a occupé son lit pour la dernière fois, vu qu'il ne le fait jamais. Apparemment, il a passé pas mal de nuits ailleurs. (Sourire.) Lyle s'est trouvé une petite amie.

— Première nouvelle, dit Calhoun.

— Et pourquoi voudrais-tu qu'il t'en parle ?

— Pour rien, tu as raison. Nous autres, hommes, on est pudiques avec ces choses-là.

— OK, dit Kate, ceci explique sans doute cela. Elle s'appelle… (Elle ramassa le bout de papier et lut, en plissant les yeux :)… Penny Moulton. Elle habite Standish. Ça te dit quelque chose ?

— Comme je te le disais…

— Oui. Les hommes, les vrais, sont pudiques avec ces choses-là.

— Tu n'aurais pas son numéro, par hasard ?

Kate secoua la tête.

— Mais ça expliquerait qu'il ne soit pas repassé ici hier soir. Si Green et lui sont allés dénicher un étang, c'était forcément au nord-ouest d'ici, et Standish se trouve sur le chemin du retour.

Calhoun acquiesça.

— Et ça explique pourquoi Green a suivi Lyle. J'ai vu qu'ils prenaient les deux voitures quand ils sont partis, hier. Lyle ne voulait pas avoir à revenir ici et se retaper tout le chemin jusqu'à Standish. Il aurait pu me dire ce qu'il avait en tête et t'épargner tout ce souci. Passe-moi le téléphone.

Kate hésita.

— Stoney, tu ne peux pas appeler le gosse chez sa petite amie.

— Je vais me gêner !

Elle haussa les épaules.

— Bon, d'accord. Appelle-la.

4

La petite amie de Lyle avait un nom bien d'ici. Les Moulton représentaient une demi-colonne dans le mince annuaire téléphonique qui couvrait Standish, Gorham, Windham et les autres villes à l'ouest et au nord, entre Portland et Sebago Lake. Il n'y avait pas trace d'une "Penny", mais on pouvait raisonnablement miser sur "Moulton, P.".

Calhoun ne comprenait pas les femmes célibataires qui pensaient cacher leur condition de femme et leur état de célibataire en indiquant leur initiale au lieu de leur prénom. Parmi les hommes qu'il connaissait, aucun ne se faisait inscrire sous cette forme dans l'annuaire.

Il pianota le numéro sur le téléphone de Kate et, avant que la sonnerie eut retenti deux fois, une voix de femme répondit doucement :

— Allô !

— Penny Moulton ?

Une hésitation, puis :

— Oui, c'est moi.

— Je cherche à joindre Lyle McMahan. Je m'appelle Calhoun, je suis un de ses amis. J'ai cru comprendre qu'on pouvait le joindre ici ?

— Eh merde, murmura-t-elle.

— Pardon ?

— Désolée, dit-elle, j'ai cru que c'était lui.

Il l'entendit soupirer au bout du fil.

— Écoutez, monsieur Calhoun. Si vous êtes de ses amis, ce serait agir en ami de prévenir M. McMahan que sa clé ne rentrera plus jamais dans ma serrure, au propre comme au figuré. Plus la peine qu'il mette les pieds ici. Je n'accepte pas qu'on me traite comme une merde, voilà ce que vous lui direz.

— Il n'est pas chez vous, si je comprends bien.

— Non. Il était censé venir, mais il n'est jamais venu.

Calhoun leva les yeux. Kate était rentrée dans la boutique pour préparer un café. Il fit pivoter son fauteuil de façon à lui tourner le dos.

— Écoutez, dit-il à Penny Moulton. Je ne voudrais pas vous inquiéter, mais j'appelle du magasin où Lyle travaille. Il devait guider un client hier, et il n'est pas repassé à la boutique. Nous n'arrivons à le joindre nulle part, alors si vous aviez une vaguc idée de l'endroit où…

— Je ne sais pas où il est, dit-elle rapidement. Merde, je nous ai fait à dîner, j'ai passé la moitié de la nuit à péter les plombs en l'attendant… Et là, vous me flanquez la trouille.

— Oh, je suis sûr qu'il n'y a pas de raison d'avoir la trouille. Ni de péter les plombs, d'ailleurs. Donnez-vous encore un peu de temps.

— Il m'a appelé hier matin, il a dit qu'il arriverait à l'heure du dîner. Lyle fait toujours ce qu'il a promis de faire, vous savez. Enfin, c'est ce que… c'est ce que j'aime chez lui. Il n'est pas comme la plupart des hommes. On peut compter sur lui. Si Lyle dit qu'il sera là à 8 heures, il se pointe à 8 heures tapantes. Il adore guider, je sais bien, mais s'il reste coincé sur un bateau ou un truc de ce genre et que 8 heures sonnent, eh bien, la première chose qu'il fait en débarquant, c'est de trouver une cabine pour appeler. Hier soir, il n'a pas appelé. Et il n'est jamais venu. J'ai connu des types de ce genre, je pensais avoir enfin trouvé quelqu'un de différent. Et puis vers minuit, je me suis dit que j'avais tout faux, que Lyle était comme tous les autres…

Kate entra dans le bureau, posa une tasse de café près du téléphone et leva les sourcils. Calhoun lui fit un signe de la main. Elle acquiesça et rentra dans la boutique.

— … à peine si j'ai dormi, continuait Penny Moulton. J'avais tout prévu, du vin, des bougies, et… Vous croyez qu'il lui est arrivé quelque chose ?

— À Lyle ? (Calhoun se força à rire.) Peu probable.

Il était inutile de l'alarmer.

— Faut pas trop nous en demander, ma belle. Lyle est un chic type, mais c'est un homme et on ne peut pas toujours compter sur les hommes, surtout quand ils partent à la pêche. Laissez-lui encore une chance. Je parie qu'il va se ramener tout contrit, avec une excuse en béton, et qu'il redoublera d'attentions pour vous dans les jours qui viennent…

— Vous croyez, vraiment ?

— Ouaip. Quand je lui mettrai la main dessus, je lui passerai un bon savon et vous aussi, quand vous le verrez. Mais de là à changer vos serrures…

— Il appelle toujours avant, dit-elle à voix basse.

— Ah, dit Calhoun. Les hommes… vous savez…

— Vous lui direz de m'appeler ?

— Comptez sur moi. D'ailleurs c'est sans doute vous qu'il appellera en premier.

Après avoir raccroché, Calhoun resta assis, le combiné à la main, à siroter son café. Cette fille avait raison. Quand Lyle fixait un rendez-vous, il arrivait toujours à l'heure. Ou alors il passait un coup de fil.

S'il n'avait pas passé de coup de fil, c'est qu'il s'était produit quelque chose.

Il appela le Bureau du Shérif du Comté de York, donna son nom au standard et demanda à parler au shérif Dickman.

Une minute plus tard, Dickman disait :

— Quoi de neuf, Stoney ?

— J'ai besoin d'une info.

— Quand est-ce qu'on retourne à la pêche, fils ?

— Quand tu voudras, dit Calhoun. Mais écoute, j'aimerais savoir s'il y a eu des accidents de la route, la nuit dernière.

— Des accidents, il y en a toutes les nuits, Stoney. Que se passe-t-il ?

Calhoun lui dit que Lyle n'était pas repassé par la boutique et qu'il avait posé un lapin à Penny Moulton.

— La seule explication, à mon avis…

— J'ai une sortie papier quelque part, grommela Dickman. Attends une seconde… OK. On y va. C'est quoi son nom, à ce garçon ?

— McMahan. Lyle McMahan. M-C-M-A-H-A-N.

— Rien, dit Dickman au bout d'une minute. Et sa voiture ?

— Un vieux Dodge tout-terrain qui date de 1963, je crois. Plutôt gris. Gris métallisé, sauf qu'il est pas mal rouillé.

— Whaou, dit le shérif. Tu dis que cette caisse a plus de quarante ans ?

— Ouaip, répondit Calhoun. Pas mal cabossée à l'extérieur, mais ces vieux Dodge sont indestructibles. Il devrait y avoir plein de matériel de pêche à l'intérieur. Et sur la vitre avant, des autocollants genre Trout Unlimited.

— Tu n'aurais pas le numéro d'immatriculation ?

— Non.

— Bon, doit pas y en avoir tant que ça, des camionnettes de cet âge-là en rade… Hmm. Aucune sur ma liste, en tout cas. Rien en ce qui concerne le comté d'York pour la journée d'hier.

— Et Cumberland, ou Oxford ? Il a pu pousser jusque-là.

— J'ai rien sous la main, dit le shérif. Mais je peux vérifier, si tu y tiens.

— Oui, s'il te plaît.

— Tu veux que je te rappelle ? Je peux faire une recherche sur ordinateur, mais ça prendra une bonne minute.

— Je reste en ligne, dit Calhoun, si ça ne t'ennuie pas.

Il finit son café et, quelques minutes plus tard, Dickman dit :

— Désolé, Stoney. Rien à Cumberland. Ni à Oxford.

— Pas de quoi être désolé ! J'aime autant ça.

— Si j'apprends quelque chose, je te tiens au courant…

— Ce serait vraiment chic.

— … en échange d'une journée de pêche.

— Marché conclu. Quand tu voudras.

Calhoun reposa le téléphone sur la table, se leva et entra dans la boutique. Kate, au comptoir, feuilletait le registre. Elle leva les yeux.

— Alors ? demanda-t-elle.

Il résuma ses échanges avec Penny Moulton et le shérif Dickman.

— Je ne sais pas quoi te dire de plus. Je suppose que s'il lui était arrivé quelque chose, le shérif serait au courant.

— C'est toujours ça, dit-elle. J'ai cherché à nouveau dans le registre où il aurait pu se rendre hier.

— Il a dit qu'ils allaient à un endroit connu de Green. Un coin qu'il ne connaissait pas.

Elle soupira.

— Je sais. C'était une idée comme ça.

— Tout ce qu'on peut faire, c'est attendre, dit Calhoun.

Elle le regarda et sourit.

— Tu sais, dit-elle, je peux rester assise des heures au bord d'une rivière à attendre une éclosion de mouches de mai ou qu'une truite monte à la surface, et j'attends sans problème que la marée tourne et que les bars remontent le courant. Il y a des choses pour lesquelles je suis une pro de l'attente. Mais j'ai sacrément du mal à attendre que ce garçon se pointe ici alors que j'ai cette putain de certitude qu'il lui est arrivé quelque chose.

Elle secoua la tête.

— Qu'est-ce qu'on va faire, Stoney ?

— Y a rien qu'on puisse faire, dit-il.

Calhoun passa l'essentiel de la matinée à faire l'inventaire tandis que Kate passait quelques commandes au téléphone. Chaque fois que quelqu'un se garait devant la boutique, Kate se retournait d'un coup et scrutait la vitre. Puis elle détournait la tête, regardait Calhoun et faisait un signe négatif.

Quelques clients entrèrent, fouinèrent, se vantèrent de leurs exploits de pêcheurs, cherchèrent à leur soutirer quelques tuyaux, achetèrent une ou deux mouches.

À midi, Calhoun prit sa camionnette et se rendit au nouveau restau thaï du centre commercial. Il choisit les nouilles épicées aux crevettes et morceaux de poulet dont Kate raffolait. À emporter. Ils les mangèrent avec des baguettes, sous la véranda du magasin.

Kate devait guider cette après-midi. Ses clients – un père et son fils de douze ans, de Rochester, New Hampshire – arrivèrent vers une heure et demie. Ils n'avaient encore jamais attrapé un bar, ni l'un ni l'autre : c'était le cadeau d'anniversaire du fils. Père et fils pétillaient d'enthousiasme, et Kate se mit à l'unisson même si Calhoun voyait bien qu'elle s'inquiétait toujours pour Lyle.

Il l'aida à fixer la remorque et à charger l'équipement dans son Blazer. L'homme monta devant et le gosse se glissa à l'arrière.

Kate s'installa au volant et descendit sa vitre.

— Ne m'attends pas ce soir, Stoney, dit-elle. On va rester jusqu'à ce que la marée baisse, nous trois, histoire de voir si on peut en ferrer un gros pour l'anniversaire du gamin.

— Et le retour de marée, ce sera après 8 heures ?

Elle hocha la tête.

— Je rentrerai tard. Tu n'as qu'à fermer à 6 heures et rentrer chez toi nourrir Ralph.

— Je te laisserai un mot si j'ai des nouvelles.

— Je sais bien, dit-elle.

Il resta là tandis qu'elle s'éloignait dans le Blazer qui crachotait sa fumée en vrombissant comme un vélomoteur. Faudrait que je répare ce satané tuyau d'échappement, se dit-il, avant qu'elle se prenne une prune.

Vers 5 heures du soir, Calhoun entendit une voiture se garer en face. Il jeta un coup d'œil par la fenêtre et vit un Ford Explorer avec un gyrophare sur le toit et l'insigne du Shérif du Comté sur la portière.

Un instant plus tard, le shérif Dickman passait la porte

— Je faisais un tour dans les parages, dit-il.

C'était un homme trapu, baraqué, avec une lueur dans l'œil et un sourire de lutin malicieux. Il n'avait pas loin de soixante ans mais possédait une vitalité de trentenaire. Il portait un pantalon kaki et une chemise assortie, un Stetson, un revolver sur la hanche.

— Des nouvelles ? dit Calhoun.

— Non. J'me demandais si, de ton côté…

— Non, dit Calhoun. Un Coca ?

— C'est pas de refus. Mais dehors, parce que j'ai laissé la radio allumée.

Ils s'assirent sous la véranda. La radio du véhicule bourdonnait à travers la vitre ouverte. Dickman ôta son chapeau et le cala sur un genou. Il passa la main sur son crâne dégarni et dit qu'il avait alerté tous les gens de son département, plus ses collègues des comtés d'Oxford et de Cumberland, plus la police de l'État, en leur disant de guetter un Dodge tout-terrain gris rouillé, qui aurait pu se trouver dans un accident. Il avait aussi demandé à un de ses adjoints d'appeler tous les hôpitaux. Sans résultat.

— Tu pourrais essayer de nouveau chez lui, dit Dickman.

— Ça peut pas faire de mal.

Il rentra, prit le téléphone sans fil, revint sous la véranda et composa le numéro de Lyle. Cette fois, ce fut un jeune homme prénommé Danny qui décrocha. Personne n'avait vu Lyle, personne n'avait de nouvelles.

Lorsque Calhoun eut raccroché, il se tourna vers le shérif en secouant la tête.

— Il n'est pas repassé chez lui non plus, dit-il. Il lui est vraiment arrivé quelque chose.

Le shérif haussa les épaules.

— Ça m'en a tout l'air. Mais je ne vois pas quoi faire d'autre. On finira bien par en savoir plus.

La nuit était tombée lorsque Calhoun fit halte devant sa cabane. Il nourrit Ralph et réchauffa une boîte de haricots, alluma la radio, chercha la fréquence de musique classique de Portland et s'installa dans un fauteuil pour sa lecture du soir. Ralph se coucha sur le plancher à côté de lui, dans la position stratégique qui permettait à Calhoun de laisser pendre un bras sur l'accoudoir et de lui gratter distraitement les oreilles.

Peu après son arrivée dans le Maine, Calhoun avait trouvé dans une brocante une grosse anthologie de littérature américaine de près de deux mille pages, de celles qui figurent sur les programmes d'études universitaires. Elle commençait avec les journaux, les poèmes et les sermons des premiers colons – John Smith et John Winthrop, Roger Williams, Anne Bradstreet et Edward Taylor, Cotton Mather et Jonathan Edwards. Et elle s'achevait sur quelques nouvelles d'Ann Beatie, John Updike ou Bernard Malamud.

Calhoun était certain d'avoir déjà lu ce genre de choses pendant la période de sa vie qui restait dans le flou, toutes les années qui précédaient son réveil à l'hôpital. Il voulait rattraper le temps perdu et l'éducation qu'il avait reçue.

Il progressait lentement dans l'anthologie, qu'il parcourait en suivant l'ordre chronologique. Il s'y plongeait de temps à autre sans jamais sauter une page, pas même celles des premiers colons dont les sermons sentaient le soufre et l'enfer. Un écrivain par soirée, pas plus. La plupart lui étaient entièrement inconnus. Mais parfois, il avait un flash – comme une reconnaissance fugitive, la certitude d'avoir lu ou étudié un de ces écrivains autrefois. Hawthorne, Melville, Poe, Mark Twain, Sinclair Lewis, Hemingway, Whitman. Il avait aimé ces écrivains naguère et à présent il les aimait de nouveau. Avec certains poèmes de Whitman, il n'avait qu'à lire les premiers vers pour fermer les yeux et en réciter la suite.

Cela faisait cinq ans qu'il fréquentait l'anthologie, et il avait largement entamé le XXe siècle.

Ce soir, c'était une nouvelle de Katherine Anne Porter intitulée *Maria Concepción*. Elle ne provoqua aucun éclair de mémoire, mais elle plut assez à Calhoun qui aimait l'écriture sobre et sérieuse de Porter, son ironie latente, la complexité de ses personnages. Lorsqu'il eut terminé, il referma le livre et le déposa sur une table, laissa pendre sa main et grattouilla l'oreille de Ralph.

Il n'avait pas remarqué que la radio diffusait maintenant du jazz, signe que minuit était passé. Calhoun laissa aller sa tête en arrière et ferma les yeux. Il identifia Miles Davis à la trompette, Red Garland au piano, John Coltrane au sax ténor. Une musique nostalgique, un peu sombre, encore cette impression de déjà-vu qui suscitait en Calhoun un flot de souvenirs fragmentés qu'il ne cherchait plus à ordonner.

La première chose qu'il avait achetée pour sa nouvelle maison, dès qu'il avait commencé à y passer la nuit, c'était une chaîne stéréo. Ironie du sort, il était sourd d'une oreille et n'entendait pas très bien en stéréo.

C'était comme la première fois où il avait empoigné une canne à mouche à la sortie de l'hôpital, la première fois où il s'était assis pour monter une mouche. Sa mémoire était là, dans son cerveau et ses muscles, guettant le moment de s'exprimer.

Il chercha à repousser le sommeil. Mais la fatigue dut l'emporter, car il se redressa en sursaut lorsque Ralph se mit debout, trotta vers la porte en raclant le plancher et poussa un jappement.

— Veux-tu bien la boucler, dit Calhoun sans élever la voix.

Ralph aboyait chaque fois qu'un raton laveur ou un porc-épic s'aventurait près de la cabane. Il avait l'oreille bien plus fine que son maître.

Calhoun entendit le grondement d'un pot d'échappement cabossé se faire toujours plus fort tandis qu'un véhicule remontait l'allée, puis s'arrêtait dehors. Le silence retomba soudainement et une portière claqua. Des pas légers sur la terrasse, la poignée qu'on secouait, le loquet qu'on soulevait.

Et Kate entra.

5

En général, lorsqu'elle venait le soir, Kate se maquillait, elle mettait une robe, des bas et des bijoux. Ce soir, elle portait encore le short et le T-shirt qu'il lui avait vus dans la matinée.

De toute façon, elle avait l'air fabuleuse.

Ralph frétillait de tout son arrière-train. Kate s'agenouilla pour lui gratter les oreilles. Elle leva les yeux vers Calhoun.

— 'Soir, Stoney.

— 'Soir, chérie, dit Calhoun. Tu arrives juste au bon moment.

Calhoun avait commencé à travailler pour Kate une semaine après leur rencontre au bord de l'eau. Au début, il n'avait fait que servir les clients et monter des mouches dans la boutique, déchargeant Kate qui pouvait alors guider ses clients de temps à autre. Vint septembre, que déjà il négociait avec les représentants de commerce, faisait l'inventaire du matériel stocké en magasin et se préparait à passer sa licence de guide.

Même aux heures creuses ou lorsqu'ils déjeunaient ensemble sur la terrasse, ils ne parlaient que boulot. Jamais elle ne lui demandait d'où il venait et d'où lui venait cet air d'être sans histoire. Jamais il ne lui posait de questions sur son mariage.

Avant la fin du mois, il savait qu'il l'aimait. Il essaya de ne pas trop y penser. Kate était mariée, l'affaire était entendue.

La première fois qu'elle était venue chez lui, c'était un soir au début du mois d'octobre qui avait suivi l'été de leur rencontre. Il avait allumé un feu dans le poêle à bois et une fugue de Bach résonnait en stéréo lorsqu'il entendit une portière claquer dehors.

Il se leva de son fauteuil, décrocha la Remington calibre 12 à chargeur automatique qui pendait à une patère près de la porte, alluma les lampes extérieures et passa sur le perron.

Kate sortait de son Blazer. Elle mit une main en visière sur son front et le regarda en clignant des yeux.

— Tu ne vas pas me tirer dessus, quand même ?

— Ça m'est venu à l'idée, dit-il.

Elle portait une robe blanche qui lui tombait sur les chevilles, avec un grand décolleté, et des sandales en fines lanières de cuir, ornées de clous d'argent. Elle avait des boucles d'argent aux oreilles et un grand sac en cuir à l'épaule. Jusqu'ici, il l'avait toujours vue en jean ou en short et T-shirt ou chemise d'homme en flanelle. Ça lui allait bien, mais dans une robe, elle était tout bonnement spectaculaire, et il resta à la fixer du regard.

— Tu me laisses entrer, dit-elle, ou tu restes planté la bouche ouverte ?

— Euh, oui, entre…

Il lui tint la porte. Elle s'attarda un moment dans l'embrasure, et Calhoun vit soudain sa cabane telle qu'elle devait lui apparaître : une pièce unique vaste, confortable, bordélique, avec une pile d'assiettes sales dans l'évier, des murs tapissés de gravures de pêche ou de chasse, un divan en cuir d'occasion, un tapis tressé peu coûteux sur le plancher de pin, une table de montage jonchée de plumes et de poils, de ciseaux et de bobines, des tubes de cannes en aluminium dans un coin, une armoire à fusils dans un autre et des waders en néoprène étalés sur le sol de la cuisine.

Il remit la carabine à sa place, alla baisser le volume de la chaîne stéréo.

— Faudrait un chien ici, dit Kate.

— J'y pensais.

— Tu aurais un peu de whisky pour dames, par hasard ?

Il sourit.

— Je n'ai pas d'alcool. Je ne supporte pas.

Elle fouilla dans son sac et en sortit une pinte de Old Grandad.

— Il me faudrait juste un verre, dit-elle.

Il trouva un verre à moutarde, le rinça et le posa sur la table ronde, devant la baie vitrée de la cuisine. Elle s'assit et se versa un fond de bourbon. Il s'assit en face d'elle.

Elle leva son verre en sa direction, capta son regard un moment, but une gorgée. Elle s'essuya la bouche sur le revers du poignet, puis sourit.

— Moi qui pensais avoir la situation en main, dit-elle.

Calhoun la fixait toujours du regard.

Elle but encore une gorgée.

— Bon, dit-elle. Alors voilà, Stoney. Il faut qu'on parle.

— Pas de problème.

Elle baissa les yeux en secouant la tête.

— Eh merde, dit-elle tout bas. Tu ne me facilites pas la tâche.

— Qu'est-ce que tu veux que je dise ?

— Que je suis jolie, par exemple.

Il sourit.

— Dieu du Ciel, m'dame. Parfois, j'aimerais être capable de boire un coup. Tu es d'une beauté à couper le souffle, si tu veux tout savoir.

— C'est ce qu'il me semblait, à tort ou à raison…

Kate reprit une gorgée, posa son verre et le regarda intensément.

— Je n'aurais pas dû venir, marmonna-t-elle.

— Tu en viens au fait, oui ?

— J'essaie, bordel de merde. OK, voilà, je me demandais si… si tu avais…

Elle s'arrêta.

— Si j'avais quoi, m'dame ?

— Si tu avais de l'affection pour moi.

— Bon Dieu, oui !

— Ce n'est pas ce que je veux dire.

Il continua de la regarder.

Elle rit tout bas.

— Stoney, dit-elle, ce que j'essaie de te demander, c'est : est-ce que tu as des sentiments pour moi ?

Calhoun secoua la tête.

— Franchement, j'essaie très fort d'éviter ça, m'dame. Mais c'est pas vraiment une réussite. (Il lui sourit.) Tu sais bien ce que je ressens pour toi.

— Oui. Et c'est réciproque. (Elle reprit une gorgée, fixa dc nouveau son verre.) Et pour l'amour du Ciel, tu veux bien arrêter de m'appeler "m'dame" ?

Elle leva les yeux vers lui.

— Je voudrais qu'on soit amants, Stoney.

— Quoi ? !

— Je n'ai pas dit que je voulais coucher avec toi, dit-elle à voix basse. Enfin si, j'en ai rudement envie. Mais ce n'est pas tout. Ce que je voudrais, c'est que toi et moi…

— Je sais ce que ça signifie, être amants.

Elle pencha la tête sur l'épaule en retenant son regard dans le sien.

— Ce ne serait pas une bonne idée, Kate.

Elle opina.

— OK, pas de problème. (Elle laissa échapper un long soupir, puis reprit son verre et but longuement.) Je me disais que ça valait la peine de te poser la question.

— Tu es mariée, dit-il.

— Oui.

— L'adultère, c'est pas mon truc.

— Ni le mien.

— Crois-moi, ce n'est pas que je n'ai pas envie…

— Envie de quoi ?

Elle tendit le bras au-dessus de la table et posa sa main sur la sienne.

— Écoute-moi, Stoney. Ça va faire quatre ans en janvier qu'on a diagnostiqué une sclérose en plaques chez Walter. Il ne m'a pas touchée depuis ce jour, c'est à peine s'il m'a regardée ou s'il m'a dit un mot tendre. Il m'en veut parce que je suis en bonne santé, parce que je continue à vivre ma vie, il m'en veut pour le magasin. Je ne dis pas que je ne le comprends pas, parce que je le comprends. Ni que j'ai cessé de l'aimer. Mais il attend l'heure de sa mort coincé dans ce fauteuil roulant, et je…

Calhoun la regardait en hochant la tête.

— C'est pas parce qu'il est malade et grognon et que tu ne t'entends plus avec lui…

— Suppose que je sois pas mariée ?

— Question stupide. Tu es la femme la plus… la plus belle, la plus intelligente, la plus foutrement désirable que j'ai jamais connue.

Elle sourit.

— Tu veux savoir ce que j'en pense ?

— Je t'écoute.

— En général, dit-elle, quand une femme mariée prend un… un amant qui n'est pas son mari, celui-ci est le dernier à l'apprendre. Tout le monde le sait sauf lui. Ils fricotent clandestinement, et je suppose que ça rajoute du piment à la chose, la peur de se faire prendre. (Elle tourna la tête.) Ce n'est pas ça que je veux, Stoney. Pas ce piment-là. Je t'aime et je veux être avec toi, et je ne veux pas de sale petit secret autour de nous. J'espérais qu'on pourrait s'y prendre dans l'autre sens.

— Tu veux demander sa permission à Walter ?

— Non, dit-elle. Je veux le mettre au courant, c'est tout. Je veux que tu viennes chez nous, que tu fasses sa connaissance, et je veux qu'on lui dise tous les deux qu'on va être amants. Je veux lui promettre qu'on ne couchera ensemble qu'ici, dans ta cabane, et que personne d'autre ne sera au courant.

— Et s'il refuse ?

— Il ne s'agit pas de lui demander sa permission. Mais de lui dire la chose. Toi et moi. Je veux être sûre qu'il comprenne. Enfin, si tu es d'accord.

Calhoun fronça les sourcils.

— Ça me paraît cruel, Kate. Ça va le mettre à la torture, le pauvre gars.

— Tu ne connais pas Walter. Tu ne sais pas ce qu'il y a entre lui et moi. Nous nous sommes toujours tout dit. C'est le seul moyen de tenir le coup. C'est ça qu'il veut.

— Alors on lui demande la permission, dit Calhoun. On ne le met pas juste au courant. S'il dit non, c'est non.

Kate sourit.

— Je savais que tu dirais ça. J'imagine que si j'avais eu des doutes là-dessus, je ne serais pas… amoureuse de toi. La plupart des hommes…

Calhoun lui prit la main et la serra.

— Quand veux-tu qu'on aille lui parler ?

Ses yeux noirs se firent plus graves.

— Demain, après la fermeture. OK ?

— À une condition, dit Calhoun.

— Laquelle ?

— Ne viens jamais, jamais dans la boutique avec ce genre de fringues.

— Tu ne m'aimes pas là-dedans ?

— Que trop, m'dame. C'est bien le problème.

Une rampe d'accès pour fauteuil roulant s'étendait de l'allée à la porte latérale de la maison de Kate, une bâtisse en briques située à la lisière de Portland.

— Il ne s'en sert pas, avait-elle dit à Calhoun en le faisant entrer, le lendemain soir du jour où elle était allée le trouver chez lui. Il ne sort plus d'ici. Il reste devant la télé, à se regarder sécher sur pied en guettant la mort.

La pièce principale était plongée dans l'obscurité, hormis l'éclat bleuté, vacillant, de la télévision. Walter était assis dans une chaise roulante, un plaid sur les genoux : lorsque Kate et Calhoun entrèrent, il leur jeta un coup d'œil, fit un signe de tête et reporta son attention sur l'écran.

— Walter, dit Kate, voici Stoney.

Walter avait des cheveux noirs clairsemés et un visage taillé à la serpe. À le voir, on avait l'impression d'une peau si tendue sur les os qu'elle se fendillerait au premier sourire.

— C'est ce que je pensais, marmonna-t-il en remuant à peine les lèvres.

— On a apporté une pizza, dit-elle. Arrête ce truc et viens manger.

Walter but trois bières et mangea une demi-part de pizza. Kate parla de la boutique, des bars qui n'étaient déjà plus de saison ou presque, de ses projets de catalogue et de vente par correspondance, des deux guides qu'elle voulait embaucher l'année suivante.

Walter continuait à boire sa bière sans dire un mot.

Puis Kate s'éclaircit la voix.

— Walter, Stoney et moi avons quelque chose à te dire.

Walter leva les yeux sur Calhoun.

— Vous, vous baisez ma femme.

— Non, m'sieur, dit Calhoun. Mais je l'aime.

— Bien entendu.

— Mais nous ne bai…

— Et pourquoi pas ? dit Walter.

— C'est pas le genre de Kate.

— Non, je suppose que non. Et vous ?

— C'est pas mon genre non plus.

— Bien.

— On voulait d'abord vous parler, dit Calhoun.

Il regarda Kate. Elle l'encouragea d'un petit signe de tête. Il se tourna vers Walter.

— On vient vous demander la permission, monsieur. On veut vous expliquer comment ça se passerait. Parfois votre femme viendrait dans ma cabane, près de Dublin, elle dormirait avec moi et elle se réveillerait près de moi, elle prendrait son café avec moi sur la terrasse, les matins où il y a du soleil. Je partagerais avec elle ma petite rivière, on irait pêcher ensemble, se promener dans les bois, écouter de la musique, parler livres. Et faire l'amour.

Une longue minute, Walter fixa Calhoun d'un regard sans expression. Puis il dit :

— Arrêtez de dire “monsieur”.

Calhoun acquiesça.

— Dites Walter.

— OK.

Walter se tourna vers Kate.

— Je me fais du souci pour toi, dit-il.

Elle commença à parler. Il leva la main, qu'il avait posée sur la table.

— Laisse-moi terminer, dit-il. Je reste là toute la journée, et tu t'imagines peut-être que je passe tout ce temps à m'apitoyer sur moi-même. C'est vrai. Mais toi aussi, je te plains. Je sais ce que je suis. Je sais ce que tu endures avec moi. (Il se tourna vers Calhoun.) J'admire ce que vous êtes en train de faire.

— Si ça n'avait tenu qu'à moi, dit Kate, je t'aurais juste mis au courant. Je n'aurais pas demandé ta permission.

— Tu crois que je vais dire non ?

— Je n'en sais rien.

— Comment le saurais-tu ? dit Walter. Tu as sur les bras cet invalide amer et rabougri qui n'a jamais un mot gentil pour toi. (Il regarda Calhoun, puis Kate de nouveau.) Promets-moi quelque chose, si tu veux bien.

— Quoi ?

— Si jamais quelqu'un découvre votre secret, à vous deux, faites en sorte qu'il comprenne que je suis au courant, que j'ai dit que j'étais d'accord, que… (Il se tourna vers Calhoun.) … que j'ai de l'estime pour ce type. Je ne veux pas qu'on aille s'imaginer de vilaines choses sur vous.

Calhoun ne savait jamais quand Kate viendrait le rejoindre. Ils ne planifiaient jamais rien à l'avance et il avait appris à ne pas l'attendre. Pourtant, il ne se passait pas une nuit sans qu'il rêve de la sentir près de lui.

Mais parfois, il s'écoulait plusieurs semaines avant qu'elle ne revienne. Parfois, elle venait deux ou trois soirs de suite. Lorsqu'elle arrivait, Kate sortait la bouteille de bourbon qu'elle laissait dans le réfrigérateur de Calhoun et se versait à boire. Il prenait un Coca. Ils s'installaient à la table de la cuisine ou, l'été, dehors sur la terrasse, pour écouter la rivière et les oiseaux nocturnes. Ils se tenaient les mains timidement, gardaient le silence de longues minutes, se réhabituant l'un à l'autre.

Enfin, Kate vidait son verre jusqu'à ce que les glaçons viennent tinter contre ses dents. Puis elle souriait. "Je suis un peu fatiguée, Stoney", disait-elle, et elle se levait, lui tendait la main et le menait dans la chambre où ils restaient allongés, leurs corps nus serrés l'un contre l'autre, à parler doucement dans le noir jusqu'à ce que le sommeil les emporte.

— Pas de nouvelles de Lyle, j'imagine, murmura Kate.

Elle avait posé sa joue contre la poitrine de Calhoun, et l'une de ses longues jambes nues enlaçait les siennes.

Il lui caressa les cheveux.

— Le shérif Dickman est passé après ton départ, dit-il. Et j'ai rappelé chez lui. Pas de nouvelles.

— Ça m'inquiète.

— Moi aussi.

Elle se pelotonna contre lui.

— Serre-moi fort, Stoney, dit-elle. Je veux être sûre que tu seras bien là quand je me réveillerai.

Il ferma les yeux et soupira.

— Pas question que je m'en aille, chérie.

Les aboiements de Ralph réveillèrent Calhoun. Il n'eut pas besoin de consulter sa montre pour savoir que le soleil n'était pas encore levé. Une lueur argentée filtrait par les fenêtres, et quelque part dans les bois, une bande de corbeaux se disputaient.

— Qu'y a-t-il ? murmura Kate.

— Il y a quelqu'un dehors.

Il se glissa hors du lit, enfila son jean et un T-shirt, décrocha la Remington et ouvrit la porte d'entrée.

Appuyé contre son Explorer, le shérif Dickman tapotait son Stetson contre sa cuisse.

— Un peu de café ? demanda Calhoun.

— Pas de refus.

— Entre, alors.

Dickman désigna le Blazer d'un signe de tête.

— J'veux pas déranger.

— C'est trop tard, à présent.

Calhoun rentra à l'intérieur de la cabane, suivi du shérif.

Kate, vêtue d'une chemise de flanelle et d'un pantalon de sport appartenant à Calhoun, arpentait la cuisine pieds nus en préparant le café. Elle regarda Dickman en levant les sourcils.

— J'ai du nouveau, dit ce dernier.

— Lyle ?

Le shérif acquiesça.

— On a retrouvé sa camionnette.

6

— Il a eu un accident ? demanda Kate.

Dickman secoua la tête. Il s'assit et posa son chapeau sur la table.

— Lyle n'était pas dans le véhicule, dit-il.

— Où était-il, alors ? fit Calhoun.

— Hier soir, à South Riley, le concierge d'une école primaire a repéré une vieille camionnette garée derrière l'établissement. Il y avait une réunion de parents d'élèves ce soir-là, et le concierge, un certain Russo, est venu nettoyer la salle et ranger les chaises pliantes. Ça lui a pris jusqu'à minuit ou presque. Tout le monde était parti depuis une heure ou deux, mais une vieille camionnette traînait encore sur place. Il n'a pas pu l'identifier, et il n'y en a pas tellement dans le coin, des camionnettes comme ça, alors Russo a appelé le bureau du shérif à Oxford. Ils ont fait circuler l'info, je l'ai récupérée ce matin en arrivant à mon propre bureau. J'ai vérifié l'immatriculation. C'est bien celle de Lyle.

Kate regarda Calhoun, des questions plein les yeux.

— Ce concierge, dit Calhoun, il ne se rappelle pas s'il a vu le véhicule de Lyle plus tôt dans la soirée ?

Dickman haussa les épaules.

— Je t'ai dit tout ce que je sais, Stoney. Bon sang, il est quoi, 6 h 10 du matin ? Je suis debout depuis 4 heures et demie, et je suis bien le seul. J'ai parlé à personne, et pour tout dire, je vois pas trop ce que je gagnerais à le faire. Je ne vois pas sur quel motif j'irais lancer une enquête, à moins que la législation de South Riley interdise d'occuper le parking de l'école durant la nuit. D'ailleurs ma juridiction ne s'étend pas jusqu'au comté d'Oxford. C'est le shérif Bean qui fait la loi là-bas, et je doute que les infractions de stationnement le passionnent. Si la camionnette les gêne, ils appelleront la fourrière, c'est pourquoi j'ai demandé qu'on la laisse là pour le moment. Je me suis dit que Lyle finirait sans doute par refaire surface, à moins que l'envie vous prenne d'aller la chercher à sa place.

— Vous le voulez comment, votre café, shérif ? dit Kate.

Dickman jeta un coup d'œil à sa montre-bracelet.

— En fait, m'dame, je ne peux pas trop me permettre de traîner ici, même si ça serait pas de refus. Mais j'ai une Thermos dans mon véhicule, et je l'ai vidée à l'aller. Alors, si ça ne vous embête pas…

— Allez donc la chercher, dit-elle.

Lorsque Dickman fut sorti, Kate regarda Calhoun.

— Walter…

Calhoun acquiesça.

— Je vais lui parler.

Dickman revint au bout d'une minute. Kate remplit la Thermos et Calhoun le raccompagna jusqu'à son Explorer, dont il reprit le volant.

Calhoun appuya ses deux coudes sur le toit et pencha la tête vers la fenêtre ouverte.

— Faut que je te dise quelque chose.

Dickman sourit et secoua la tête.

— Y a rien à dire, Stoney. Je sais garder un secret.

— Je sais bien, et Kate aussi. C'est pas ce qui m'inquiète. Mais on a promis quelque chose à Walter. Le mari de Kate.

— Je sais qui est Walter, dit Dickman.

— Et lui sait ce que nous faisons, dit Calhoun. Kate et moi, on a été réglo avec lui avant de… avant de commencer.

On est discrets, shérif. Mais Walter s'est dit que, tôt ou tard, quelqu'un allait… allait nous surprendre, comme tu l'as fait. C'est important pour lui que personne n'aille s'imaginer que nous faisons ça dans son dos. Il est au courant. Et il est d'accord. Walter et moi, on est amis. C'est ce qu'il voudrait que tu saches.

— T'as pas à me donner d'explications, Stoney.

— Kate et moi préférerions que ça reste un secret, dit Calhoun. Mais ça n'a jamais été un secret pour Walter. C'est tout ce que j'essaie de te dire.

Dickman hocha la tête.

— C'est pas mes oignons, dit-il. En fait, c'est les oignons de personne. (Il fit tourner la clé de contact.) Quoi qu'il en soit, je suppose que tu vas aller faire un petit tour du côté de South Riley ce matin.

— Je crois bien que oui. Lyle est mon meilleur ami, shérif.

— S'il est porté disparu, Stoney, on fera tout pour le retrouver. Tu le sais comme moi. Mais pour l'instant, on n'a aucun élément.

— Non, dit Calhoun. Le plus probable, c'est qu'il a dû aller pieuter ailleurs.

— Tiens-moi au courant si tu as du nouveau, dit Dickman en passant la marche arrière. Russo, c'est comme ça qu'il s'appelle. Le concierge de l'école, à South Riley.

— C'est noté, dit Calhoun.

Après le départ du shérif, Calhoun et Kate prirent leurs tasses de café et s'installèrent sur la terrasse. Ralph trouva un coin de soleil où se pelotonner.

Le terrain suivait une pente douce jusqu'à la petite rivière qui se frayait un passage étroit sous les ruines calcinées d'un ancien pont. Dans les rayons obliques du soleil matinal, Calhoun apercevait une nuée d'éphémères qui tournoyaient et miroitaient à la surface de l'eau. Tôt ou tard elles seraient emportées par le courant, agonisant après s'être reproduites, et c'est alors que la truite postée en aval viendrait les gober à la surface de l'eau.

— Je n'y comprends rien, dit Kate au bout de quelques minutes.

— À quoi ?

— Lyle. Pourquoi aurait-il laissé sa camionnette à l'arrière d'une école ?

— Peut-être qu'il envisageait de la reprendre avant de se rendre chez Penny Moulton.

— Mais c'était il y a deux jours, ça.

— Certes.

— Alors pourquoi n'est-il pas passé la reprendre ? Où était-il toute la journée d'hier ?

— Un vrai mystère, je suis bien d'accord.

— Elle habite où, cette Penny Moulton ?

— Standish.

Kate secoua la tête.

— Tout ça ne tourne pas rond.

Elle regarda Calhoun et posa la main sur son bras.

— Pourquoi est-ce qu'ils auraient laissé le véhicule de Lyle, et non celui de Green ? Ils avaient chargé le matériel de pêche dans le pick-up, non ?

— Oui, chérie. Sous mes yeux.

— Alors pourquoi s'arrêter derrière l'école et transférer tout l'attirail dans l'autre voiture ? Et d'abord, qu'est-ce qu'il avait comme voiture, Green ?

Fermant les yeux, Calhoun s'efforça de visualiser le véhicule entr'aperçu à travers la fenêtre du magasin, deux jours plus tôt.

— Blanche, dit-il lentement. Une berline neuve. Une Ford Taurus, immatriculée dans le Maine.

Il rouvrit les yeux.

Kate l'observait.

— Tu me fous la chair de poule quand tu fais ce truc. Tu ne te rappelles pas tes père et mère, mais une voiture que tu n'as même pas pris la peine de regarder, ça tu t'en souviens.

— Mais si, je l'ai regardée, dit Calhoun. À mon insu. Et elle s'est imprimée, là.

Il se tapota le front de l'index.

— Et la plaque d'immatriculation ? Tu as pu la voir ?

Il referma les yeux.

— Non. Mais c'était sûrement une voiture de location. Elles sont toujours blanches, et celle de Green était immatriculée dans le Maine alors qu'il venait de Floride.

— En somme, tu es en train de me dire que Lyle et Green ont décidé de conduire une berline flambant neuve sur de vieilles routes bourrées d'ornières jusqu'à un hypothétique étang à truites, au lieu de prendre la camionnette de Lyle où ils avaient déjà entassé leur équipement ? Est-ce qu'on peut seulement caler deux float tubes à l'arrière d'une Taurus ?

— Je n'ai pas dit ça, Kate, répondit Calhoun doucement. Ça ne tourne pas rond, d'accord. Mais je suppose que Lyle aura une explication.

— Tant mieux pour lui. Moi, j'y renonce.

Calhoun réfléchit.

— Et si Lyle s'était trouvé un peu de compagnie féminine à South Riley ? Une jolie petite instit, mettons. Il passe la prendre à la fin des cours, ils vont chez elle en voiture, et il crèche là-bas un jour ou deux.

— Il devait retrouver Penny Moulton à Standish, non ?

— C'est ce qu'elle croyait, en tout cas.

— Lyle n'est pas du genre à poser un lapin.

— Kate, chérie, tu n'en sais rien. Lyle est un mec bien. Mais bon, c'est un mec.

Il vida sa tasse et se leva.

— Un *pancake*, ça te dirait ?

— Et Lyle ?

— Je vais partir à sa recherche, dit Calhoun. Mais pas le ventre vide.

Un peu après 8 heures, Kate serra longuement Calhoun dans ses bras, se pencha pour gratter le museau de Ralph, monta dans son Blazer et retourna à Portland.

Calhoun empila la vaisselle du petit déjeuner dans l'évier, puis monta avec Ralph dans la camionnette. Ralph occupait le siège passager. Calhoun avait plaidé pour qu'il mette sa ceinture de sécurité mais le chien ne voulait rien entendre. Il aimait changer de position, fourrer sa truffe dans la vitre entrebâillée, se dresser sur le siège et plaquer son museau humide sur le pare-brise, ou se coller contre Calhoun en posant la tête sur sa cuisse.

Il leur fallut prendre les petites routes pendant une demi-heure pour gagner South Riley depuis la cabane de Dublin. L'école était située au nord du village.

Le petit parking à l'arrière de l'établissement contenait une vingtaine de véhicules : des Isuzu, des Jeeps Cherokee, une Toyota et des camionnettes Ford d'apparence neuve, et une petite Mazda rouge affriolante.

Immense, encombrant, rouillé et bosselé, le pick-up de Lyle avait l'air d'un cabot égaré dans une exposition canine. Il occupait la dernière place de la rangée, face à la cour de récréation.

Calhoun se gara à côté du pick-up, dit à Ralph de rester aux aguets, et sortit.

La première chose qu'il vit, c'est que tout le matériel de pêche de Lyle – les cannes et les waders, les float tubes et les gilets, sans parler du panier à pique-nique – n'étaient plus à bord. À croire qu'ils avaient tout embarqué dans la voiture de Green et qu'ils n'étaient pas retournés sur place. S'ils étaient repassés là après leur journée de pêche, l'équipement de Lyle aurait été à l'arrière, prêt à regagner la boutique.

Il fit le tour du pick-up. Il était éclaboussé de boue comme s'il venait de traverser des flaques d'eau. Calhoun se rappela qu'il y avait eu un orage la nuit précédant le jour où Lyle était parti en compagnie de Green. Logiquement, la camionnette avait dû emprunter de petites routes après avoir quitté le magasin. Or il n'y avait pas de petites routes entre Portland et South Riley, ce qui signifiait qu'ils avaient bien utilisé le pick-up pour retrouver l'étang de Green.

Curieux.

Il essaya d'ouvrir la porte du conducteur et vit qu'elle n'était pas fermée à clé. Il se pencha, tâtonna sous le siège et trouva l'*Atlas & Gazeeter* de Lyle, le gros répertoire de cartes topographiques qui couvrait tout le Maine. Sur ces cartes, Lyle notait ses endroits de prédilection pour chasser la grouse, ses étangs et rivières à truites favoris, les coins perdus, les marais et lisières où il pouvait trouver des cerfs, les trous d'eau près des chenaux de marée et des rivières où se tapissaient les bars. Lyle entourait ces lieux au feutre noir sur ses cartes et les rebaptisait avec des noms à lui : la Ferme du Joint et le Repère des Hippies, les Chaussures Rouges et le Pré d'Arnold, le Tourbillon et l'Oléoduc.

C'était toute la vie de Lyle McMahan, chasseur et pêcheur, qui s'étalait sur ces cartes. Calhoun savait combien il tenait à ce répertoire.

— Il est à vous, ce camion ?

Calhoun se retourna si vivement qu'il heurta de la tête le toit de la camionnette.

Une femme vêtue d'un pantalon gris et d'un chemisier assorti se tenait devant lui, les sourcils froncés.

— Bon Dieu, m'dame, dit Calhoun. Vous m'avez fait peur.

Il se frotta le sommet du crâne.

C'était une petite femme trapue qui faisait presque un pied de moins que lui, avec des cheveux gris fer coupés au bol, des yeux noirs et un nez épaté qui donnait l'impression d'avoir été cassé plus d'une fois.

— J'voulais pas que vous vous fassiez mal, dit-elle. Mais ça fait un moment que j'vous observe. C'est pas un parking public, ici.

Elle enfonça la main dans la poche de son pantalon et en ressortit un trousseau de clés qu'elle tendit à Calhoun.

— Tenez. Faut pas les laisser sur le contact, vous savez. Ou alors, c'est que vous avez vraiment envie d'vous la faire voler. Remarquez, vu l'aspect de vot'camion, ça pourrait être une bonne idée. (Elle eut un signe de tête en direction du pick-up.) Y a pas de délinquance ici, comme à Portland ou Bangor, mais même dans un trou perdu comme celui-là, il y a pas mal de gosses qui seraient ravis de vous emprunter c'te vieille caisse pour rouler à travers champs et voir combien d'ornières elle peut se prendre avant que les écrous se barrent et que le pot d'échappement se décroche. Z'avez de la chance que je l'aie vue hier soir.

— Ces clés, elles étaient sur le contact ?

— Oui, m'sieur. On aurait facilement pu les voler.

Lorsqu'ils se garaient dans les bois, Lyle fermait toujours le camion et cachait les clés sous la roue arrière gauche, pour le premier des deux qui revenait. Même en pleine forêt, il ne les laissait jamais sur le contact.

— Ce pick-up n'est pas à moi, répondit Calhoun. Il est à un de mes amis. Le shérif m'a dit qu'il se trouvait là. C'est vous qui l'avez signalé ?

La femme acquiesça.

— Quand l'avez-vous vu pour la première fois ?

— Hier soir, je suis revenue à 7 heures et demie pour préparer la salle de réunion. Je l'ai pas vu à ce moment-là. Quand je suis sortie – il était près de minuit, et tous les autres s'étaient barrés – c'vieux machin était là. Il y avait qu'eux deux, ce sac d'écrous et ma camionnette. C'est là que je l'ai vu pour la première fois. Vers minuit, je suppose. J'ai pris les clés et j'ai appelé le shérif, au cas où.

— Hier soir ?

— Oui, m'sieur.

— Et mardi, elle était déjà là ?

— Pas à ma connaissance. Mais bon, j'étais pas là mardi soir.

— Et vous n'avez pas vu qui l'avait laissée là ?

— Non.

— Alors il a dû se garer entre… voyons… 7 heures et demie et minuit hier soir ?

— Plus ou moins. Pendant la réunion.

— Au passage, je m'appelle Calhoun, dit-il en lui tendant la main.

Elle la prit et la serra comme un homme.

— Russo, dit-elle.

— Quand vous avez aperçu le camion, reprit Calhoun, est-ce qu'il y avait du matériel de pêche à l'intérieur ?

Elle secoua la tête.

— Non. J'ai regardé à l'intérieur, parce que s'il y avait eu quoi que ce soit dedans je l'aurais fermée à clé. À c'que j'ai pu voir, il y avait rien de précieux. J'aurais sans doute dû la fermer, mais comme je dis toujours, South Riley n'est pas vraiment un quartier à haut risque, et tout le monde est au lit à minuit.

— Je me demande, dit Calhoun, si hier, ou même avant-hier, mardi, vous n'auriez pas aperçu une autre voiture garée par ici. Une Ford Taurus blanche, un modèle récent.

Russo haussa les épaules.

— Pour autant que j'me rappelle, non. Mlle Wilhelm, la prof de musique, elle a une Taurus, mais la sienne est bleue et plus toute neuve.

— Un véhicule qui était peut-être bien là jusqu'à ce que cette camionnette se pointe.

Elle plissa les yeux.

— Vous voulez dire que quelqu'un aurait décidé d'échanger sa vieille camionnette contre une Taurus flambant neuve ?

— Quelque chose du genre.

— Non, dit-elle, je ne me rappelle aucune Taurus. Ça veut rien dire, bien sûr. Mais j'ai l'œil vif.

— Je veux bien le croire. (Il sourit.) Écoutez, pourquoi ne pas la fermer à clé et garder le trousseau ? Cette camionnette appartient à un de mes amis. Il s'appelle Lyle McMahan, et j'imagine qu'il va revenir la rechercher tôt ou tard. Il vous sera reconnaissant de l'avoir gardée là jusqu'à son retour.

— Elle fait rien de mal, c'est sûr.

— Eh bien, merci, madame Russo.

Calhoun fit demi-tour pour rejoindre son pick-up.

— Mademoiselle, dit-elle. Mademoiselle Russo. C'est à vous, ce bouquin ?

Calhoun brandit le répertoire de Lyle.

— Non, c'est au propriétaire de la camionnette. Je l'emprunte juste.

Il s'arrêta.

— Vous voulez bien me rendre un service, mademoiselle Russo ?

— Faut voir.

Il fouilla dans sa poche de chemise et trouva une des cartes professionnelles de Kate, qu'il lui tendit.

— Si vous décidez qu'il faut enlever ce camion d'ici, ou s'il vient quelqu'un pour le reprendre, appelez-moi, voulez-vous ?

Elle scruta la carte en plissant les yeux, puis le regarda.

— Ça doit pouvoir se faire.

7

Lorsque Calhoun rentra, il refit du café, emporta le téléphone sans fil sur la terrasse et appela le magasin.

— Chez Kate, répondit la voix de Kate. Appâts et articles de pêche.

— C'est moi. Comment ça se présente là-bas ?

— Rien de spécial. Pourquoi ? Tu as trouvé quelque chose ?

— Je me disais que je pourrais prendre ma journée pour aller fouiner un peu.

Il lui raconta son expédition à South Riley, ses retrouvailles avec la camionnette et sa conversation avec Mlle Russo.

— C'est le moment ou jamais de débusquer Green.

— Et c'est ce qu'on aurait dû faire hier.

— Peut-être, mais on ne l'a pas fait. Donc on s'y met aujourd'hui.

— Je compte sur toi pour me tenir au courant ?

— Bien entendu.

Elle garda le silence un moment. Puis, doucement…

— Stoney ?

— Oui, chérie ?

— C'était bien, la nuit dernière.

— C'est toujours bien. Parole d'honneur.

Après avoir raccroché, Calhoun rentra dans la cabane, se versa une tasse de café, dénicha l'annuaire de Portland et ressortit sur la terrasse.

Il chercha le numéro de l'hôtel Marriott, récemment construit en bord de mer. C'était le plus important de la ville : il était probable que Green l'avait choisi de préférence aux autres.

Un jeune homme répondit, et Calhoun demanda à parler à M. Green.

— Quelle chambre, monsieur ?

— Je n'en sais rien.

— Ne quittez pas.

Calhoun endura vaillamment trois minutes de musiquette : *Day Tripper*, des Beatles, exécutée au ralenti par un orchestre sirupeux. Puis le réceptionniste revint.

— Désolé, monsieur. Nous n'avons aucun M. Green en ce moment.

— Mmm…, dit Calhoun. Je me demande s'il est reparti hier ou ce matin. Vous pourriez vérifier ?

— C'est que je ne suis pas censé…

— Ici le shérif-adjoint Calhoun, du comté de York, coupa Calhoun. Je vous serais reconnaissant de coopérer avec nos services. Et de nous simplifier la tâche, vu ?

L'employé hésita un moment, puis dit :

— Très bien, monsieur.

Cette fois, les violons jouèrent un morceau d'*Oklahoma*. Ils avaient vraiment un répertoire impressionnant.

— Non, monsieur, dit l'employé une minute plus tard. Je suis navré. Nous n'avons accueilli aucun M. Green cette semaine.

— Il y avait un congrès dans votre ville, dit Calhoun. Pouvez-vous me dire où il avait lieu ?

— Tous les congrès ont lieu au Civic Center, monsieur, mais cette semaine il n'y en avait pas. Ni de séminaire, du reste. Jeudi qui vient, nous aurons l'Association des Chirurgiens Parodontistes de Nouvelle-Angleterre. C'est le prochain colloque en vue.

— Ni congrès, ni séminaires, dit Calhoun. Vous êtes sûr ?

— C'est mon métier, monsieur, de me tenir informé des congrès et séminaires de Portland. Puis-je vous être utile en quoi que ce soit d'autre ?

— Non, merci, dit Calhoun. Vous avez été d'un grand secours. Et j'adore votre musique.

— Pardon ?

— Rien, désolé.

— Eh bien, monsieur, bonne journée à vous.

— Elle a sacrément bien débuté, dit Calhoun.

Il but son café, gratta l'oreille de Ralph en contemplant la rivière en contrebas. Les éphémères ne tournoyaient plus à la surface de l'eau. Les truites devaient stationner près du fond, où elles trouveraient quelques nymphes de perles à avaler jusqu'au moment où le soleil se coucherait, où une nouvelle portée d'éphémères commencerait à éclore, où les phryganes du soir s'échapperaient des buissons pour voleter au-dessus de l'eau.

Il consulta la liste des hôtels et motels inventoriés dans l'annuaire. Il y en avait des douzaines. Eh merde ! Green avait dû descendre ailleurs.

Il commença par l'Abbott Motel et parcourut toute la liste jusqu'au Zanzibar Inn. Après quoi il passa aux Bed-and-breakfast, qu'il appela jusqu'au dernier.

À 2 heures de l'après-midi, son unique oreille valide bourdonnait et sa nuque lui faisait mal à force de caler le récepteur contre son épaule. Il était évident que Green n'avait jamais loué de chambre à Portland ou dans les environs.

Et qu'il ne s'était jamais rendu à un congrès ou à un séminaire : plusieurs propriétaires d'hôtels avaient confirmé ce que le concierge du Marriott lui avait dit. Il n'y en avait eu aucun à Portland cette semaine.

Quand même, nom de nom, ce type avait loué un véhicule. Calhoun reprit le téléphone et appela tous les loueurs de voitures de l'annuaire. Aucun n'avait vu passer de client du nom de Green.

Il était maintenant certain que Green était un nom d'emprunt, et si Green – ou quel que soit son vrai nom – avait menti, c'est qu'il avait de bonnes raisons.

Le moment était venu de s'inquiéter sérieusement.

Calhoun se leva, s'étira et gagna son camion Il reprit le répertoire de Lyle où il l'avait laissé et, tandis qu'il regagnait la cabane, l'image de Kate s'imprima brusquement dans sa tête.

Elle avait un téléphone collé à l'oreille et une moue inquiète.

Il rentra et appela le magasin.

Kate décrocha dès la première sonnerie.

— Stoney ?

— Que se passe-t-il ?

— Ton téléphone sonne occupé depuis des heures. Je m'inquiétais.

Il lui communiqua le résultat de ses recherches.

— Mais pourquoi diable ce type t'aurait-il donné un faux nom ?

— C'est bien ce que je me demande. Il devait avoir quelque chose à cacher…

— Et tu te dis…

— La même chose que toi, chérie. Tu te dis que j'ai envoyé Lyle se balader avec un type qui était censé être mon client, et qui avait de bonnes raisons de cacher son identité. Tu te dis que si c'était moi qui avais emmené Green à la pêche, comme prévu, on ne serait pas plantés là à se faire un sang d'encre pour Lyle.

— Voyons, Stoney. Ce n'est pas du tout ce que je pense.

— Moi si.

Calhoun laissa échapper un long soupir.

— C'est de ma faute, Kate. Ce type ne me revenait pas. Je l'ai refilé à Lyle, et à présent le gosse a disparu.

— On fait quoi, alors ?

— Une chose est sûre, j'ai pas l'intention de rester assis sur mon cul jusqu'au coucher du soleil. Je vais retourner à South

Riley, fouiner dans les parages et secouer les arbres pour voir ce qui tombe.

— Je viens avec toi.

— Non. Y a rien que tu pourrais faire de plus là-bas. Et si quelqu'un découvre quelque chose, c'est le magasin qu'il essaiera de contacter.

Kate soupira à son tour.

— Tu as raison. S'il tombe quelque chose de l'arbre, tu me le diras ?

— Évidemment.

Calhoun raccrocha, puis il posa le répertoire de Lyle sur la table de cuisine et l'ouvrit à la page concernant South Riley.

Contrairement aux cartes routières, les cartes topographiques, comme l'indiquent leur nom, comportent des indications sur le relief et la configuration d'un lieu. Chaque carte représente une zone correspondant à vingt-cinq minutes de latitude, autant de longitude, et s'étendant sur cinquante kilomètres du nord au sud, et trente-cinq d'est en ouest.

Calhoun, comme tous les guides de chasse et de pêche, consultait religieusement ces cartes. Il savait qu'une ligne pointillée représentait une piste, que des touffes d'herbe symbolisaient un marécage, un rectangle noir une bâtisse ou des ruines. Un fin tracé bleu était une rivière ou un cours d'eau. Une tache vert pâle, un bois. On évaluait la pente d'une colline d'après l'espace entre des courbes de niveau.

Calhoun aimait traduire ces légendes en des images mentales, déchiffrer leurs histoires. Comme Lyle, il lui suffisait d'observer une de ces cartes étalée sur une table pour dénicher quelques étangs et rivières bien dissimulés, où les truites abondaient.

Bien sûr, il savait qu'il n'y avait plus de plans d'eau inexplorés dans tout l'État. Après quatre siècles de déboisement, d'exploitation agricole, de chasse et de pêche, il n'y avait pas un centimètre de territoire qui n'ait été passé au peigne fin. Mais certaines rivières, certains étangs étaient trop petits, trop inaccessibles, trop banals pour intéresser la plupart des gens. Pour Calhoun, l'étang secret de Green était de ceux-là.

La rive Ouest de Sebago Lake apparaissait dans le coin supérieur droit de la Carte n° 4, qui allait de l'extrémité sud-ouest de l'État à la frontière du New Hampshire. South Riley se situait à l'ouest de Sebago. À vol d'oiseau, on n'était qu'à dix kilomètres du New Hampshire, en plein comté d'Oxford. Cette région était surtout représentée par de grandes étendues vertes et de nombreux tracés et contours irréguliers figurant rivières, lacs et étangs. Et toutes sortes de zébrures indiquant de petites routes accessibles – en théorie – à toute espèce de véhicule.

Le grand incendie d'octobre 1947 avait traversé cette région avant de gagner la mer, détruisant sur son passage maisons et granges, bois et ponts, et quelques villages, laissant dans son sillage plusieurs cadavres, des centaines de têtes de bétail, et une faune ravagée.

Lyle collectionnait les témoignages sur cet incendie, et il adorait en parler à Calhoun.

À l'ouest et au sud de Sebago Lake, les bois étaient criblés d'anciennes fondations pleines de rondins calcinés, de ressorts de lit rouillés et de vaisselle ébréchée. Les chemins qui menaient à ces ruines étaient aujourd'hui envahis par les aulnes et les peupliers.

Les annotations de Lyle étaient disséminées sur la Carte n° 4, entre les flancs de colline et les crêtes de montagne, les marais et les étangs qu'il avait entourés au feutre noir, et dont beaucoup portaient un nouveau nom, écrit nettement : Le Grand Chevreuil, Coin Chaud, Crotte d'Ours, autant de titres renvoyant à des histoires mémorables.

Calhoun ferma les yeux et fit remonter à sa mémoire l'image de Lyle et Green penchés sur le répertoire ouvert sur le capot de la camionnette. Green tendait l'index vers la carte. Lyle avait à la main un crayon de papier.

Lorsqu'il était rentré dans le magasin, Lyle avait dit à Calhoun qu'ils se mettaient en route pour l'étang secret de Green.

Il rouvrit les yeux et se pencha sur la carte. En partant de South Riley, il traça des cercles concentriques vers l'extérieur jusqu'à atteindre un point situé à 13 centimètres au sud-ouest de l'école où était stationnée la camionnette de Lyle : Keatsboro, dans le comté de York County, une ville nichée contre la frontière du New Hampshire. Là, Calhoun aperçut un X imperceptible, inscrit au crayon papier.

Il interpréta aussitôt ce que montrait la carte : une ligne en pointillés partait d'une ligne double pour dessiner une large courbe autour d'une série de courbes de niveaux espacées, jusqu'à une zone marécageuse traversée d'un fin tracé bleu. La ligne en pointillés traversait ce tracé bleu et suivait un chemin en zigzag jusqu'à un petit carré noir au sommet de la colline : une habitation quelconque, peut-être une ferme incendiée ou abandonnée, réduite à une simple ruine.

Lyle avait tracé son X là où la ligne pointillée recoupait la ligne bleue. Celle-ci se faisait un peu plus épaisse à cet endroit, indiquant que la rivière s'élargissait pour former un étang, ou peut-être une simple mare. C'était le filon à truites de Green.

Calhoun devina que quelqu'un – sans doute l'ancien propriétaire des lieux – avait construit un barrage sur la rivière qui traversait le marécage pour que les eaux forment un étang. Pour en tirer une source d'énergie, pour abreuver son bétail, les deux peut-être. Il avait bâti un pont au-dessus du barrage de façon à pouvoir regagner sa maison en tracteur ou en camionnette.

La plupart des fermiers construisaient près de la route pour des raisons évidentes. Celui-ci avait choisi de s'enfoncer dans les bois aussi profondément que possible. Avec tous ces tours et détours, se dit Calhoun, la piste qui menait du petit chemin au sommet de la colline devait bien faire un kilomètre et demi. Un bon sept cents mètres jusqu'à la rivière, et autant jusqu'à la maison. Ça faisait pas mal de route à entretenir pendant l'hiver et la saison des pluies, pas mal de boulot pour un fermier yankee. D'autant plus qu'une autre route passait derrière la colline où la maison avait été bâtie. Il aurait suffi de frayer un chemin sur quelques centaines de mètres entre cette route et la maison. Mais la carte n'indiquait rien de tel.

Calhoun referma le répertoire. Ralph, allongé près de la porte, leva la tête et le regarda.

— Désolé, mon vieux, dit Calhoun. Je pars. Je ne sais pas où je vais ni quand je reviendrai. Toi, tu restes là et tu prends les appels.

Ralph laissa retomber sa tête entre ses pattes, poussa un gros soupir et ferma les yeux.

Calhoun attrapa un Coca et une ou deux pommes dans le réfrigérateur.

S'il était parti en direction des grands bois du Nord de l'État, il aurait pris sa boussole, des allumettes étanches, des cartes et une arme. Mais il n'y avait pas de grands bois aux alentours de Keatsboro. Il n'y avait que d'anciennes exploitations agricoles parsemées de petites routes et de chemins de terre, piquetées de vergers et de champs de maïs, et de jolies pelouses communales comme on en trouve en Nouvelle-Angleterre. Même un touriste du New Jersey ou du Connecticut aurait du mal à se perdre dans les forêts du Sud-Ouest du Maine.

Calhoun donna à Ralph un os en cuir pour lui tenir compagnie, cala le répertoire de Lyle sous son bras et fila droit sur Keatsboro.

8

Cinq ans plus tôt, ils l'autorisaient à quitter l'hôpital par une belle matinée de la fin mars. En Virginie, c'était déjà le printemps. Dans la Ford d'occasion qu'il venait d'acheter, il avait instinctivement emprunté la route 81 en direction du nord, happé par les images du Maine qui se bousculaient dans sa tête. L'herbe qui bordait la route de Pennsylvanie était si verte qu'elle lui faisait mal aux yeux. Les arbustes verdoyaient, les pissenlits fleurissaient, les marmottes se levaient sur leurs pattes arrière dans les champs, et il avait si hâte de toucher au but qu'il ne s'arrêta que deux fois : une fois à la sortie de Scranton et une fois dans le Connecticut pour reprendre de l'essence et boire un café.

À peine avait-il franchi le pont du fleuve Piscataqua qu'il prenait la première sortie qui menait à Eliot, Maine. Sans motif raisonnable, sans même avoir prévu de le faire. Aucun neurone ne lui avait dicté de mettre son clignotant, de ralentir, de tourner son volant. La seule destination spécifique qu'il avait en tête, c'était le Maine.

Il avait suivi des routes secondaires, puis de plus petites qui serpentaient à travers la campagne, en mettant plus ou moins le cap au nord-ouest. Les prairies du Maine étaient encore arasées et brunies par l'hiver. Un peu de neige subsistait dans les bois et le long des murets, et la glace des étangs n'avait pas encore fondu.

En fin d'après-midi, il traversa Berwick, puis Sanford et Alfred, et Shapleigh, sans toujours savoir où il se trouvait. Puis il parvint à un carrefour avec un stop. Tapie dans un angle, une église protestante, dont les murs blancs auraient eu bien besoin d'un coup de peinture. Devant l'église, un grand panneau d'affichage vitré avec cette annonce en majuscules : AUJOURD'HUI, LE CHRIST NOTRE SEIGNEUR EST RESSUSCITÉ. ALLÉLUIA. OFFICE DE PÂQUES : DIMANCHE À 10H. À côté de l'église, une petite épicerie avec une vieille enseigne Coca-Cola et des pompes à essence devant l'entrée. En face, dans l'angle opposé à l'église, une grande bâtisse en pierre avec cette inscription au-dessus de la porte : HÔTEL DE VILLE DE DUBLIN.

Calhoun comprit qu'il était arrivé au terme de son voyage et au début de sa résurrection. Cette ville, il s'y sentait déjà chez lui.

Il fit le plein d'essence devant l'épicerie et entra payer. Une sonnette tinta lorsqu'il ouvrit la porte. Après le soleil vif de l'après-midi, il lui fallut une minute pour se faire à la pénombre de l'intérieur. Il y avait là une odeur vaguement familière, un mélange de propane, de vinaigre et de cheddar, et une image lui traversa l'esprit : une cuisine, une femme aux cheveux blancs devant son fourneau, avec un tablier fleuri, des enfants assis autour d'une table en bois blanc…

— Un coup de main, fiston ?

Calhoun cligna des yeux. Derrière le comptoir, un homme chauve avec une chemise de flanelle bleue et des bretelles rouges mangeait un beignet, juché sur un tabouret. Il avait bien dans les soixante-dix ans, mais son regard était vif et alerte.

Calhoun gagna le comptoir, sortit son portefeuille et donna à l'homme un billet de 20 dollars. Il avait réglé la camionnette avec le chèque bancaire qu'on lui avait remis et récupéré la monnaie en espèces. À présent il avait en poche une liasse de billets qui s'élevait à 15 000 dollars, plus 900 dans le portefeuille.

— J'ai fait le plein, dit-il. Ça fait 18 dollars.

Le vieil homme pencha la tête sur l'épaule et dévisagea Calhoun à travers ses lunettes à monture d'acier.

— Tu n'es pas du coin, fiston ?

— Non, monsieur. Mon nom est Calhoun, mais on m'appelle Stoney.

— Et moi Jacob Barnes.

Barnes ouvrit sa caisse, rangea le billet de vingt dollars et en sortit deux d'un dollar, qu'il posa lestement sur le comptoir.

— J'ai connu des Calhoun qui avaient une ferme plus haut, du côté de la grand-route, dit-il. Elle est morte dans l'incendie, ils sont jamais revenus. Vous étiez pas né, j'imagine.

Il posa ses coudes sur le comptoir et se pencha en avant.

— C'était quand, cet incendie ? demanda Calhoun.

— Octobre 47.

— Alors oui, je n'étais pas né. Une autre famille, je suppose.

Barnes haussa les épaules.

— Probable. C'était pas une grosse ferme de toute façon. Ils élevaient des poulets, des porcs et des gosses, et tout ça courait dans la boue à ne plus savoir qui était quoi.

Calhoun sourit.

— Remarquez, ça me rappelle ma famille, dit-il sans motif aucun. Dites-moi, vous pourriez m'indiquer un agent immobilier ?

Barnes agita le pouce vers le nord.

— Faudrait voir Millie Dobson. C'est la seule à faire dans l'immobilier par ici. Vous voudriez acheter ?

— Oui.

Suivant les directives de Barnes, Calhoun se rendit chez Millie Dobson, un bungalow en bardeaux gris qui jouxtait la route. Cette fois, l'enseigne disait M. DOBSON : AGENT IMMOBILIER, GREFFIER, NOTAIRE, FAX. Il rangea sa camionnette à côté d'une Jeep Cherokee verte garée devant le bâtiment.

Il grimpa le perron et sonna. À l'intérieur, on entendait une sorte de rock à plein volume, et il dut attendre plusieurs minutes avant que la musique s'interrompe brusquement et que la porte s'ouvre, donnant à voir une femme aux cheveux noirs coupés court, aux yeux sombres, au corps maigre et noueux, avec une serviette éponge autour du cou. Elle portait un pantalon de survêtement et un T-shirt bleu clair. Calhoun lui donnait environ quarante ans.

— Millie Dobson, c'est moi, et je suis en pleine séance de gym. Qu'y a-t-il pour votre service ?

— Je m'appelle Calhoun et je voudrais acheter un terrain dans la région.

Elle ouvrit tout grand la porte.

— Vous avez sonné à la bonne porte, monsieur Calhoun. (Puis elle rit.) Bon Dieu, vous avez sonné à la seule possible. Entrez donc.

Son salon lui servait à la fois de bureau et de salle de sport. Adossé au mur se trouvait un grand bureau de chêne avec ordinateur et fax, flanqué de deux armoires à classeurs qui arrivaient à l'épaule de Calhoun. Dans un coin, sur une étagère, un lecteur CD et une télévision avec magnétoscope. À côté de l'étagère, un tapis roulant et un rameur.

Elle apporta du café, sortit un gros album photo d'un tiroir de son bureau et ils s'assirent côte à côte sur le sofa.

Calhoun lui dit qu'il venait de Virginie, avec toute sa fortune en poche, dans l'espoir d'acquérir un bout de terrain isolé, s'inventant une histoire au fur et à mesure qu'il parlait.

— Pourquoi ici, si vous me passez la question ?

— J'aime ce coin du monde. Les petites villes. Le Maine. L'intérieur des terres. J'ai toujours été comme ça.

— Mais vous n'êtes pas d'ici, dit-elle. Ça s'entend à votre voix. Moi, je viens de Madrid. Non, pas Madrid en Espagne. C'est une ville du Maine. Et vous ?

— Caroline du Sud.

Elle hocha la tête comme si elle devinait qu'il lui cachait quelque chose, et que ça ne la dérangeait pas.

— Et vous envisagez quel genre de terrain ?

— Un endroit dans les bois. Près d'un cours d'eau. Je tiens à ce qu'il y ait de l'eau.

— Étang ou rivière ?

— L'un ou l'autre, ça m'ira.

Elle fronça les sourcils.

— Attendez une minute…

Puis elle claqua des doigts.

— Il y a un bout de terrain au nord, à quelques kilomètres d'ici, qui est désert depuis des années. Et une jolie petite rivière passe par là. Les anciens propriétaires ont été victimes de l'incendie, et depuis plus personne n'a construit dessus.

Calhoun se rappela ce que Jacob Barnes lui avait raconté sur les Calhoun, qui avaient quitté leur terrain ravagé par l'incendie.

— Ça serait pas près de la grand-route ? demanda-t-il.

Millie Dobson fronça un peu plus les sourcils.

— Oui, c'est bien ça.

— Je peux le voir ?

— En fait, il appartient à des gens du New Jersey maintenant. J'sais pas trop s'il est à vendre. Mais je peux vérifier. Parfois, il suffit de faire une offre… Bon, je me change et on va y jeter un œil.

Un quart d'heure plus tard, ils garaient la Jeep de Millie au bout d'un chemin et se mettaient en route. Le chemin serpentait sur plusieurs centaines de mètres à travers une forêt pour aboutir à une maison en ruine. La cheminée en pierre était encore debout et les fondations de granit avaient l'air solide. Derrière l'ancienne maison, un sentier suivait la pente jusqu'à une jolie rivière que surmontaient les débris d'un pont calciné, puis s'enfonçait dans la forêt, sur l'autre rive.

Millie lui expliqua que l'endroit ne figurait pas sur les cartes, mais que les gens du coin avaient baptisé la rivière Bitch Creek. Apparemment en l'honneur d'une certaine mouche à truite, même si, de l'avis de Millie, le type qui avait proposé le nom avait surtout pensé à sa propre femme*.

* *Bitch* signifie "chienne" mais aussi "garce" ou "salope" en anglais.

Dans un recoin de sa mémoire chaotique, Calhoun se rappela qu'il existait effectivement une mouche appelée *Bitch Creek Nymph*.

Si ce que racontait Millie était vrai, cela voulait sans doute dire qu'il y avait des truites ici. Et ça lui faisait plaisir que cette petite rivière ait un nom, qu'elle ait une histoire.

L'endroit tout entier lui plaisait. Millie négocia l'acquisition avec les gens du New Jersey. Trois semaines après avoir quitté l'hôpital d'Arlington, Stoney Calhoun était l'heureux propriétaire de quarante arpents en friche à Dublin, Maine. Il possédait aussi le ruisseau, sur plusieurs centaines de mètres, de solides fondations en pierre, un chemin quasi accessible et ce qui ressemblait à un avenir.

Pendant les premiers mois, il avait dormi sous la tente, sur le site de sa future cabane. Il s'éveillait chaque matin avec les oiseaux et travaillait jusqu'au crépuscule. Il déboisa le chemin d'approvisionnement à la tronçonneuse, pour que les camions puissent lui livrer le bois de construction dont il avait besoin. Il défricha la partie du coteau où allait s'élever sa cabane de façon à ce que le soleil du matin entre à flots par les fenêtres et qu'il aperçoive le ruban argenté de Bitch Creek au pied de la colline. Il pouvait, même s'il était sourd d'une oreille, entendre la rivière couler en contrebas, elle lui tenait compagnie pendant le travail.

Peu à peu, son corps ramolli par des semaines passées dans un lit d'hôpital redevint maigre et musclé. Sa pensée se fit plus ferme, plus précise. De temps à autre un souvenir venait s'insérer dans sa mémoire, comme une pièce de puzzle.

Une après-midi brumeuse, vers la fin mai, il brûlait des déchets de coupe, appuyé sur son râteau de jardinier. Il se tenait près de la fumée, hors de portée des mouches noires, lorsqu'un vieux pick-up Dodge pénétra dans la clairière avec un grondement sourd.

Il s'arrêta à côté de sa camionnette, et il en sortit un grand gosse dégingandé qui leva une main en guise de salut et rejoignit l'endroit où se tenait Calhoun.

— C'est un jour à faire du feu, dit le gosse.

Calhoun acquiesça en gardant un œil sur les flammes.

— Z'êtes monsieur Calhoun, j'imagine, insista le gosse. Moi, je suis Lyle. Lyle MacMahan.

Il tendit la main. Calhoun y jeta un regard, puis la serra.

— J'ai pas réclamé de compagnie, que je sache.

Lyle MacMahan avait une queue-de-cheval et portait une boucle d'oreille. Il faisait une bonne tête de plus que Calhoun.

— Il y avait des truites par ici, je me souviens, dit-il avec un signe en direction de Bitch Creek.

— Ben, c'est fini.

Le gosse haussa les épaules.

— Vous allez construire ici, si j'ai bien compris.

— Exact.

— Ça fait pas mal de besogne pour un seul homme.

— J'ai tout mon temps.

— S'il était à moi, ce ruisseau, je ne laisserais personne y pêcher. Pour tout vous dire, moi non plus, je n'y pêcherais pas. Je le garderais pour moi, pour en profiter et le protéger. Ces truites, à l'époque, je ne les emportais pas. J'en prenais une ou deux, je les remettais à l'eau, et je repartais. Des truites sauvages, c'est rare. Elles sont là depuis la fonte des premiers glaciers, enfin leurs ancêtres étaient là. Vous n'êtes pas pêcheur, dites ?

C'est alors que Calhoun s'était retourné en souriant.

— Je suis pêcheur. Et je pêche tous les jours dans cette rivière. Mais sans canne. Je m'assieds sur un rocher, je regarde les truites, et j'essaie de voir ce qu'elles gobent, ou pourquoi elles ne gobent pas, enfin je pense à elles, quoi. Les truites, ça donne toujours de quoi penser.

Lyle était allé vers le tas de déchets, d'où il avait retiré quelques branches qu'il avait traînées tant bien que mal jusqu'au feu. Puis il s'était emparé d'une houe pour tasser la terre autour du foyer.

L'après-midi n'était pas achevée que Calhoun avait embauché Lyle MacMahan pour l'aider à bâtir sa cabane dans les bois.

Calhoun et Lyle démontèrent l'ancienne cheminée pierre par pierre et remirent les fondations d'aplomb. Calhoun découvrit qu'il connaissait l'art de poser des poutres, seuils et poutrelles, et d'ériger des murs porteurs. Lyle et lui calèrent les pierres, installèrent les tuyauteries, fixèrent les câbles électriques, et quand vint la mi-juillet, ils avaient fini la charpente et Calhoun dormait sur le plancher de sa future cuisine.

Ils avaient trouvé un rythme naturel pour travailler ensemble. Calhoun n'avait jamais besoin de donner de directives à Lyle. Le garçon avait toujours le bon outil en main et savait lui tendre le morceau de bois qu'il fallait au moment où il le fallait. Il s'écoulait parfois des heures entières sans qu'ils ouvrent la bouche. Calhoun avait fait installer un générateur électrique où il branchait ses outils, ainsi qu'une radio qui émettait de la musique classique depuis la station de Portland. Lyle semblait apprécier ce genre de musique autant que lui.

Lorsqu'ils discutaient, c'était le plus souvent de pêche. Parfois Calhoun donnait le signal du repos un peu plus tôt que d'habitude. Alors ils empilaient quelques cannes dans la vieille camionnette de Lyle et prenaient le chemin des étangs à black bass et des rivières à truites au cœur des bois, ou bien ils gagnaient la mer pour tenter leur chance avec les bars qui sillonnaient la côte et les estuaires.

Lyle achevait sa seconde année dans une petite université du Vermont, où il s'était inscrit, disait-il, parce que la région lui plaisait, pleine de rivières à truites et de gibier. Il avait grandi à Fryeburg, au nord-ouest de Sebago Lake, où il avait passé la majeure partie de son enfance dans les bois. Il faisait des études d'histoire et voulait enseigner au lycée. L'histoire, disait-il, il l'avait apprise en vagabondant à travers bois. Il aimait recueillir les témoignages des pierres tombales gravées à la main, qui s'érodaient dans les concessions familiales envahies d'herbes folles. Il savait reconstituer une généalogie sur plusieurs générations rien qu'à observer les murets et les chemins, les fermes effondrées et les vieux puits qu'il découvrait en chassant le cerf ou en cherchant un nouvel étang à truites.

Lyle se faisait un devoir de parler avec les vieux du coin, dont il recueillait précieusement les histoires. Il les mettait par écrit, expliqua-t-il à Calhoun, et un jour, peut-être, il essaierait d'en faire un livre. Pour Lyle, cette génération d'anciens, les hommes et les femmes qui avaient défriché le sol aride du Maine, élevé des porcs, des vaches, des poulets, braconné le cerf et le canard sauvage pour nourrir leurs familles, survécu à la Seconde Guerre mondiale et au grand incendie de 1947, et dont les enfants et petits-enfants étaient morts en Corée et au Viêtnam… tous, ils incarnaient la fin d'une époque.

— C'est quelque chose à préserver, Stoney, disait souvent Lyle. Si on ne le met pas par écrit, ça disparaîtra à jamais.

Mais Lyle avait beau s'intéresser à l'histoire et aux histoires personnelles, jamais il ne chercha à connaître celle de Calhoun.

Lorsque Calhoun commença à travailler pour Kate Balaban et qu'elle décida de recruter des guides, il lui suggéra naturellement d'embaucher Lyle MacMahan.

C'était un boulot fait pour lui : Lyle était enthousiaste, il connaissait son métier et s'entendait bien avec les gens. Il était capable d' identifier chaque oiseau, chaque fleur, chaque insecte de la région, et il aimait partager sa connaissance de l'histoire locale avec ses clients. Il repérait tout de suite ce qui n'allait pas dans leur façon de pêcher et savait faire des suggestions sans les offenser.

Calhoun était fier de Lyle MacMahan, fier de l'avoir "découvert" et fier de l'avoir pour ami.

9

Les seuls signes d'activité humaine dans le coin étaient une pommeraie et deux fermes, séparées par une immense forêt de pins, en bordure du petit chemin qui, serpentant à travers la campagne en direction de la ligne pointillée, devait aboutir au X tracé au crayon sur la carte. Calhoun conduisait lentement, scrutant le vieux mur en éboulis qui ne cessait de ressurgir pour disparaître dans les bois, sur le bas-côté de la route. Parvenu au pont qui enjambait un petit cours d'eau, il comprit qu'il était allé trop loin.

Il fit demi-tour. Cette fois, il repéra une brèche dans le mur, à l'endroit où un ancien chemin coupait naguère à travers bois. Il se gara sur le côté de la route, sortit et inspecta les environs.

On apercevait des traces de pneus dans la boue durcie : quelqu'un s'était éloigné de la route en direction de l'ouverture puis avait fait demi-tour. L'herbe foulée indiquait l'endroit où avait été garé un véhicule derrière les arbres.

Seul un vieux 4 × 4 comme le camion de Lyle avait pu passer à travers la boue et les ornières pour se dissimuler derrière cet écran de pins. Calhoun n'imaginait pas qu'une Taurus ait pu s'enfoncer dans ce chemin raviné sans démolir sa suspension.

Il jeta un dernier coup d'œil à la carte de Lyle. Si cette brèche signalait le début de la ligne en pointillés qui menait au ruisseau, il n'avait plus qu'à suivre les ornières pour tomber sur l'étang de Green.

Il se mit en route. Un autre muret, moins élevé, perpendiculaire à celui qui longeait la route, s'enfonçait dans les bois en suivant un tracé parallèle au vieux chemin d'approvisionnement. Les ornières étaient encore bien visibles, même si le sentier, où passaient jadis les tracteurs, était à présent envahi de jeunes aulnes et de ronces.

Calhoun imaginait Lyle descendant la piste chargé des float tubes, des cannes à mouche, des waders et du panier à pique-nique tandis que Green suivait en pantelant. Il connaissait ce genre de trajet. La plupart du temps, les clients portaient leur part de fourbi. Mais ça ne devait pas être le genre de Green. Les types comme lui considéraient que les guides étaient payés pour se taper tout le boulot.

Après quelques centaines de mètres, les ornières bifurquaient vers la gauche où elles suivaient une longue pente graduée. Calhoun remarqua çà et là de vieux pommiers noueux qui alternaient avec des chênes, des bouleaux et des genévriers, et d'autres murets indiquant les frontières d'anciens champs, vergers ou pâtures.

Lyle savait recréer des histoires complexes à partir de ces vieux ouvrages. Il savait quelles zones bordées de pierres étaient destinées à faire paître le bétail, lesquelles étaient jadis des champs de maïs ou de fourrage, quels murets formaient l'enclos à vaches, quels autres servaient simplement à entasser les pierres trouvées en défrichant les terres.

Le sol se fit plus égal, et c'est alors qu'à travers les pins et les aulnes, Calhoun aperçut un reflet du soleil sur l'eau et qu'il entendit le son musical d'une petite cascade. Les ornières se firent plus nettes et il les suivit jusqu'à un vieux barrage en pierre qui avait gaillardement survécu à plus d'un demi-siècle de crues printanières et remplissait toujours son office.

Sur la droite, la rivière sortait du bois en serpentant pour former un réservoir naturel, étroit et long. Au pied du réservoir, elle débordait sur l'avant du barrage pour redevenir un cours d'eau. Au-dessus et en dessous du bassin, là où la rivière demeurait rivière, elle n'était guère plus large que Bitch Creek. Mais le réservoir contenait pas mal d'eau. Quenouilles et roseaux poussaient sur les berges. Le bassin avait l'air peu profond et vaseux en bordure, mais on devinait qu'en son milieu, il devait accueillir un profond chenal. L'eau était claire et devait sa teinte légèrement cuivrée au tanin des feuilles et écorces qui jonchaient par dizaines le sol tourbeux.

De l'autre côté du barrage, le sentier traversait une étendue de terre plane et marécageuse avant de gravir une colline pour se perdre dans les bois. D'après la carte de Lyle, il y avait une maison en haut de cette colline – plus probablement des fondations, là où s'élevait jadis une maison. Au XIXe siècle, pas mal de fermiers avaient abandonné leur terre, gagnés par le découragement, et leurs fils s'étaient exilés en ville pour occuper une place à l'usine. Pas mal d'autres avaient été ruinés par l'incendie de 1947. Les bois du Maine avaient leur histoire à conter, une histoire tragique, tissée d'échecs et de défaites.

Laissant son regard errer à la surface du petit bassin, Calhoun ne vit aucune trace de truite : ni remous, ni gobage, ni ombre fuyant dans les bas-fonds.

Mais des libellules fluorescentes et des phryganes couleur de feu patinaient vaillamment à la surface de l'eau, et Calhoun devait s'assener des claques sur la nuque pour chasser les mouches noires qui le dévoraient vif, tourbillonnant autour de sa tête. Le bassin était sans doute un vivier d'insectes, un vrai garde-manger à truites.

Tandis qu'il contemplait l'étang, son regard s'attarda sur les roseaux qui bordaient la rive opposée : il y aperçut une masse brun foncé, à moitié enfoncée dans l'eau. Peut-être un rocher moussu. Mais à y regarder de plus près, elle n'avait pas l'air entièrement naturel. Calhoun escalada la digue et se haussa sur la pointe des pieds, plissant les yeux pour mieux apercevoir la forme. À côté d'elle, il vit quelque chose étinceler soudain au soleil.

Il se força à détourner le regard. Il ferma les yeux dans l'espoir que, lorsqu'il les rouvrirait, la masse immergée aurait disparu, qu'elle aurait perdu cette forme humaine, que c'était juste son cerveau qui lui jouait encore des tours.

Mais lorsqu'il rouvrit les yeux, la forme était toujours là.

Il traversa le barrage, regarda de nouveau, lança un juron et se mit à courir. Le sol était boueux, plein de trous et de mottes d'herbe, et il tomba deux fois avant d'arriver au bord du réservoir.

Il s'arrêta, de l'eau jusqu'aux chevilles, haletant, les pieds pris dans le sol vaseux du bassin. La forme qu'il avait vue était bien ce qu'il redoutait : l'arrière-train d'un homme chaussé de waders. Et le reflet était le soleil ricochant sur la surface vernie d'une canne en bambou qui dépassait de l'eau, à côté du corps. Calhoun reconnut simultanément le corps et la canne. La canne était une jolie petite Thomas & Thomas de sept pieds et demi que Calhoun avait restaurée et offerte à Lyle pour ses vingt-six ans, l'hiver précédent.

Le corps était celui de Lyle. Évidemment.

Calhoun entra dans l'eau en pataugeant. Ses pieds adhéraient au sol de tourbe spongieuse.

Lyle donnait l'impression d'être agenouillé dans l'eau comme un musulman qui s'incline pour la prière. Ses bras, ses épaules et sa tête étaient immergés. Ses genoux s'enfonçaient dans la vase. Tout l'air contenu dans les waders avait convergé dans le fond du pantalon, l'entraînant vers la surface.

Calhoun vit la longue queue-de-cheval de Lyle onduler doucement dans l'eau cuivrée, et lui revint soudain à l'esprit le corps spectral qu'il avait vu dériver dans sa rivière et dont la chevelure flottait elle aussi sur l'eau.

Lyle portait son gilet de pêche. Son float tube, entièrement dégonflé, lui tombait sur les genoux. Il avait perdu sa casquette, mais conservé les palmes fixées à ses pieds. Sa canne reposait à ses côtés, la poignée dans l'eau, la pointe immobilisée dans les roseaux. La soie s'était dévidée dans le bassin.

Calhoun passa ses bras autour de la poitrine de Lyle, le hissa hors de la boue, le traîna à travers vase et tourbe jusqu'au bord du réservoir. Il n'arrêtait pas de glisser dans la boue, et le poids mort de Lyle retombait sur lui.

Enfin il réussit à le hisser sur la terre ferme, à côté du barrage. Il s'écroula à côté du cadavre en cherchant à reprendre son souffle. Il attendit que le rythme martelé de son cœur ralentisse et que s'apaise son cerveau en feu.

Au bout de quelques minutes, Calhoun se releva sur ses mains et ses genoux, et regarda le visage boursouflé de Lyle. Ses yeux bleu pâle fixaient le ciel et sa bouche était grande ouverte comme si la mort l'avait surpris au beau milieu d'une chanson.

Lyle aimait chanter. Il connaissait par cœur tout le répertoire des Beatles et lorsqu'ils sortaient en bateau, il clamait *Rocky Racoon* ou *A Day in the Life* en cherchant à couvrir le raffut du hors-bord. Calhoun se rappela un jour où ils étaient partis à 4 heures du matin pêcher le bar à la marée descendante sur l'embouchure du Kennebec. Lorsqu'ils avaient démarré le bateau, il s'était mis à pleuvoir, puis le vent avait tourné, leur envoyant la pluie de biais, si bien que les gouttes cinglaient leurs visages comme du petit plomb. Lyle avait eu un large sourire : il adorait ça. *Here comes the sun*, vociférait-il.

Une sangsue s'était attachée à la nuque de Lyle. Calhoun la détacha d'un revers de la main. Au toucher, la peau de Lyle était comme le corps froid et caoutchouteux d'une truite, aussi froide que l'eau du réservoir. Elle avait la couleur d'un ventre de truite.

Calhoun se remit péniblement sur ses pieds.

— Je reviens, dit-il à Lyle.

Il retourna en clapotant à l'endroit où il l'avait trouvé, saisit la canne Thomas & Thomas et rembobina le moulinet. Il n'y avait plus de mouche attachée à la ligne. Peut-être qu'une grosse truite sauvage s'était prise dans les roseaux de la rive et qu'elle avait brisé le fil.

Et que Lyle était mort à ce moment.

Ridicule.

Calhoun démonta la canne en deux morceaux et les rapporta là où il avait laissé Lyle. Il les déposa sur le sol avec précaution et s'agenouilla près de lui.

— Je t'ai rapporté ta canne.

Il lui ôta sa veste, bourrée de boîtes à mouches et de tout le bric-à-brac qu'un guide de pêche a toujours sur lui. Il secoua la tête, se rappelant toutes les virées, toutes les histoires qui se cachaient dans cet assortiment bigarré.

Il ôta doucement les palmes des pieds de Lyle, dégagea le float tube dégonflé de ses jambes, puis retira les waders, encore à moitié remplis d'eau, qui lui collaient au corps.

Il chargea ce corps sur une épaule, comme l'aurait fait un pompier, et repartit en direction de la route.

Lyle était grand et maigre, tout en os et tendons. Calhoun faisait presque quinze centimètres de moins, mais était tout en muscles à force de fendre des bûches et de manier la pagaie. Les premiers deux cents mètres furent aisément franchis. Mais lorsqu'il attaqua le chemin encombré, puis la longue pente qui menait à la route, l'adrénaline vint à lui manquer et il trébucha.

— Il me faut une petite pause, vieux, marmonna-t-il à Lyle tandis qu'il s'agenouillait, laissant rouler le corps sur le sol.

Il s'assit à côté de Lyle et remplit ses poumons d'air en regardant le visage boursouflé de son ami.

Depuis qu'il l'avait trouvé parmi les roseaux, Calhoun n'avait pas pris le temps de réfléchir. Il n'avait pas cherché à deviner ce qui avait pu se passer, comment Lyle avait pu se noyer dans cet étang si peu profond, pourquoi son float tube s'était dégonflé si vite, l'empêchant de regagner la rive.

Peut-être avait-il ferré une grosse truite, qu'il avait suivie jusque dans le réservoir, que ses pieds s'étaient enfoncés dans le sol qui l'avait lentement aspiré ? Ces fonds vaseux étaient comme des sables mouvants, et plus on se débattait, plus on s'enfonçait. Si on paniquait, on risquait de couler très vite, même avec des palmes aux pieds.

Mais Calhoun n'avait jamais vu Lyle paniquer. Le gosse savait garder son sang-froid dans les moments délicats. Par un froid matin de décembre où ils chassaient le canard sauvage à l'aube, dans Casco Bay, une bourrasque soudaine avait parcouru l'océan. Dans le noir et la neige épaisse qui s'abattaient sur eux, ils ne se voyaient plus d'une extrémité à l'autre de la barque. La marée se faisait plus forte, les flots plus lourds dans le vent, le froid était tel que la neige et l'écume salée gelaient dès qu'elles touchaient leurs chapeaux et cirés. Si Calhoun avait été à la barre, ils auraient fini en Afrique, à moins de geler à mort ou de chavirer en premier lieu. Lyle les avait tranquillement ramenés au port, en chantant l'intégralité de *Revolver* si fort qu'il couvrait les hurlements du vent et le grondement du hors-bord.

Lyle s'était déjà retrouvé pris dans un sol tourbeux. Il était difficile de se le figurer pris de panique. Sans compter qu'il n'était pas coincé dans la boue lorsque Calhoun l'avait découvert. Et Green ? Il faisait quoi, ce con, pendant que Lyle avait des ennuis ?

Calhoun n'arrivait pas à penser clairement. Il essaya de mettre son cerveau au ralenti, de l'obliger à trier les faits, de leur donner un sens.

Lyle et Green étaient venus ici en pick-up. Ils s'étaient garés, avaient déchargé leur matériel et rejoint ensemble le réservoir. Muni de son float tube, Lyle s'était aventuré sur l'eau. Green aussi, si ça se trouve. Ou peut-être que le vieil homme était resté pêcher près du barrage. Puis le tube de Lyle s'était soudain dégonflé. Lyle s'était démené pour regagner la rive et il avait lentement coulé. Ses waders s'étaient peu à peu remplis d'eau.

Il avait crié pour appeler à l'aide.

Personne n'était venu à son secours.

Reconstruis, se disait Calhoun. OK. Donc Green n'avait pas pu – ou pas voulu – aider Lyle. Lorsqu'il s'était rendu compte de la situation, il avait paniqué. Il était sorti des bois, il était remonté dans le camion de Lyle, et il était revenu à l'endroit où ils avaient laissé sa Taurus, derrière l'école élémentaire, même si c'était rudement bizarre d'aller stationner là.

Puis Green avait changé de voiture, laissant les clés sur le contact du Dodge, et il était reparti dans sa Taurus. Il n'était pas allé chercher de l'aide ou raconter à la police ce qui s'était passé. Il était parti… tout simplement.

Calhoun hissa de nouveau Lyle sur ses épaules et reprit sa marche pour sortir des bois.

Il était sur le point de s'accorder une nouvelle pause lorsqu'il vit le soleil étinceler sur le pare-brise de son camion. Il parcourut les derniers mètres en trébuchant et s'effondra dans les herbes folles, sur le bas-côté. Il resta sur le dos, haletant, Lyle à ses côtés, couché sur le ventre. Même après que son rythme cardiaque fut retourné à la normale, Calhoun resta allongé de tout son long, les yeux fermés, en repensant à Lyle… aux chansons des Beatles qu'il entonnait à pleine gorge sous la pluie… aux histoires qu'il recréait à partir des légendes contées par les pierres tombales tapies au cœur des bois… à la façon dont il rougissait chaque fois que Calhoun lui demandait ce que ça lui faisait de partager cette grande maison avec un troupeau de mignonnes petites colocataires qui couraient partout en chemise de nuit… à cette après-midi de juillet où Lyle était apparu à sa porte avec une boîte en carton qui s'était avérée contenir un chiot de huit semaines… à la nuit de mars orageuse où ils avaient monté des mouches chez Calhoun en écoutant la *Symphonie pastorale* de Beethoven, où Lyle avait persuadé Calhoun d'allumer un joint – rien de tel qu'un bon pétard pour apprécier Beethoven – et une heure plus tard, ils avaient mis le volume à fond et Calhoun dirigeait le chœur final avec une canne à mouche, et Kate avait soudain fait son apparition, vêtue d'un petit chemisier noir et de bas résille…

— Hé m'sieur, vous allez bien ?

Calhoun rouvrit brusquement les yeux. Une femme maigre et sèche, aux cheveux gris, était debout, les mains sur les hanches, à l'observer en fronçant les sourcils. Elle portait des espadrilles et un jean ample, une chemise de flanelle par-dessus le jean. Un bandana bleu retenait ses cheveux.

— C'est mon ami, dit Calhoun. Il est…

— Doux Jésus, dit-elle en contemplant le corps de Lyle étendu à ses pieds. Il est mort, hein ?

Calhoun acquiesça.

— Le prenez pas mal, reprit la femme, mais vous avez l'air aux trois quarts mort, vous aussi.

— Je viens de le sortir de l'eau.

Elle secoua la tête et laissa échapper un long soupir.

— Qu'est-ce qui s'est passé ?

— Il s'est noyé.

— Ouaip, ça m'en a tout l'air.

Elle leva les sourcils, l'invitant à poursuivre son récit.

— C'est une longue histoire, m'dame.

— Ben, vaut mieux la garder pour le shérif alors. Bougez pas surtout, je vais l'appeler. J'habite à côté de la route, un peu plus loin.

— Croyez-moi, dit Calhoun, je ne vais nulle part.

10

CALHOUN se redressa et observa la femme qui regagnait à grands pas une Jeep Wrangler au toit ouvert. De dos, elle avait l'air d'un homme, avec son allure efflanquée et ses hanches étroites. Elle grimpa dans le véhicule, tourna la tête vers lui et démarra.

Il se laissa aller en refermant les yeux. Le visage de Green surgit dans sa tête. Calhoun se donna le temps de l'étudier. De belles dents régulières, un visage tanné, des yeux pâles avec des pattes d'oie, des lunettes d'acier fixées à de grandes oreilles décollées, une chevelure assortie à ses dents blanches. Il scanna mentalement le reste de ce cliché : une chemise polo verte boutonnée jusqu'en haut, un pantalon de toile, des mocassins neufs, des mains bronzées, piquées de taches brunes, pas d'alliance, une Rolex en or au poignet gauche.

Originaire de Key Largo, à ce qu'il disait.

Il prétendait avoir pêché partout dans le monde, mais il disait aussi n'avoir jamais pris de truite sauvage. À bien y repenser, ça paraissait peu crédible. Bien sûr, les truites sauvages n'étaient plus aussi nombreuses qu'au siècle dernier, mais elles ne constituaient pas exactement une espèce en voie de disparition. Il restait encore les truites monstrueuses du Labrador ou du Québec, sans parler des petites truites qui avaient survécu dans le cours supérieur des rivières légendaires des Catskill, comme la Beaverkill, la Willowemoc et la Neversink.

Un pêcheur d'envergure ne serait pas venu consulter un petit comptoir d'articles de pêche de Portland.

Et ce type avait menti sur son nom. Dieu sait sur quoi encore.

Calhoun entendit la Jeep remonter bruyamment le chemin avec un bruit de moteur caractéristique.

Une minute plus tard, la femme se penchait à ses côtés.

— J'ai appelé le shérif, dit-elle. Il a dit de pas bouger, de l'attendre et de toucher à rien. Tenez, je vous ai apporté une bière.

Calhoun mit une main en visière au-dessus de ses yeux. Elle lui tendait une canette de Coors.

— C'est gentil à vous, dit-il. Mais je ne supporte pas l'alcool.

Elle écarquilla les yeux, puis hocha la tête.

— J'suis bête, dit-elle. J'aurais dû vous poser la question. J'en connais plein qui ont ce problème-là.

C'est pas que je sois alcoolique, avait-il envie de dire. C'est purement physique. Mes neurones sont amochés, du coup ils ne font plus la différence.

— Mieux vaut remettre ça à demain, voilà ce qu'il dit en fin de compte parce que c'était plus facile. Merci quand même.

— J'ai de l'eau dans la voiture.

— Ce serait génial.

Elle revint avec un bidon de lait en plastique qu'elle avait rempli d'eau. Calhoun en vida quasiment la moitié avant d'en décoller sa bouche. Il s'essuya de son poignet.

— Ça fait du bien.

— Vous avez dû trimer pour traîner un grand gars comme ça hors des bois. Où l'avez-vous trouvé ?

— Il pêchait dans le réservoir, là-bas. Quand j'ai vu qu'il n'était pas rentré, je suis parti à sa recherche.

La femme serra les lèvres.

— Ça fait pitié, dit-elle. (Puis elle pencha la tête sur l'épaule.) Je m'appelle Anna Ross. Mon mari et moi, on a cette propriété de l'autre côté de la route.

Elle désigna quelque chose du menton, par-dessus son épaule, et Calhoun vit une ferme blanche de l'autre côté de la route, à une cinquantaine de mètres.

Elle lui tendit une main qu'il empoigna dans la sienne.

— Calhoun, dit-il, Stoney Calhoun. J'habite Dublin. Lui, c'est Lyle MacMahan. Un ami à moi.

— Et comment il a fait son compte pour se noyer dans ce petit réservoir ?

— Ça, je ne sais pas.

Elle s'assit sur le sol à côté de lui, serra ses genoux dans ses bras et plissa les yeux en regardant le ciel.

— J'apprécie ce que vous faites pour moi, dit Calhoun au bout d'une minute. Mais je tiens le coup, et vous avez sans doute mieux à faire.

Elle eut un rire bref.

— Non, m'sieur. Rien du tout. Autant traîner dans les parages, si ça ne vous dérange pas. Peut-être que je serai d'une utilité quand le shérif arrivera.

— Comme vous voulez, dit Calhoun. J'aime autant avoir un peu de compagnie.

Anna Ross lui raconta comment David – son mari – avait grandi dans la ferme qu'ils habitaient encore à ce jour. Elle-même venait de Kittery. Elle avait rencontré David à Old Orchard Beach, l'été 1953, alors qu'elle avait dix-huit ans et lui vingt, et ils s'étaient mariés un an plus tard. Ils avaient deux enfants, un garçon et une fille, qui étaient grands maintenant. Lui vivait dans le Michigan, elle dans l'Oregon. Quatre petits-enfants, qu'ils voyaient à peine.

David était le M. Miracle de cette contrée, dit-elle avec fierté. Tous les patelins ont leur David Ross – un type avec une grange pleine d'outils, de véhicules et de pièces détachées, toujours prêt à débroussailler votre allée, à remettre en état votre pompe à puits, à rafistoler un toit qui prend l'eau, à recharger la batterie d'un tracteur ou d'un camion, à fermer votre maison de vacances à l'automne et à l'ouvrir au printemps. Encore maintenant, disait Anna, alors qu'il avait plus de soixante-dix ans, pas moyen de l'arrêter.

Anna Ross ne donnait pas l'impression de s'intéresser à l'histoire personnelle de Calhoun, et il en profitait pour la laisser parler. Une famille, les Potter, avait vécu là-haut autrefois – elle leva le menton vers les bois et le réservoir où il avait trouvé Lyle. Potter avait péri lors de l'incendie de 47. David était adolescent à cette époque. Il avait manqué l'école ce jour-là pour protéger la ferme familiale où il n'y avait que lui et sa mère, vu qu'il avait perdu son propre père un ou deux ans plus tôt. Il fallait arroser les murs de la maison et s'assurer que le bétail était à l'abri, et c'est seulement plusieurs jours après que l'incendie se fut frayé un chemin vers l'est, laissant dans son sillage un vaste empan de forêt calcinée et de maisons en ruine, qu'on s'était soudain préoccupé des Potter.

On avait retrouvé Sam Potter allongé sur le sol près des vestiges calcinés de sa ferme, un corps noirci qui reposait là comme s'il attendait tranquillement les pompes funèbres.

Dans la région, il n'y avait eu que Potter pour succomber dans l'incendie, ajouta Anna Ross. Le plus bizarre, c'est qu'il avait ouvert toutes les barrières et laissé sortir les chevaux, les cochons et les poulets pour qu'ils ne soient pas piégés par le feu. Sam savait qu'il lui arrivait droit dessus, mais il n'avait pas pu s'enfuir. Les flammes étaient venues trop rapidement.

David parlait encore de cette journée, disait-elle, et pourtant ça datait de plus de cinquante ans. Tous les vieux qui avaient connu l'année 47 se souvenaient de cet incendie. À l'époque, Anna allait au lycée de Kittery. Le feu n'était pas descendu aussi loin dans le Sud, mais elle en avait entendu parler à la radio. Bien sûr, elle ne connaissait pas encore David en 47, mais quand même, elle avait eu peur comme tout le monde.

Elle tapota le bras de Calhoun.

— On dirait que cet endroit est hanté, fit-elle. Enfin je veux dire, il y a le fantôme de ce pauvre type qui parcourt les bois, et maintenant votre copain se noie dans le petit réservoir. (Elle fronça les sourcils.) Vous croyez aux fantômes, monsieur Calhoun ?

— Peut-être.

Il songea à tous ceux qu'il avait connus avant son hospitalisation et qui étaient pour lui des fantômes à présent, des présences fugitives qui traversaient ses pensées, trop évasives pour se laisser capter et identifier, réelles pourtant. Et ces visions qui apparaissaient sans préavis, comme le corps nu à la chevelure éparse dans Bitch Creek. Et puis les vrais fantômes, comme Lyle.

Anna Ross cueillit un brin d'herbe et le glissa entre ses dents en scrutant le ciel.

— J'en ai vu, dit-elle calmement.

Une minute plus tard, un 4 × 4 vert freina brutalement sur le chemin poussiéreux et il en sortit le shérif Dickman. Il laissa la porte ouverte et le moteur allumé, et gagna à grandes enjambées l'endroit où Calhoun et Anna Ross étaient assis.

— Stoney. Anna.

Son regard glissa vers le corps de Lyle, étendu à côté d'eux, et il secoua la tête.

— Putain de merde, grommela-t-il en s'accroupissant. Vaut mieux tout me raconter, là.

Calhoun raconta à Dickman comment il avait identifié l'endroit où Lyle avait emmené Green en étudiant la carte que son ami gardait sous le siège avant du pick-up. Comment il avait trouvé son corps dans le bassin avec son float tube dégonflé, comment il l'avait hissé hors de l'eau et comment Mme Ross s'était trouvée là pour téléphoner au shérif.

— C'est tout ? demanda Dickman.

Calhoun hocha la tête.

— Et t'en penses quoi ?

— Le fond de ce réservoir est plein de vase, dit Calhoun, et tu sais comment ce truc t'aspire au point que plus tu te démènes pour en sortir, plus tu t'enfonces dedans.

— Sauf qu'il était pas coincé dans la vase quand tu l'as trouvé.

— Non.

— D'après toi, il était avec un client.

— Oui, dit Calhoun, ce Green. Il a disparu

— Tu aurais dû laisser le corps à l'endroit où tu l'avais trouvé, tu sais.

— Non, shérif. Pas Lyle.

Dickman soutint un moment son regard, puis opina du chef. Il alla vers Lyle et s'agenouilla près de lui. Il posa le dos de la main contre la joue du mort, glissa son index dans sa bouche, passa ses doigts dans ses cheveux, appuya la paume de sa main contre sa poitrine.

— Il s'est noyé, ça c'est sûr, mais c'est pas à moi de le dire. Il me faudra une autopsie en bonne et due forme.

— Et toi, t'en penses quoi ?

— Ce que j'en pense ? Voilà un grand type bien bâti qui savait se débrouiller sur l'eau. Et qui n'était pas seul lorsque ça s'est passé.

Calhoun acquiesça.

— Green a dû prendre la camionnette de Lyle et la conduire jusqu'à South Riley.

— C'est bizarre, faut dire.

Le shérif pencha la tête de côté, puis se leva. Une minute plus tard, une ambulance s'arrêtait derrière l'Explorer.

Deux ambulanciers sautèrent à bas du véhicule. Dickman alla leur parler. L'un d'eux les rejoignit, s'agenouilla une ou deux minutes près de Lyle, puis regarda Calhoun et Anna Ross.

— Ça, il est mort depuis un bout de temps, à ce qu'on dirait. (Il se releva et héla son partenaire.) Apporte le sac, Will.

Tous deux firent glisser Lyle dans un sac de plastique noir dont ils remontèrent la fermeture Éclair, puis ils le mirent sur un chariot et le ramenèrent à l'ambulance avec l'efficacité insouciante de l'habitude. Lorsqu'ils furent remontés dans leur véhicule, le shérif adressa un mot au conducteur qui avait baissé la vitre.

L'ambulance repartit et Dickman vint les rejoindre.

— Ils l'emmènent à l'hôpital principal de Portland, dit-il à Calhoun.

Il cala son Stetson sur sa tête chauve, en effleura le bord du doigt et fit un petit salut à Anna Ross.

— Merci pour ton aide, Anna.

— Pas de problème.

Dickman passa un bras autour des épaules de Calhoun et revint avec lui vers son camion.

— Stoney, murmura-t-il, je veux dire un mot à ce fameux Green.

— Moi aussi. J'ai fait le tour des hôtels et des auberges, et personne n'a entendu parler de lui.

— Tu as fait ça ?

— Oui.

— Il conduisait une Taurus de location, si j'ai bien compris.

— Une berline blanche. J'ai appelé toutes les agences, dans la foulée. Toujours rien.

— Bon, on va ouvrir l'œil.

Dickman se glissa dans son pick-up et ferma la porte.

— Je te tiens au courant, dit-il.

Puis il partit à son tour.

Calhoun garda les yeux fixés sur l'Explorer qui disparaissait au tournant de la route. Lorsqu'il se retourna, Anna Ross était près de lui.

— Je voudrais pouvoir faire quelque chose.

— Ce serait chic si vous me laissiez utiliser votre téléphone. Il faut que j'appelle quelqu'un à Portland.

— Pas de problème. Suivez-moi.

Calhoun grimpa dans sa camionnette et suivit la Jeep d'Anna sur l'allée de gravier qui dessinait une courbe jusqu'à la jolie ferme blanche qu'il avait aperçue depuis la route. Ils s'arrêtèrent près d'une vaste grange.

Lorsqu'il descendit de son pick-up et claqua la porte, un homme sortit de la bâtisse. Il portait de vieilles bottes en caoutchouc et une salopette par-dessus un T-shirt sans manches. Il tenait une grande clé à molette à la main gauche et un mégot de cigare lui pendait aux lèvres. Il était petit et sec jusqu'à paraître maigre, avec un visage cousu de rides qui lui donnait l'air d'avoir deux fois son âge. Des mèches de cheveux d'un jaune blanchâtre s'échappaient de dessous sa casquette. Des poils de barbe blancs sur son menton et ses joues, deux dents manquantes, une lueur amicale dans les yeux.

Anna se glissa hors de sa Jeep.

— Monsieur Calhoun, dit-elle, voici mon mari, David.

David Ross les rejoignit, essuya sa main sur sa cuisse et la lui tendit.

— Vous êtes le type qui a trouvé un cadavre, hein ?

Calhoun lui serra la main.

— Oui. C'était mon ami.

— Fichtrement navré de l'apprendre, dit Ross. (Il ne cessait de fléchir le bras qui tenait la lourde clé métallique, comme s'il cherchait à muscler son maigre biceps.) Là-bas, près de l'ancien terrain des Potter, c'est ça ?

Calhoun acquiesça.

— Il s'est noyé dans le réservoir. En pêchant.

— En pêchant, répéta Ross. Jamais entendu dire qu'on pêchait à c't'endroit.

— Lyle était guide de pêche. Et sacrément futé.

— Et il s'est noyé, hein ?

— À ce qu'on dirait.

— Un guide de pêche, ça devrait être assez futé pour éviter de se noyer.

Calhoun haussa les épaules.

— Votre femme m'a permis d'utiliser votre téléphone.

— Aucun problème, dit Ross. Faites comme chez vous. Dites à Anna de vous trouver une bière.

— Elle m'en a déjà proposé une. Merci.

Ross fit un signe de tête, pivota et retourna dans la grange.

Anna prit le bras de Calhoun et l'entraîna vers la porte arrière de la ferme.

— Ne faites pas attention à David, dit-elle. Ça joue les durs à cuire pour faire oublier qu'en vérité, c'est un vieux con au cœur tendre.

Calhoun sourit.

— C'est bien ce qu'il m'a semblé.

La cuisine d'Anna sentait le romarin. Elle désigna un téléphone fixé au mur, puis s'éclipsa.

Calhoun appela la boutique et lorsque Kate décrocha, il dit :

— J'ai trouvé Lyle. Pas moyen de te dire ça en douceur… Il est mort.

Elle resta silencieuse si longtemps que Calhoun finit par dire :

— Tu es encore là, Kate ?

— Je suis encore là. Qu'est-ce qui s'est passé ?

— Il s'est noyé, apparemment.

— Et Green ?

— Bonne question. Green a disparu et Lyle s'est noyé, c'est absurde. (Il laissa échapper un long soupir.) J'ai sorti Lyle de l'eau, Kate, et le shérif est venu. Ils l'ont emporté dans une ambulance.

— Oh, mon Dieu… Stoney… Où es-tu en ce moment ?

— Juste au bas de la route, près de l'endroit où je l'ai trouvé. De braves gens m'ont laissé utiliser leur téléphone. Écoute, tu pourrais me retrouver le numéro de la petite amie de Lyle, Penny Moulton ? Je l'ai noté sur le calendrier qui est sur ton bureau.

— Je suis sur le seuil, là. Attends…

Elle revint une minute plus tard et lui lut le numéro.

— Qu'est-ce que tu vas faire ? demanda-t-elle.

— Il faut prévenir la famille et les amis de Lyle. Autant que je m'en charge.

Le téléphone de Penny Moulton à Standish sonna une douzaine de fois dans le vide. Calhoun s'apprêtait à raccrocher lorsqu'il entendit une voix haletante.

— Oui ? Allô ?

— Stoney Calhoun. Je vous ai déjà appelée hier.

— Oh oui, vous êtes l'ami de Lyle. Qu'est-ce qui… ?

— Je suis dans le coin, dit-il. Je me demandais si vous accepteriez que je passe un instant.

Elle garda le silence un moment. Puis…

— Il est arrivé quelque chose, n'est-ce pas ?

— J'en ai peur.

— Il n'est pas…

— Lyle est mort. Je suis désolé.

— Il est…

Elle laissa échapper un long soupir.

— Vous au moins, vous ne tournez pas autour du pot. (Elle hésita.) Je savais que c'était quelque chose d'affreux. Lyle vient toujours quand il a dit qu'il venait. Je savais depuis le début… j'étais certaine.

Elle resta silencieuse encore un moment.

— Que s'est-il passé ?

— Il vaut peut-être mieux qu'on en parle de vive voix.

— Oui, OK. (Calhoun l'entendit sangloter, puis s'éclaircir la voix.) Vous venez d'où ?

— De Dublin. Comment faire pour vous trouver ?

Elle louait un appartement au premier étage d'une maison, à Standish. Calhoun n'eut nul besoin de noter ses indications. Il connaissait l'endroit.

— Je serai là d'ici une demi-heure, si ça vous va.

— Je ne bouge pas d'ici, monsieur Calhoun.

11

ANNA Ross lui offrit un Coca et le raccompagna jusqu'à son camion. Il ouvrit la portière, puis se tourna vers elle.

— Merci pour tout, m'dame. Vraiment.

Elle lui posa la main sur l'épaule en souriant.

— Si je peux faire quoi que ce soit d'autre.

— Dites au revoir à votre mari pour moi.

— Promis.

Il se glissa derrière le volant, mit le moteur en marche et descendit l'allée. Il trouva une station de rock à la radio et monta le volume, cherchant à se concentrer sur les paroles pour ne pas penser à Lyle. Sans grand succès.

Lorsqu'il s'arrêta devant chez lui, Ralph quitta la terrasse d'un bond pour se ruer contre la portière. Calhoun l'ouvrit et le chien monta sur ses genoux, l'obligeant à partager son siège. Calhoun lui mit ses bras autour du cou, et Ralph lui lécha le visage.

— Lyle est mort, mon pote.

Ralph regarda Calhoun au fond des yeux, lui lécha encore une fois la joue, puis se cala sur le siège en posant son menton sur la cuisse de son maître. Pas de doute, ce chien comprenait ses paroles.

Il fallut une vingtaine de minutes à Calhoun pour trouver la petite maison à bardeaux où logeait Penny Moulton. Sa boîte à lettres était ornée d'un motif figurant un canard sauvage, et dans l'allée était garée une Saab rouge plutôt récente – une marque plutôt rare dans ce Maine rural, avec ses hivers sans fin et ses interminables pluies, où la plupart des habitants cédaient à la nécessité d'avoir un 4 × 4.

Il se rangea derrière la Saab, coupa le moteur et se tourna vers Ralph.

— Ne bouge pas d'ici, dit-il. Je n'en ai pas pour longtemps.

Il monta les marches du perron et sonna.

Une minute plus tard, la porte s'ouvrit.

— Vous êtes monsieur Calhoun ?

Penny Moulton était mignonne, dans le genre potelée, avec un casque de boucles blondes, un visage rond, un petit nez et une bouche pulpeuse. Derrière ses lunettes, ses yeux bleu-gris étaient gonflés et rougis.

— Oui, m'dame, répondit Calhoun.

Elle ouvrit grand la porte.

— Entrez. J'ai fait du café.

Elle portait un jean moulant, un chemisier de flanelle verte dont elle avait noué les pans au-dessus du nombril, et était pieds nus. Elle le conduisit dans un salon tout de verre et de chrome, au mobilier de bois pâle. L'élément dominant, incongru, était un trophée de cerf fixé au-dessus de la cheminée, qui semblait les observer.

— Asseyez-vous, dit-elle. Comment l'aimez-vous ?

— Euh…

— Votre café. Noir, je parie.

— Non, en fait je prends du lait, mais pas de sucre. Je me suis mis au lait parce que c'est ce que mon chien préfère.

Elle lui lança un sourire intrigué et quitta la pièce.

Calhoun s'assit sur le sofa. Des numéros récents de *Field & Stream*, *Shooting Sportsman* et *American Angler** traînaient sur une petite table à plateau de verre, et sur l'étagère du coin, il vit toute

* *Champs & Rivières, Le Chasseur, Le Pêcheur américain* sont des revues de chasse et de pêche populaires aux États-Unis. Les écrivains cités plus loin sont des auteurs traitant de ces sujets.

une série d'ouvrages signés de Jack O'Connor, Robert Ruark, Ray Bergman, Nick Lyons, Sparse Grey Hackle, Roderick Haig-Brown…

— Tenez.

Penny Moulton, toujours pieds nus, était revenue à pas de velours derrière lui, du côté où il n'entendait pas. Elle s'assit à côté de lui sur le sofa.

— Je n'arrête pas de pleurer depuis votre appel. Je vous en prie, dites-moi ce qui s'est passé.

Il but une gorgée de café, reposa la tasse et lui raconta comment il avait trouvé le corps de Lyle dans la rivière.

— Il s'est noyé, conclut-il. Apparemment, son float tube a pris l'eau et il s'est retrouvé coincé dans la vase sans pouvoir s'en sortir.

Elle secoua la tête.

— C'est absurde, monsieur Calhoun. Je suis déjà allée pêcher avec Lyle et il ne se serait jamais noyé dans un petit réservoir. Quand bien même il aurait été pris dans la vase, il se serait extirpé de ses waders et aurait regagné la rive à la nage.

Vue de près, Penny Moulton faisait plus âgée, au moins trente ans, quelques années de plus que Lyle. Elle avait un début de pattes d'oie au coin des yeux.

— J'y ai bien pensé, dit Calhoun. Et il n'était pas pris dans la boue quand je l'ai trouvé. Mais je ne vois pas d'autre explication.

— Il était avec un client, vous disiez ?

— Oui.

— Vous lui avez parlé ?

— Au client ? Pas encore.

— Pourquoi ?

— Impossible de mettre la main dessus.

Elle fronça les sourcils.

— Je ne comprends pas. Vous voulez dire que Lyle avait emmené un client à la pêche, qu'il s'est noyé et que le type a mis les bouts ?

— À ce qu'on dirait, mademoiselle.

— Et ça ne vous paraît pas bizarre ?

— Ça me paraît bizarre, si. Vous m'avez dit, n'est-ce pas, que Lyle vous a appelée avant…

— Avant de mourir. Oui. Deux fois, pour être précise. Une fois pour me dire qu'il allait guider quelqu'un dans cette partie des bois, et est-ce que je voudrais bien lui faire à dîner pour quand il aurait fini. Et bien sûr j'ai dit oui, parce que je n'ai jamais su dire non à Lyle, même quand ça faisait une éternité que je n'avais pas eu de ses nouvelles. Et il a rappelé deux heures plus tard, quand j'étais au boulot, juste pour dire qu'il n'arriverait pas trop tard, disons qu'on pourrait se mettre à table vers 8 heures, comme ça on aurait le temps de boire une bière ou deux avant. C'était sa façon à lui de se montrer attentionné. Comme ça, il était sûr que la bouffe serait sur la table au moment précis où il aurait faim.

Calhoun sourit.

— Il a dit d'où il appelait ?

— La première fois, de chez lui. La seconde, son client et lui venaient de laisser une de leurs voitures à un endroit où il y avait un téléphone public.

Elle hésita, sourit tristement à Calhoun, secoua la tête.

— Et voilà, Lyle, avec sa gentillesse habituelle, voulait se rappeler à mon bon souvenir. Et je me suis souvenue de lui, bien sûr.

Elle ôta ses lunettes et se frotta les yeux.

— J'ai de la peine à y croire, monsieur Calhoun. Il faut que je vous dise quelque chose. Lyle était un vrai cœur d'artichaut. J'ai toujours su que j'étais une fille parmi d'autres, et j'aurais pu vouloir être la seule, mais ce n'était pas un problème. Je faisais avec. Dans ce coin du monde, il n'y a pas tant de types sympas et mignons qui soient malins et drôles par-dessus le marché.

Calhoun acquiesça.

— Est-ce que Lyle a mentionné l'endroit où il allait ? Est-ce qu'il vous a parlé de son client ?

Elle nettoya ses lunettes sur un pan de son chemisier. Puis elle les chaussa de nouveau et, d'un mouvement de l'index, les fit remonter sur l'arête de son nez.

— Il avait l'air sacrément enthousiaste. Lyle était enthousiaste par nature. Du genre à danser sur place quand il apercevait un balbuzard ou une martre, ou toute autre bestiole, et c'est ce que j'adorais chez lui. Il m'a dit que son client s'intéressait à l'histoire du patelin, et vous savez à quel point Lyle était branché histoire locale. Il a dû lui casser les pieds, à ce pauvre homme. Ils partaient chercher un étang qu'il ne connaissait pas, mais bon, ça n'avait pas l'air si important que ça, cette histoire de pêche.

— Qu'est-ce qui vous fait dire ça ?

Elle réfléchit un instant.

— Juste la façon dont il a mentionné l'intérêt de son client pour l'histoire, je suppose. Rien de très précis.

Calhoun reprit une gorgée de café.

— Comment avez-vous rencontré Lyle ?

— Une amie commune nous a présentés. Elle savait que j'aimais la chasse et la pêche, et elle m'a dit qu'elle connaissait un type qui saurait apprécier une femme capable de manier un fusil ou une canne à mouche. (Elle secoua la tête.) Le plus drôle, c'est qu'on n'est presque jamais allés pêcher ou chasser ensemble. Pour tout vous dire, Lyle aimait baiser encore plus qu'il n'aimait chasser et pêcher à la mouche. (Elle pencha la tête sur le côté et le regarda.) Oh, pardon. Je vous choque, monsieur Calhoun ?

Il haussa les épaules.

— C'est juste la façon que vous avez de dire ça.

Elle reposa ses mains crispées sur ses genoux.

— Je regrette.

— Et c'est vous qui avez tué ce géant-là ?

Il montrait du doigt le trophée au-dessus de la cheminée.

— Et comment. Je l'ai tiré dans le cou à soixante-dix mètres de distance. Il a tracé encore un peu, puis il s'est écroulé. J'avais mis en plein mille. C'était il y a deux ans, dans les environs de Greenville, ma région natale. Lyle et moi avions ça en commun. On a grandi ici, dans les bois, on a rôdé dans le coin avec une canne ou un fusil dès qu'on a su marcher. (Elle cligna des yeux pour en chasser les larmes.) Je tenais vraiment à ce type.

— Moi aussi, répondit Calhoun.

Il se força à se lever du sofa.

— Je voulais juste vous annoncer ça en personne. Et puis j'ai pensé que vous pourriez peut-être me dire comment contacter sa famille.

Elle se leva à son tour.

— À ma connaissance, il n'en a pas. Ses parents sont morts tous les deux, et il était fils unique. Il avait peut-être des cousins ou quelque chose de ce genre, mais je ne peux rien vous dire là-dessus.

Calhoun se dirigea vers la porte. Comme il s'apprêtait à partir, elle posa sa main sur son bras.

— Vous ne le croyez pas vraiment, hein, que c'était juste un accident ? Qu'il s'est laissé prendre dans la vase et noyer ?

— Connaissant Lyle, ça semble absurde. Et pourtant…

— Oui, totalement absurde.

Elle l'accompagna à son camion, toujours pieds nus, et lorsqu'elle vit Ralph assis sur le siège de devant, elle dit :

— Oh, un épagneul breton. J'adore ces chiens. Comment s'appelle-t-il ?

— Ralph Waldo, mais je dis "Ralph" tout court.

— Un individualiste, hein ?

— Un transcendantaliste pur et dur.

Elle passa sa main à travers la vitre à demi ouverte, et Ralph, toujours obligeant, y donna un coup de langue.

Calhoun se glissa derrière le volant et baissa la vitre. Penny Moulton fit le tour du véhicule pour pouvoir lui parler. Elle tendit le bras et effleura le sien.

— Merci, dit-elle. C'était gentil à vous de venir me parler.

Il fit un signe de tête.

— Pas de problème.

Il mit le contact et elle recula pour le laisser sortir. Il passa la marche arrière, hésita.

— Oh, Penny…

— Oui, monsieur Calhoun ?

— Quand Lyle vous a rappelée… la seconde fois… il appelait d'un téléphone public, c'est bien ça ?

Elle acquiesça.

— Et il a bien dit qu'il appelait de l'endroit où ils laissaient un de leurs véhicules ?

— Mmmm. (Elle fronça les sourcils.) Oui, c'est bien ça. Pourquoi ?

— Pour rien, sans doute. Prenez soin de vous, maintenant.

Il agita la main, puis sortit de l'allée en marche arrière.

Tandis qu'il s'éloignait, il jeta un coup d'œil dans son rétroviseur. Penny Moulton était debout dans l'allée, serrant ses bras autour de ses épaules comme si elle avait froid, alors que s'achevait une longue journée de juin chaude et humide.

De retour à Standish, il alla jusqu'au carrefour et se rangea sur le bas-côté. En tournant à gauche, il rentrait à Portland : il pourrait faire un saut au magasin et voir Kate. Et puis, à gauche, c'était aussi vers South Portland, où vivait Lyle. Tôt ou tard, il allait bien falloir annoncer la nouvelle à ses colocataires.

S'il continuait tout droit, il prenait la route de Dublin. Ça lui disait bien de rentrer chez lui et d'aller tuer une heure au bord de Bitch Creek, Ralph à ses côtés, assis sur le rocher à guetter les truites qui monteraient à la surface dès que le soleil aurait cessé d'éclairer l'eau. Il boirait un Coca glacé, observerait les éphémères, ferait un peu marcher sa cervelle.

Fermant les yeux, Calhoun évoqua de nouveau l'image du parking de South Riley, derrière l'école primaire. Encore une chose qui lui échappait : il avait beau avoir oublié des pans entiers de son existence, il avait découvert, depuis son séjour à l'hôpital, qu'il savait recréer des images mentales de certains événements aussi nettes et précises qu'un instantané photographique, et qu'il pouvait les fixer sous son regard intérieur pour mieux les examiner. À présent, il revoyait chacun des véhicules garés derrière l'école, il se rappelait leurs couleurs, leurs formes et leurs marques, les neufs et les anciens, et l'énorme Dodge de Lyle un peu sur le côté, collé à la cour de récré. Il revit la cour avec ses balançoires et ses tape-culs, sa cage à poules et son terrain aplani par des générations d'écoliers. Il vit la façade de l'école, dont les fenêtres s'ornaient de dessins au feutre et de peintures au doigt.

Il passa en revue ces images colorées, examinant un à un chaque détail.

Il ne vit aucun téléphone public, nulle part.

Il prit à droite au carrefour, en direction de South Riley.

Le parking était presque vide. La camionnette de Lyle était toujours là. Avec deux autres véhicules, un vieux pick-up Toyota et un Ford Bronco plutôt neuf. Pas d'école aujourd'hui : tous les profs étaient absents pour la journée.

Il sortit et tint la portière à Ralph qui alla droit sur le Bronco en sautillant et leva la patte sur la roue arrière droite.

Calhoun tourna lentement sur ses talons, comparant l'endroit avec son cliché mental.

Pas de téléphone public.

Ralph vagabondait à présent près des balançoires (encore un endroit rêvé pour lever la patte). Calhoun siffla. Le chien pencha la tête sur le côté, eut un petit mouvement d'épaule caractéristique (si-j'obéis-c'est-parce-que-je-le-veux-bien) et revint au petit trot.

Calhoun retourna vers son camion.

— Vous venez chercher le pick-up, m'sieur ?

Il se retourna et vit Mlle Russo, postée les mains sur les hanches.

— Non, répondit-il. Le shérif s'en chargera. En fait, je me demandais s'il y avait un téléphone public dans le coin.

— Faudrait retourner en ville, dit-elle en désignant le sud d'un signe de tête. Si vous descendez la route sur deux ou trois kilomètres, vous trouverez le garage de Harry Bogan, il y a un téléphone à l'intérieur. Maintenant que j'y pense, ils sont sans doute fermés à l'heure qu'il est.

— Non, je voulais dire ici. Peut-être à l'intérieur de l'école ?

— Si c'est urgent, je peux vous laisser téléphoner de mon bureau.

— Mais ce n'est pas un téléphone public ?

— Non, mais ça me pose pas de problème tant que c'est un appel local. J'peux pas vous laisser passer une communication interurbaine, vous comprenez ?

Il sourit.

— Ça ira, merci. Je suppose que personne n'est venu réclamer le pick-up ?

— Personne d'autre que vous.

— Oh, il ne sera plus là très longtemps.

Calhoun siffla de nouveau Ralph, parti renifler derrière le parking, du côté des bois. Le chien revint au petit trot et Calhoun ouvrit la porte du camion pour le laisser grimper à l'intérieur.

Il se tourna vers Mlle Russo.

— Encore merci, m'dame, dit-il.

Puis il s'assit à côté de Ralph, lança le moteur, et reprit la route de Dublin.

— OK, dit-il à Ralph en conduisant. Faut que tu m'aides, là. Si Lyle a appelé Penny Moulton depuis un téléphone public, et si ce téléphone était pile à l'endroit où Green et lui ont abandonné la Taurus pour prendre le Dodge, alors, sauf si je suis complètement marteau, ça veut dire qu'ils n'ont pas laissé la voiture derrière l'école, vu qu'il n'y a pas de téléphone public à cet endroit. Et là, ça me dépasse. Parce que je ne vois pas comment Green a pu ramener le camion de Lyle derrière l'école si sa voiture était garée ailleurs.

Mais Ralph, assis la truffe pressée contre le pare-brise, ne lui fut d'aucun secours.

12

Une fois rentré, Calhoun nourrit le chien avant d'aller s'installer sur la terrasse. Il observa les remous de Bitch Creek sur son lit pierreux et autour des rochers. La brise soupirait dans les pins. La nuit tombait et une chouette ululait quelque part au loin.

Il se laissa bercer par le mouvement du fauteuil en pensant à Lyle, essayant de ne pas penser à Kate.

Elle arriverait quand elle arriverait, et ce n'était pas de penser à elle qui la ferait venir plus vite.

Lorsqu'il regarda sa montre, il était presque minuit.

Calhoun avait presque décidé de rentrer passer un coup de fil à Walter pour savoir à quelle heure Kate était partie, lorsqu'il vit, loin entre les arbres, des feux remonter l'allée avec force secousses et soubresauts. Puis il entendit le grondement du pot d'échappement, toujours défectueux.

Il descendit de la terrasse et se posta à côté de son camion, et lorsque les phares jaillirent devant lui, il s'écarta pour la laisser se garer.

Il fit le tour du Blazer et ouvrit la portière. Kate descendit, passa les deux bras autour de son cou et se pressa contre lui. Elle appuya son visage dans le creux de son épaule et il sentit qu'elle tremblait. Il caressa sa nuque, effleura son visage, sentit les larmes affluer.

Au bout d'une minute, elle recula et le regarda droit dans les yeux.

— S'il te plaît, Stoney, dit-elle. Je n'ai pas envie de parler.

Il essuya ses larmes du bout des doigts.

— Ça me va, dit-il.

Elle ébaucha un sourire, toucha son visage, laissa glisser ses doigts sur ses yeux, son nez, ses lèvres. Puis elle se coula contre lui et effleura rapidement sa bouche de la sienne. Il retint son visage dans ses deux mains et l'embrassa doucement.

Ce fut un moment qu'ils firent durer. Puis elle y mit fin.

— Viens, chuchota-t-elle, et elle prit sa main et l'emmena droit dans la chambre.

La première nuit qui suivit le jour où ils avaient parlé à Walter, cinq ans plus tôt, Calhoun avait attendu Kate en vain. Il avait voulu lui en parler le lendemain à la boutique, mais elle lui avait fait comprendre sans un mot qu'il ne devait pas aborder ce sujet. Ici, c'est autre chose, lui signifiait-elle. C'est le magasin et on fait du business. On ne mélange pas.

Elle n'était pas venue la nuit suivante, ni celle d'après. Il l'avait attendue tout ce temps, et elle n'était jamais venue et n'en avait jamais parlé le lendemain.

Au bout de quelques soirées sinistres à la guetter, il avait renoncé à l'attendre.

Puis, deux semaines plus tard, aux alentours de minuit, il avait entendu son Blazer s'arrêter devant la cabane. Il avait eu envie de courir à sa rencontre. Et il s'était abstenu. Il était allé s'asseoir dans son fauteuil confortable, avait ouvert son anthologie sur ses genoux. Lorsqu'elle était entrée, il avait levé les yeux, dit “Oh, salut, Kate”, et glissé un marque-page dans le livre qu'il avait reposé près de lui.

Elle était restée debout, à lui sourire. Elle savait qu'après avoir longtemps espéré sa venue, il avait choisi de ne plus l'attendre. C'était ce qu'elle avait voulu.

Elle l'avait rejoint, s'était assise sur ses genoux avec un soupir de satisfaction, et il l'avait tenue dans ses bras pour la première fois. Il avait posé ses mains de part et d'autre de son visage et laissé le bout de ses doigts errer sur l'étendue de son front, les courbes de ses pommettes, l'ourlet de ses oreilles, le contour de ses lèvres, jusqu'à mémoriser son visage avec ses mains. De ses pouces, il avait suivi la courbe de ses sourcils en plongeant son regard dans ses yeux graves.

Lorsqu'elle nicha son visage au creux de son cou, il passa lentement ses mains le long de son corps. Il fit connaissance avec ses os et ses muscles à travers la mince robe de coton, laissant sa main glisser sur sa hanche, remonter vers les seins qu'il effleura, puis le long de sa jambe, puis, retroussant doucement sa robe, il caressa la peau douce et secrète à l'arrière du genou et de la cuisse, tandis qu'elle gardait les bras serrés autour de son cou.

Enfin, elle lui avait tendu sa bouche, elle avait posé très vite ses lèvres contre les siennes, les avait effleurées de sa langue, et un léger soupir lui était monté du fond de la gorge. Elle pressait sa bouche contre la sienne à lui faire mal, comme pour le dévorer des lèvres et des dents. C'était la première fois qu'ils s'embrassaient. Calhoun avait l'impression que c'était la première fois qu'il avait jamais été embrassé par une femme.

Puis Kate s'était échappée. “Viens, Stoney.” Elle lui avait tendu les deux mains.

Ils s'étaient levés, et elle l'avait emmené dans la chambre. Ils s'étaient déshabillés mutuellement, en prenant leur temps, chacun découvrant le corps de l'autre pour la première fois. Lorsqu'ils s'étaient enfin glissés sous les couvertures, ils s'étaient d'abord contentés de s'étreindre en se caressant en silence, s'habituant au contact de leurs corps.

Lorsqu'elle avait touché le bourrelet de peau que formait la cicatrice à l'arrière de son épaule gauche, elle lui avait demandé :

— C'est quoi, ça ?

— Une longue histoire, chérie.

— On a toute la nuit.

Il s'était allongé sur le côté, les yeux fixés au plafond.

— Cette cicatrice, je l'ai eue quand j'ai été frappé par la foudre.

Elle était restée silencieuse un moment.

— Tu as été frappé par la foudre ?

— Oui.

— C'est… c'est tellement inhabituel.

— En réalité, ça n'est pas si rare. Environ un millier de personnes sont foudroyées tous les ans aux États-Unis.

— Est-ce qu'ils… je veux dire… est-ce qu'ils sont tous comme toi ?

Il rit.

— Comme moi ? Non, chérie. On est tous différents. En fait, je crois que ça dépend de l'endroit où tombe la foudre. Certains souffrent de dépression chronique ou d'accès de panique. D'autres sont paralysés ou ont des problèmes cardiaques. Certains perdent leur mémoire à court terme. D'autres ne savent plus épeler un mot ou faire une multiplication. Je crois que j'ai eu de la chance. C'est juste que j'ai ces trous de mémoire, je n'entends rien de l'oreille gauche et je ne supporte plus l'alcool. C'est pour ça que j'ai passé dix-huit mois dans ce foutu hôpital. Il fallait s'assurer que ma tête redémarre correctement. Et il lui arrive encore de déraper, comme tu le sais.

— J'aime bien la façon dont elle marche, dit-elle.

Elle le fit basculer sur le côté et suivit du bout de ses doigts les bords saillants de la cicatrice qui partait du haut de l'omoplate pour s'étaler sur la moitié du dos.

— Je ne savais pas qu'on pouvait survivre à un coup de foudre.

— En fait, sur cent personnes atteintes, il y en a peut-être une dizaine qui meurent. Le type avec qui j'étais a pratiqué la respiration artificielle et un massage cardiaque, et il m'a sorti de la montagne.

— Comment c'était, Stoney ?

— Je ne sais pas. Je ne me rappelle plus rien. J'ai bien des éclairs de conscience, quand j'entends le tonnerre ou la pluie, mais ils disparaissent si vite que je n'arrive pas à les épingler. Je ne sais pas ce que je faisais sur une montagne, je ne connais même pas celui qui m'a sauvé la vie. Je n'ai pas arrêté de poser la question aux médecins, mais ils ne savaient pas, ou ils ne voulaient pas me répondre. Il y a quelqu'un, quelque part, envers qui j'ai une sacrée dette.

Lorsqu'elle lui demanda ce qu'il se rappelait, il essaya de lui décrire les crevasses dans son esprit, ces curieux moments de clarté qui lui venaient parfois, les êtres qui entraient et sortaient furtivement dans sa tête, des gens connus et oubliés qui surgissaient brusquement dans ses pensées. Il lui raconta ses rêves, qui sortaient à coup sûr de ce qu'il appelait sa "Mémoire des Jours d'Avant", d'avant les dix mille volts qui l'avaient pris pour cible sur une montagne, Dieu sait où. Il ne mentionna pas les fantômes qui l'abordaient alors qu'il était éveillé, les corps nus qui apparaissaient dans les rivières et dans les bois lorsqu'il avait les yeux ouverts, et qui semblaient encore réels après leur disparition.

— Tu te rappelles Frankenstein, dit-il à Kate la première nuit où ils étaient au lit. Ben voilà, je me sens comme lui. Comme une sorte de monstre ramené à la vie par une énorme décharge électrique.

— Je ne crois pas que tu sois un monstre. Et ta famille ? Elle ne t'a pas aidé à retrouver ta mémoire ?

— Je n'ai pas de famille. Mes parents sont morts. J'ai grandi à Beaufort, en Caroline du Sud. Ma mère s'appelait Libby – Élizabeth en fait – et mon père Daniel. J'ai été marié, à ce qu'on m'a dit, mais ma femme a demandé le divorce quelque temps avant l'accident. Personne n'est venu me voir à l'hôpital sinon des médecins et des psys qui s'intéressaient pas mal à mon cas, mais pas forcément à moi. Si j'avais eu de la famille, elle serait passée me voir en l'espace de dix-huit mois.

Le repoussant sur le dos, elle avait glissé une jambe par-dessus les siennes et posé sa joue contre sa poitrine.

— Ça me fait mal pour toi, Stoney.

— Faut pas t'en faire, chérie. J'ai sans doute oublié plus de mauvaises choses que de bonnes. Dans tous les cas, elles n'arrêtent pas de me revenir en tête et je commence à faire le tri.

— Évidemment, dit-elle. Un jour, tu te réveilleras, et tu te rappelleras soudain qu'il existe quelque part une femme dont tu es amoureux.

Il avait caressé ses cheveux et pressé sa bouche contre la sienne. Ils s'étaient longuement embrassés, puis il avait cherché ses yeux dans l'obscurité de la chambre.

— Je suis réveillé, là, avait-il dit, et je sais exactement qui est cette femme, où elle est, et quel goût elle a. Et ça, c'est quelque chose que je n'oublierai jamais.

Pendant les cinq ans qui avaient suivi cette première nuit, il n'avait jamais douté que Kate Balaban fût le premier, le véritable amour de sa vie.

Au lever du soleil, après une nuit où il n'avait pas beaucoup dormi, en pensant à Lyle, Calhoun était assis sur les rochers au bord de Bitch Creek avec Kate et Ralph, à boire du café en regardant trois belles truites gober les March Brown en aval du pont en ruine. La plus grosse des trois s'était postée près de la rive opposée, dans un remous tortueux.

— Regarde-la bien, disait-il à Kate. Tu vois comme elle est tournée vers l'aval ? C'est parce que le courant dessine une boucle qui lui apporte sa nourriture droit dans la gueule. Si tu pêches depuis l'aval et que tu lances ta soie par-dessus elle, elle te verra. Si tu pêches depuis l'amont, le courant déporte ta mouche. Ce qu'il faut, c'est corriger le lancer quand la soie est en l'air, et donner du jeu à la pointe de façon à ce que la mouche atterrisse juste devant son nez…

Il lui jeta un coup d'œil. Elle lui souriait.

— Et alors, qu'est-ce qui te fait rire comme ça ?

— Tu adores ça, hein ?

— Quoi ?

— Les problèmes. Plus ils sont durs, plus tu les aimes. Tu te fiches des deux truites postées dans le courant principal : ce sont des proies faciles. Celle qui t'intéresse, c'est celle qui ne veut pas se laisser prendre.

— Ce qui m'intéresse en tant que pêcheur, c'est pas de les pêcher.

Elle glissa son bras sous le sien et posa sa tête contre son épaule.

— C'est quoi, alors ?

— C'est de tenter quelque chose sans savoir si j'y arriverai. Et de recommencer jusqu'à réussir.

— Et si tu ne réussis jamais ?

— Tant mieux. C'est une raison de plus de revenir ici.

— Tu es un drôle d'oiseau, Stoney Calhoun, dit-elle.

Elle tendit son visage vers lui et il l'embrassa doucement.

Ralph, qui guettait les poissons, se leva soudain et dressa les oreilles. Il jeta un regard vers la maison et se mit à grogner.

— La ferme, lui dit Calhoun.

Il se retourna, mit une main en visière et suivit le regard de Ralph.

— J'entends une voiture, dit Kate.

Calhoun entendit une portière claquer et, un instant plus tard, le shérif Dickman apparut en haut de la pente. Il leur fit signe de la main et les rejoignit.

— Ça mord ?

— Elles sont difficiles, ce matin, répondit Calhoun. Tu es juste passé prendre un café ?

Dickman s'accroupit près d'eux.

— J'aimerais bien, dit-il. (Il regarda Kate, puis Calhoun.) J'ai bien peur d'apporter de mauvaises nouvelles.

— Lyle ?

Dickman acquiesça.

— Quelqu'un lui a tiré dessus, Stoney.

— Oh, mon Dieu, dit Kate.

Elle chercha la main de Calhoun et la serra très fort.

— Qu'est-ce qui s'est passé ? demanda Calhoun.

— C'est ce qu'il nous reste à découvrir.

Il ôta son chapeau et passa sa main sur son crâne chauve comme s'il lissait une chevelure imaginaire.

— J'ai convaincu le docteur Pritchard de venir hier soir faire une autopsie rapide. Ça ne collait pas, cette histoire de noyade. (Dickman se frappa le plexus solaire de l'index.) Il avait un trou à c't'endroit-là. En plein mille, si je puis dire. Le Doc a extrait une balle de 22 long rifle.

— Alors il ne s'est pas noyé, dit Calhoun.

— Si, en fait, il s'est noyé, dit le shérif. La balle lui est rentré dedans en causant pas mal de dégâts. Il a perdu beaucoup de sang. Ce qui explique pourquoi il n'a pas pu regagner la rive. Le pauvre bougre a dû rudement souffrir. Mais il est bien mort par noyade.

— C'est moi qui l'ai sorti de là, dit Calhoun. Je n'ai pas vu de blessure.

— Un 22 long rifle, ça fait un petit trou, un demi-centimètre de diamètre. C'est pas le genre de trou qu'on remarque dans une veste de pêcheur. Et sans doute que l'eau avait lavé le sang.

Calhoun hocha la tête.

— Green, dit-il.

— Certainement, dit le shérif. Il faut qu'on le retrouve, Stoney, et le plus vite sera le mieux. Tu es le seul à l'avoir vu.

Calhoun aida Kate à se relever.

— Rentrons à la maison, dit-il.

Tous trois s'assirent à la table de cuisine, devant une tasse de café.

— Il me faut une description précise de Green, dit le shérif.

Calhoun ferma les yeux.

— Je le revois cinq sur cinq. (Il leva les yeux vers Kate.) Chérie, regarde si tu trouves un bloc-notes et un crayon.

Elle les lui tendit et Calhoun fronça les sourcils une bonne minute, puis il se mit à dessiner. Tout en dessinant, il disait :

— Un mètre soixante-quinze ou quatre-vingts. Dans les soixante-quatorze, soixante-quinze kilos. Des yeux bleus. Bleu pâle, comme délavés, plutôt gris en fait. Des lunettes à monture d'acier. De grandes oreilles décollées, genre feuilles de chou. Comme ça. (Il dessina les oreilles de Fred Green, scruta le dessin, hocha la tête en signe d'assentiment.) Une petite cicatrice à côté du sourcil gauche, en forme de croissant, sur un centimètre et demi environ. Des mains soignées, avec des taches brunes. Un visage bronzé, des cheveux blancs clairsemés, avec une pointe au milieu. Des rides, ici... (Il dessinait le visage de Fred Green, ajoutant des détails, le faisant surgir comme par magie tandis que le crayon parcourait le papier)... et là, le long de sa bouche. Denture impeccable. Des couronnes, sans doute. Si c'est une prothèse, elle a dû coûter cher. Tenue relax : polo à manches courtes, pantalon de toile à pinces, ceinture en cuir tressé, mocassins bordeaux cirés, le tout neuf, impeccable, d'excellente qualité. Une Rolex en or au poignet gauche. Des ongles manucurés. Les plus jolis ongles que j'aie jamais vus à un homme.

Calhoun reposa le crayon, pencha la tête pour examiner le dessin qu'il venait de terminer, puis le montra au shérif.

— C'est lui. C'est à ça qu'il ressemble.

Dickman y jeta un coup d'œil, puis regarda Calhoun, les sourcils froncés.

— Où as-tu appris à faire ça ?

— Hein ?

— Je ne savais pas que tu étais un putain d'artiste, Stoney.

Calhoun haussa les sourcils.

— C'est ce que je vois dans ma tête, c'est tout.

— Pour moi, c'est ça, un artiste. C'est quelqu'un qui dessine ce qu'il a dans la tête. C'est un don.

— Je ne sais pas quoi te dire. Ce n'est pas quelque chose de conscient, shérif. Je me suis rappelé ce type et j'ai tout mis sur papier, devant moi, un point c'est tout.

— C'est un dessin professionnel, dit Dickman. Et tous ces détails que tu t'es rappelés. Tu t'es entraîné à faire ça ?

— Je ne sais pas, dit Calhoun.

Au moment où il parlait, il eut un éclair de mémoire : une salle de classe plongée dans la pénombre, d'autres gens dans la salle, formant des rangées, un bureau trop petit pour lui, un écran, des photographies passées les unes après les autres à toute vitesse, changeant toutes les deux secondes, peut-être une douzaine ou plus, et lui qui les regardait, paupières plissées, concentré, se forçant à se les rappeler, à les aligner dans sa tête, à les observer…

Puis le souvenir disparut.

— Je ne sais pas comment j'ai fait ça, shérif. Mais c'est lui, pour sûr. C'est le type qui était avec Lyle quand il s'est fait tirer dessus.

Le shérif ramassa le papier, puis se leva.

— Il faut que j'aille faxer ça au bureau. Stoney, si ça ne t'ennuie pas, j'aimerais que tu viennes.

Calhoun regarda Kate.

— Tu peux t'occuper de la boutique ce matin ?

Elle fit oui de la tête.

— On n'a aucune sortie de prévue. Ça ira très bien. Mais tiens-moi au courant, d'accord ?

13

CALHOUN s'assit à côté du shérif, qui prit le volant et les conduisit chez Millie Dobson. Il s'arrêta dans l'allée, se gara à côté de la Cherokee verte de Millie et consulta sa montre.

— Il n'est pas encore 8 heures. Il faut que j'utilise son fax. Tu penses qu'elle est déjà ouverte ?

— Millie est toujours ouverte, dit Calhoun.

Ils descendirent de l'Explorer et Calhoun suivit le shérif jusqu'au porche de Millie Dobson. Dickman sonna et, au bout d'une minute, la porte s'ouvrit.

Millie portait une blouse blanche soyeuse, déboutonnée vers le haut, un collier de perles, une jupe noire moulante qui descendait au-dessus du genou et des bas, mais pas de chaussures. Elle s'efforçait de fixer une immense pendeloque à son oreille gauche.

— Oh oh, dit-elle en voyant le shérif. Qu'est-ce que j'ai encore fait ?

— Bonne question, Millie. Je parie que tu connais déjà la réponse. D'ailleurs j'ai bien envie de t'emmener au poste. Mais en fait, c'est à ton fax que j'en veux aujourd'hui.

Elle jeta un coup d'œil par-dessus l'épaule de Dickman et croisa le regard de Calhoun.

— Tu as de bien mauvaises fréquentations, Stoney. Les ragots vont aller bon train.

— Ça fait un moment qu'ils courent.

Elle ouvrit grand la porte.

— Eh bien, entrez donc. Mais faites vite. J'ai rendez-vous avec des acheteurs potentiels qui vont se pointer d'une minute à l'autre, et je ne veux pas les voir s'enfuir à toutes jambes à la vue des péquenots qui traînent dans les parages.

Dickman toucha sa casquette du doigt et passa le seuil.

— On va dégager le plancher en deux temps trois mouvements, Millie.

— La cafetière est branchée, servez-vous. Il faut que je finisse de m'habiller. Vous saurez vous débrouiller ?

— J'ai déjà fait ça une ou deux fois dans ma vie, dit le shérif.

Elle quitta la pièce et Dickman trouva une feuille de papier vierge.

— Bon, Stoney, je veux que tu me redonnes tous les détails sur Green pour que je les mette par écrit et que je les faxe au bureau avec le portrait.

Calhoun ferma les yeux, évoqua de nouveau Green dans sa tête, et dit au shérif tout ce qu'il voyait, jusqu'à la pointure approximative de ses mocassins.

— OK, dit le shérif. Et la voiture qu'il conduisait ?

— Une Ford Taurus blanche cinq portes. Immatriculée dans le Maine. Un modèle de cette année. Un véhicule de location, à mon avis.

— Pourquoi ?

— Green disait venir de Key Largo. C'est peut-être vrai, mais une chose est sûre : il n'était pas d'ici. Donc il n'utilisait pas sa voiture. Et les bagnoles de location sont généralement blanches et neuves, non ?

Le shérif sourit et secoua la tête.

— Tu raisonnes vraiment comme un flic, Stoney.

— J'ai l'esprit tordu, c'est tout.

Dickman faxa les papiers. Puis il sortit son portefeuille et déposa un billet de 10 dollars sur le bureau de Millie.

— On a fini, Millie, cria-t-il dans la direction où elle avait disparu. Merci bien !

— À votre service, cria-t-elle en retour. Et maintenant levez le camp, les gars. Faudrait pas que mes clients aillent se figurer que j'ai des problèmes avec la police.

De retour dans le bureau du shérif, Calhoun demanda :

— Et maintenant… ?

— On va rendre une petite visite à Jacob Barnes. Et après, je veux voir l'endroit où tu as trouvé Lyle.

Tandis qu'ils reprenaient la route, Dickman dit :

— Millie est un beau brin de femme.

— Et ça ne te tente pas, shérif ?

Dickman éclata de rire.

— Pas vraiment. Jane et moi sommes mariés depuis trente-deux ans, et j'ai jamais eu une minute de regret. Ce que je voulais dire, c'est que c'est un peu drôle que personne n'ait encore conquis son cœur. Elle possède tout ce qu'un homme peut désirer, dont un joli magot. Si Dublin devait élire un maire, ce serait elle, pour sûr. Personne n'oserait voter contre. Elle sait tout sur tout le monde, les vivants et les morts. Je parie qu'elle t'a raconté l'histoire du terrain que tu lui as acheté.

— Il appartenait à une famille, les Calhoun, que l'incendie a ruinée en 1947. C'est tout ce que je sais.

— Des gens de ta famille ?

— Je ne pense pas. Je ne suis pas d'ici.

Cinq minutes plus tard, le shérif faisait halte près de l'épicerie située en face de l'église. Calhoun le suivit à l'intérieur.

Ils trouvèrent Jacob Barnes dans son arrière-boutique, occupé à remplir sa cafetière électrique. Ou le vieil homme ne les avait pas entendus, ou il avait décidé de les ignorer, car il fallut un “Bonjour, Jacob” du shérif pour qu'il se retourne.

— Bien le bonjour, shérif. Stoney, ça va comme tu veux ?

Calhoun hocha la tête.

— On fait aller.

Barnes brancha sa cafetière, puis désigna les chaises réunies en demi-cercle.

— Vous êtes venus pour des emplettes ou pour un brin de causette ?

Comme s'il voulait exprimer sa préférence, il s'affala dans un des sièges.

— Ni l'un, ni l'autre, répliqua le shérif.

Il tendit à Barnes le croquis de Calhoun.

— On se demandait juste si tu avais vu ce type. Il conduisait une Taurus blanche, un modèle neuf sans doute.

Barnes loucha vers le dessin, puis leva les yeux vers le shérif en haussant les épaules.

— Pas que je sache. C'est qui ?

— Un jeune homme s'est noyé à Keatsboro l'autre jour, dit le shérif. On a des raisons de croire que ce type pourrait nous renseigner là-dessus.

Barnes acquiesça.

— J'ai entendu parler de cette histoire. Là-bas, sur l'ancien terrain des Potter. C'est vraiment triste. Et ce type, qu'est-ce qu'il a à voir avec tout ça ?

— On ne sait pas trop encore.

— Ben, dit-il en haussant les épaules, je crains de pas vous être utile. Peut-être que Marcus sait quelque chose. Hé, Marcus ! cria-t-il en regardant la porte du fond. Hé, Marcus, amène-toi, mon gars !

Une minute plus tard, la porte s'ouvrit et Marcus Dillman, le petit-fils de Jacob – le fils de sa fille, mais on ne lui connaissait pas de père – fit son apparition. Marcus était un grand jeune homme baraqué d'une vingtaine d'années. Il portait une barbe blonde touffue, une salopette sur un T-shirt noir, une casquette de baseball (les *Mets* de New York) dont il avait abaissé la visière sur ses yeux, et un sourire jovial cloué aux lèvres.

Jacob avait confié un jour à Calhoun :

— Marcus est point trop vif. Pour tout dire, il est bouché à l'émeri. Mais c'est un brave gosse, fort comme un bœuf, et qui se bouge le cul tant qu'on ne lui demande pas d'épeler un mot ou de faire une multiplication.

Marcus regarda tour à tour Calhoun et le shérif en leur adressant un signe de tête.

— B'jour, m'sieurs, dit-il.

Puis il effleura l'épaule de Jacob.

— Eh ben alors, Papy ?

— T'as déjà vu ce type ?

Jacob tendit le papier à Marcus qui l'observa en fronçant les sourcils, puis secoua la tête.

— Ben non, dit-il. (Il leva les yeux vers Calhoun et se fendit d'un large sourire.) Drôles d'oreilles !

Calhoun sourit.

Dickman reprit le dessin.

— Si tu permets, Jacob, je vais utiliser ta photocopieuse et te laisser un exemplaire du portrait. Tu le colleras près de la porte.

Barnes haussa les épaules.

— Un Nickel la copie.

Le shérif se dirigea vers la photocopieuse et Jacob dit :

— Sers-toi du café, Stoney.

— Déjà fait, dit Calhoun.

— C'est bien ton copain, Lyle MacMahan, qui s'est noyé là-haut chez Potter ?

— Oui.

— Et c'est toi qui l'as trouvé, à ce qu'on dit ?

Calhoun sourit.

— Tu es toujours au courant de tout, hein, Jacob ?

— Je suppose.

— Eh bien, si tu as vent d'autre chose – toi aussi, Marcus –, n'oublie pas d'avertir le shérif.

Barnes l'observa en plissant les yeux.

— On dirait bien que c'était pas un accident.

— Ça, c'est une question à poser au shérif.

Dickman revint et tendit un exemplaire du dessin à Jacob.

— J'ai inscrit mon numéro au dos, dit-il. Ce serait bien de le montrer aux gens de passage en leur demandant d'y jeter un œil. Dis-leur de pas hésiter à m'appeler.

— C'est dans mes cordes, dit Jacob.

Ils sortirent de la boutique et reprirent le camion de Dickman.

— À présent, dit le shérif, je veux que tu m'emmènes sur les lieux du crime. (Il jeta un regard en coin à Calhoun.) Enfin, ce qu'il en reste, vu la façon dont tu as marqué ton territoire.

— Parce que j'ai sorti Lyle de l'eau ?

Dickman acquiesça.

— Je n'allais pas le laisser macérer là-dedans, bon sang !

— Non. Te connaissant, non.

— Personne n'aurait fait ça. (Calhoun se tourna vers Dickman.) Tu as passé le Dodge au peigne fin, j'imagine.

— J'ai appelé la police d'État pour qu'ils mettent un ou deux experts sur le coup. Encore que, là encore, tu as sûrement laissé des traces.

— Si je n'avais pas été chercher cette carte, rétorqua Calhoun, on n'aurait jamais trouvé Lyle.

— C'est un bon point, dit Dickman.

Il leur fallut un quart d'heure pour aller du magasin de Jacob Barnes à la petite route de Keatsboro. Ils retrouvèrent l'endroit où le sentier envahi par les herbes zigzaguait à travers bois pour descendre vers le barrage où Calhoun avait trouvé Lyle. Le shérif se gara sur le bas-côté et ils descendirent tous les deux.

— À toi l'honneur, dit Dickman.

Ils s'enfoncèrent dans les taillis qui envahissaient les ornières et, au bout d'un moment, Dickman demanda :

— On arrive bientôt, Stoney ?

— Encore un kilomètre à peu près. On n'est plus très loin.

— Et tu t'es trimbalé le corps à travers bois, jusqu'en haut de la colline ?

Comme c'était visiblement une question de pure forme, Calhoun garda le silence.

Le float tube de Lyle, toujours dégonflé, sa veste, ses waders et sa canne étaient entassés de l'autre côté du barrage, là où Calhoun les avait laissés. Dickman passa le barrage et alla s'accroupir à côté du matériel.

Calhoun regarda autour de lui l'étroite vallée d'où surgissait de part et d'autre une forêt de grands pins et de feuillus rabougris. Des carouges jasaient dans les roseaux qui bordaient l'étang et il vit au loin un grand héron bleu, figé comme une souche dans les hauts-fonds, la tête en arrière et le cou tendu comme un arc bandé. Tout là-haut, un couple de buses à queue rousse se laissait porter par les couloirs d'air. C'était un lieu paisible, comme Lyle les aimait. Pas le genre d'endroit où abattre un homme.

— Hé, Stoney, dit le shérif. Viens voir par ici.

Calhoun alla s'accroupir à côté de lui.

Le shérif avait étalé les waders de Lyle sur ses genoux. Il montra de l'index un trou dans le plastron au niveau du plexus solaire.

— Doc Pritchard dit que la balle a pénétré la chair en dessinant une ligne droite. Si Lyle barbotait sur l'étang, sa poitrine ne pouvait pas dépasser beaucoup de l'eau – mettons d'un pied. Ça veut dire que le tireur était agenouillé ou allongé sur le sol.

Calhoun inspecta rapidement les lieux du regard.

— Le seul coin de terre ferme où quelqu'un aurait pu se poster pour tirer, c'est pile ici, près du barrage.

— Si Lyle a été tué pendant qu'il était dans son tube.

Calhoun acquiesça.

— Tu te demandes s'ils auraient pu déplacer le corps ? Lui tirer d'abord dessus, puis le caler dans son tube et le pousser à l'eau pour qu'il se noie tout seul. Ou bien lui tirer dessus, lui tenir la tête sous l'eau, et puis le replacer dans le tube.

Dickman haussa les épaules.

— C'est pas que je veuille me plaindre, Stoney. Mais on aurait bien moins de mal à comprendre ce qui s'est passé si tu n'avais pas… (Il eut un geste résigné de la main.) Oh, et puis merde. (Il leva les yeux au ciel.) Ce sont des carouges, là ?

— Ouaip.

— C'est ce que je pensais. (Il regarda Calhoun.) Je me demande si Green avait emporté une arme de poing dans ses bagages.

— Pas quand je l'ai vu. Bien sûr, j'ignore ce qu'il transportait dans sa voiture. Tu as un scénario en tête ?

— Celui qui s'impose. Ce que je n'arrive pas à voir, évidemment, c'est le mobile.

Le shérif se remit à inspecter le matériel que Calhoun avait récupéré auprès du cadavre. Calhoun observait le héron lorsque Dickman s'exclama :

— Ah ha !

Calhoun se tourna vers lui.

— Ah ha ?

Dickman montrait le float tube tout flasque.

— Regarde ça, Stoney.

Il désigna de l'index un trou rond dans le tube. Puis un autre, sur le côté opposé.

— D'accord, il a tiré une balle à travers le tube, dit Calhoun. Pour l'obliger à se dégonfler. Et alors ?

— Pas si sûr.

— Écoute, dit Calhoun, Lyle était là-bas quand il s'est fait tirer dessus. S'il s'est pris une balle en plein ventre, c'est qu'il faisait face au tireur. Pour moi, l'autre l'a descendu, puis il a tiré dans le tube pour que Lyle coule et se noie.

— Comment tu vois ça ?

— En fait, y a pas mal de courant dans cet étang. Le courant vient de là-bas, il ralentit considérablement, puis reprend un peu de vitesse ici, à hauteur du barrage. On dirait un étang, mais en réalité c'est encore une rivière. Va jeter une brindille là-bas dans l'eau, et tu verras qu'elle terminera sa course ici, en passant de l'autre côté du barrage.

— Donc, dit le shérif, si on suppose que Green a tué Lyle et qu'il l'a ensuite poussé à l'eau…

— … Lyle n'aurait pas fini sa course dans les roseaux. Or, c'est bien là que je l'ai trouvé. Green a près de soixante-dix ans et c'est pas ce qu'on appelle un colosse. Je le vois mal descendre Lyle puis le traîner dans cette gadoue jusqu'à l'étang. Non. Lyle était sur l'eau quand il s'est fait tirer dessus.

Le shérif plissa les yeux pour observer l'étang.

— Tu l'as trouvé où, exactement ?

Calhoun désigna l'endroit du doigt.

— Là-bas, près des roseaux.

— Et je parie qu'il se trouvait en amont quand il a été tué, s'il a dérivé jusqu'ici. Ça veut dire qu'on lui a tiré dessus avec un fusil. Avec une arme de poing, personne ne l'aurait atteint avec une telle précision à cette distance.

Il regarda Calhoun avec un petit sourire.

— Tu vois ce qu'on peut tirer d'une scène de crime, même si tu y as foutu le bordel ?

— Faudrait peut-être vérifier s'il y a des empreintes au bord de l'étang avant de tirer des conclusions.

Dickman secoua la tête.

— Pas possible, fiston, t'as vraiment suivi un entraînement professionnel.

— Pas que je sache.

Ils cheminèrent sur le sol spongieux qui cernait l'étang. Ils remontèrent jusqu'à l'embouchure de la rivière, puis ils revinrent sur leurs pas jusqu'au barrage, le traversèrent, et recommencèrent de l'autre côté. Là se trouvaient deux séries d'empreintes distinctes, des traces de bottes dans le sol boueux.

— Les tiennes, j'imagine, dit le shérif.

Calhoun acquiesça.

— Regarde, celles qui s'éloignent sont plus marquées et plus rapprochées que celles qui vont vers l'eau. Et les roseaux sont piétinés à cet endroit. C'est là que j'ai sorti Lyle de l'eau.

Ils finirent d'inspecter ce côté de l'étang sans trouver d'autres empreintes que celles laissées la veille par Calhoun.

Quand ils eurent atteint le barrage, le shérif dit :

— Bon, maintenant on inspecte les environs.

— Qu'est-ce qu'on cherche, au juste ?

— Des douilles. Du calibre 22.

Le shérif se mit à quatre pattes, imité par Calhoun. Ils rampèrent tout autour du barrage en observant les feuilles mortes et les herbes folles, et il s'était peut-être écoulé dix minutes lorsque Calhoun vit deux petites douilles en cuivre étinceler dans l'herbe.

— On les tient !

— Pas touche, dit Dickman.

Il le rejoignit, s'agenouilla et cueillit l'une des douilles vides avec l'extrémité d'une brindille.

— Un long rifle, dit-il. Le tireur était allongé ici même… (Le shérif montra un endroit où les herbes étaient foulées)… tout à son aise. Avec une bonne carabine munie d'un viseur, on peut loger une balle dans l'œil d'un gars situé n'importe où sur l'étang. Lui a tiré deux balles. Une dans le ventre, l'autre dans le tube.

— Tu crois qu'elles viennent d'une carabine, dit Calhoun en désignant les douilles, et pas d'une arme de poing ?

— C'est plus logique, voilà tout. Trouve-moi le fusil, et je te dirai si c'est celui dont on s'est servi. C'est tout ce qu'on peut faire.

Il fouilla dans sa poche de pantalon, en tira un sac de plastique et glissa les deux douilles vides à l'intérieur. Puis il se releva.

— Fichons le camp d'ici, Stoney.

— Tu as une vague idée de ce qui s'est passé ?

— Assez vague pour me dire que plus vite nous attraperons Green, mieux nous nous porterons.

Ils ramassèrent l'équipement de Lyle et attaquèrent la pente qui menait à la route. À mi-chemin, Dickman demanda grâce :

— Pouce, Stoney. J'ai plus de souffle. Du diable si je sais comment t'as fait pour porter le corps jusqu'au bout. J'en peux déjà plus.

Ils s'accroupirent sur le sol.

— Y a une chose qui m'ennuie, dit Calhoun.

— Quoi donc ?

— Si ton scénario est le bon, ça veut dire que Green a emporté un 22 long rifle jusqu'ici dans le seul but de tuer Lyle.

— On dirait, oui.

— Et comment il a expliqué ça à Lyle, à ton avis ?

— Je ne sais pas, Stoney. Un fusil, c'est plutôt monnaie courante dans cette région. M'étonnerait que ça ait inquiété Lyle. Ou alors, peut-être que Green l'avait démonté. Un petit calibre, il n'y a qu'à fourrer les morceaux dans un sac, et Lyle n'aurait rien vu. Encore une question à lui poser quand on aura mis la main dessus.

14

De retour sur la grand-route, ils chargèrent l'équipement de Lyle à l'arrière de l'Explorer. Dickman referma le hayon d'un coup sec et resta un moment à contempler les alentours.

— Anna et Dave Ross vivent là-haut, dit-il.

Il montrait la ferme blanche érigée sur un tertre, une cinquantaine de mètres plus loin, de l'autre côté de la route.

Calhoun acquiesça.

— C'est elle qui t'a appelé hier.

— De là-haut, si quelqu'un a envie de regarder le paysage, il peut voir les gens aller et venir ici-bas.

— Elle m'a vu ramener Lyle. Elle s'est pointée dans sa Jeep pour me donner un coup de main.

Dickman fronça les sourcils.

— Je me demande s'ils ont vu autre chose.

— Le jour où Lyle s'est fait tuer, tu veux dire ?

Le shérif opina.

— Je viens de penser à un truc pas possible, shérif.

— Ah oui ?

— Pourquoi ne pas leur poser la question de vive voix ?

Dickman sourit.

— C'est une idée de génie, Stoney. J'aurais jamais pensé à ça.

Ils reprirent le volant et gravirent la route incurvée qui menait à la ferme des Ross. Dickman se gara devant la grange, à côté d'un pick-up muni d'une barre d'attelage et d'une barre de feux d'urgence sur le toit. À côté de la grange se trouvaient deux tracteurs, une petite pelleteuse et un pick-up. Mais pas la Jeep d'Anna.

Lorsque Calhoun sortit du véhicule, il entendit un rock'n'roll bruyant venir de la grange, rythmé par le fracas sonore d'une masse métallique frappée à bras raccourcis.

Parvenu à l'entrée de la grange, il regarda à l'intérieur. David Ross, étendu sur le dos à même le sol, avait fourré sa tête sous l'arrière d'un vieux tracteur John Deere. Il martelait avec un maillet d'acier le burin qu'il tenait de l'autre main afin de réparer un engin fixé derrière le tracteur.

Le shérif les rejoignit et s'accroupit à côté de Ross.

— Un problème, Dave ? hurla-t-il.

Ayant assené un dernier coup au burin, Ross tourna la tête de côté en levant les yeux. Il eut un geste du menton en direction de la radio, posée sur l'établi adossé au mur.

— Pourquoi z'arrêtez pas cet engin de malheur ?

Dickman alla éteindre la radio.

Ross continua de regarder sous le tracteur.

— Elle appartient à Obie Hoyt, c'te merde. La barre d'attache est si rouillée qu'il peut plus arrimer sa herse. Faut que je la fasse sauter et que je lui en fabrique une autre.

Ross plissa les yeux, grinça des dents, cala son burin et se remit à cogner de plus belle.

Il portait une salopette à même la peau. Un moignon de cigare éteint était fiché entre ses dents et son front, comme ses cheveux clairsemés, d'un blond tirant sur le blanc, était mouillé de sueur.

— Alors, grommela-t-il entre deux coups de maillet, que me vaut le plaisir, shérif ?

— Je peux te parler une minute ?

— Ben, oui.

Il s'extirpa de sous le tracteur, reposa ses outils et essuya ses mains sur sa salopette.

— Monsieur Calhoun, dit-il avec un signe de tête. J'vous avais pas vu. Si on allait se chercher un peu de thé glacé ?

À sa suite, Calhoun et Dickman traversèrent la cour pour regagner la ferme. Dans la cuisine, Ross prit dans le réfrigérateur une jatte en plastique remplie de thé glacé et trois verres dans l'égouttoir qui jouxtait l'évier. Ils s'assirent autour de la table.

— Et qu'y a-t-il à votre service ?

— Tu sais qu'un jeune gars s'est noyé dans l'étang d'en face, l'autre jour.

— Là-bas, du côté de chez Potter.

Dickman acquiesça.

— C'est pas impossible qu'il y ait eu un autre homme avec lui. On se demandait si t'avais vu quoi que ce soit ce jour-là.

— Quel jour c'était, déjà ?

Dickman jeta un coup d'œil à Calhoun.

— Mardi, je crois ?

Calhoun fit oui de la tête.

— Hier, c'est vous que j'ai vu, dit Ross en le regardant. J'ai dit à Anna d'aller faire un tour là-bas, et vite. Visiblement, z'aviez l'air d'avoir besoin d'un coup de main.

— J'apprécie, répondit Calhoun.

— J'espérais qu'Anna ou toi aviez repéré cet autre type, qui était peut-être bien avec le jeune qui s'est noyé.

Il fouilla dans la poche de sa chemise et sortit le dessin de Calhoun. Il le déplia sur la table et le retourna pour que Ross puisse le voir.

Ross l'attira vers lui et l'examina longuement. Puis il releva les yeux vers le shérif.

— Non, désolé.

— T'as jamais vu quelqu'un qui aurait eu l'air d'aller pêcher là-bas ?

— Dans le petit réservoir de Potter ? Jamais vu personne de ce côté-là.

Ross se tourna vers Calhoun.

— Z'êtes guide, hein ?

Calhoun opina.

— Ben j'irais pas perdre mon temps là-bas. Il y a plus de truites dans ce petit bassin depuis belle lurette, pas plus qu'en amont.

— Votre femme m'a dit que M. Potter était mort dans l'incendie.

Ross but une longue gorgée de thé glacé, puis reposa son verre et s'essuya la bouche d'un revers de manche.

— C'était il y a plus de cinquante ans, dit-il. On savait dès la veille que ça allait venir sur nous. La fumée était si épaisse qu'on n'y voyait plus le soleil. Moi et ma mère, on n'arrêtait pas d'arroser les murs de c'te maison, mais on avait eu un été si sec que notre puits était presque vide, il donnait plus qu'un petit filet d'eau. Si l'incendie s'était mis en tête de ravager cette colline, on y serait passé avec le reste. Mais il a traversé la route à moins de deux kilomètres d'ici, en détruisant le pont, et il s'est rué sur la vallée, du côté des Potter. Sam a dû se croire à l'abri, là-haut sur sa colline. Bon Dieu, tout le monde sait que le feu monte une pente plus vite qu'il la descend. (Il secoua la tête.) Heureusement, sa femme et ses gosses étaient pas là. Le 22 octobre 1947. Un mercredi, c'était.

Dickman vida son verre et se leva.

— Eh bien, Dave, tu me rendrais bien service en prévenant Anna. Peut-être qu'elle a vu quelque chose qui pourrait nous être utile. Dis-lui de me passer un coup de fil.

— Tu peux compter sur moi, dit Ross.

Il raccompagna Dickman et Calhoun à leur véhicule et resta devant la grange tandis qu'ils faisaient demi-tour et redescendaient l'allée.

— Je vais te déposer chez toi, Stoney, dit le shérif en reprenant la petite route. Faut que je repasse au bureau pour organiser la chasse au Green, sans compter tous les tracas qui s'empilent sur mon bureau depuis tout à l'heure.

— Qu'est-ce qu'on sait de plus, alors ? demanda Calhoun.

— Pour l'instant, c'est difficile à dire. Parfois t'entends quelque chose qui te dit rien sur le moment, et puis après, quand t'as entendu deux ou trois autres trucs, tout se met en place. Ce qui nous aurait aidés, c'était si Ross avait vu Green quitter les lieux.

Ils gardèrent le silence tandis que le véhicule reprenait la route de Dublin. Lorsqu'ils s'engagèrent dans le sentier qui menait chez Calhoun, ce dernier demanda :

— Tu connais tout le monde par ici, shérif ?

Dickman sourit.

— Nan. Pas tout le monde. Mais les gens qui sont là depuis un petit bout de temps – Millie, Jacob et Marcus, Dave et Anna Ross, des gens comme Kate et toi – je dirais que oui. Et ça vaut le coup de les connaître, parce qu'ils savent tout ce qu'il se passe : qui est ivre au volant, qui pique de l'essence dans les stations-service, qui décharge sa carabine sur les panneaux de signalisation. Et s'ils te font confiance, ils te le diront. Les gens d'ici n'aiment pas trop les petits délits, Stoney. Ils sont assez vieux jeu là-dessus. Ils apprécient même la présence des shérifs, des adjoints et de la police en général. Dave n'oubliera pas de demander à Anna si elle a vu quelque chose, et si c'est le cas, elle sautera sur son téléphone. Mon boulot consiste principalement à aller parler aux gens, leur raconter ce qu'il se passe, ce qu'il me faut. Ils se passent le mot entre eux. Si on rattrape Green, ce sera sans doute parce que quelqu'un l'aura repéré et nous aura prévenus.

Le shérif s'arrêta devant la cabane de Calhoun. Le Blazer de Kate était parti.

Lorsque Calhoun sortit, Ralph accourut de la terrasse en bondissant, frétillant de tout son arrière-train. Calhoun s'accroupit pour lui permettre de lui lécher le visage. Puis il se releva et alla vers l'arrière du pick-up, où le shérif et lui avaient chargé l'équipement de Lyle.

— Ne touche à rien, dit Dickman. Ce sont des pièces à conviction.

— Si ça ne t'ennuie pas, je voudrais garder la canne de Lyle. C'est pas une pièce à conviction, ça.

— Non, je suppose. T'es un sentimental, hein ?

— C'est une sacrée bonne canne.

Il sortit la canne en bambou Thomas & Thomas, puis fit le tour du pick-up pour serrer la main du shérif, qui n'avait pas quitté le volant.

— Tu me tiens au courant, dit Calhoun.

— Toi aussi, Stoney. Tu seras où, aujourd'hui ?

— À la boutique. Avec un détour par la maison de Lyle, histoire de mettre ses colocataires au courant.

— Sale boulot. (Le shérif passa en marche arrière, commença à braquer, puis s'arrêta.) Je te suis reconnaissant pour tout, Stoney. Et… vraiment désolé pour Lyle. Ça, tu le sais.

Il leva une main en signe d'adieu et Calhoun le regarda partir.

Ralph et lui rentrèrent. Kate avait nettoyé la cuisine et laissé une note sur la table. "Appelle-moi dès que tu pourras."

Il s'assit et appela le magasin. Kate décrocha à la troisième sonnerie.

— Chez Kate, Appâts et articles de pêche.

— C'est moi, Kate.

— Je veux tout savoir, dit-elle, mais j'ai des clients, là.

— J'arrive très vite.

Il jeta un coup d'œil à sa montre. Il était midi passé.

— D'ici une heure ou deux. Il faut d'abord que j'aille chez Lyle.

— D'accord. (Elle baissa la voix.) Dis-moi juste… vous avez découvert quelque chose ?

— Pas vraiment. Mais on dirait bien que c'est Green qui l'a tué. Je te donnerai les détails plus tard.

Calhoun prit une douche, se rasa et enfila un jean propre. Il remplit d'eau la gamelle de Ralph, lui donna un os en cuir, puis reprit sa camionnette et se dirigea vers Portland.

Lyle et sa petite communauté louaient une grande maison victorienne au sud de l'aéroport, dans le quartier de Pleasantdale. La Fore River, en fait une longue anse de marée qui débouchait sur Casco Bay, suivait le tracé de la colline derrière la maison. Lyle adorait cet endroit parce qu'il pouvait laisser une canne à mouche parée pour la pêche sur la terrasse, suivre nonchalamment le sentier qui menait à la rivière, et prendre des bars dans la marée descendante ou des tassergals dans la marée montante.

Calhoun se gara devant la maison, entre une Volkswagen Rabbit jaune et une vieille Dodge rouillée. Un canoë en aluminium était adossé à un des murs et dans un coin traînaient quelques poubelles. La peinture était écaillée et craquelée, les arbustes auraient eu besoin d'un coup de cisailles. La bâtisse ne s'était pas encore écroulée, mais à la voir, c'était une option qu'elle envisageait sérieusement.

Il gravit les marches et sonna. Une minute plus tard, la porte intérieure s'ouvrit et une petite blonde le regarda en clignant des yeux à travers le grillage. Elle portait un peignoir en tissu éponge rose et était pieds nus. Ses cheveux courts étaient ébouriffés. Elle se frotta les yeux, puis sourit.

— Hello, Stoney, dit-elle. Lyle n'est pas ici.

Calhoun avait rencontré tous les colocataires de Lyle à un moment ou un autre, mais il ne parvenait jamais à les distinguer.

— Julia ? dit-il.

Elle acquiesça. Il vit qu'elle avait peint ses ongles des pieds en rose, assortis à son peignoir.

— En fait, dit-il, c'est toi que je suis venu voir.

— Moi ?

— Toi et les autres.

— Pourquoi ?

— Tu me laisses entrer d'abord ?

Elle poussa la porte moustiquaire.

— Bien sûr, entre. J'ai fait du café.

Julia avait à peu près l'âge de Lyle – vingt-cinq ou vingt-six ans – et Calhoun crut se rappeler qu'elle était étudiante et avait un job de serveuse la nuit.

Il la suivit dans la cuisine, où un jeune type maigrichon, vêtu d'un blue-jean et d'un T-shirt sans manches, était penché sur un bol de céréales. Une radio sur le buffet jouait un air des Stones.

— Danny, tu te souviens de M. Calhoun ?

Danny leva les yeux et adressa un signe de tête à Calhoun, la bouche pleine avant de reporter son attention sur ses céréales. Il avait des yeux pâles et de longs bras minces et poilus.

— Assieds-toi, Stoney, dit Julia. Je vais nous verser un peu de café. Tu veux du café, Danny ?

Danny secoua la tête sans lever les yeux.

Calhoun s'assit en face de Danny. Julia alla vers le buffet, coupa la radio et, un moment plus tard, elle était de retour avec deux tasses. Elle s'assit près de Danny, qui raclait le fond de son bol avec sa cuillère.

— OK, Stoney, dit-elle. Que se passe-t-il ?

Danny se leva, posa son bol dans l'évier, grommela quelques mots et se prépara à quitter la pièce.

— Attends une minute, lui dit Calhoun.

Danny se retourna.

— Moi ?

— Oui, s'il te plaît. Je veux vous parler à tous les deux.

Danny haussa les épaules et se rassit.

— Ben alors, mon vieux ? Faut que j'aille travailler.

Calhoun secoua la tête.

— Ce ne sont pas de bonnes nouvelles, j'en ai peur.

Danny fronça les sourcils.

— Hé ?

Julia fixait Calhoun du regard. Elle ouvrit la bouche, la referma, puis secoua la tête.

— Lyle ? Ne me dis pas…

15

LYLE EST MORT, dit Calhoun en observant tour à tour le visage de Julia et celui de Danny.

Julia secoua la tête.

— Quoi ? Tu veux pas dire…

Elle avait ramené les deux pans de son peignoir contre elle, bien serrés dans ses poings, et elle l'observait en plissant le front.

Calhoun haussa légèrement les épaules.

— Désolé. Il y a pas d'autres façons de vous dire ça.

— Il… Lyle est mort ?

Elle le fixa du regard un moment, puis ébaucha un petit sourire.

— Oh ! J'ai cru un moment que tu voulais dire…

Danny était resté assis, les sourcils froncés.

— Ce type a dit qu'il était mort, Julia. Bon sang !

Calhoun acquiesça.

— J'ai porté son corps à travers bois hier.

Julia se leva de table et se dirigea vers l'évier. Elle tourna le dos et regarda intensément par la fenêtre.

— Que s'est-il passé ? dit-elle d'une voix faible.

— On lui a tiré dessus.

— Tiré dessus ?

Elle eut un petit rire, comme si elle reniflait.

— Évidemment. C'était couru d'avance.

— Bon Dieu, dit Danny. Qu'est-ce que tu racontes ?

Elle tourna brusquement la tête.

— Comme si tu ne savais pas !

Calhoun, toujours assis à la table de cuisine, observait les deux jeunes gens en se demandant s'ils n'étaient pas en train de se livrer à une sorte de numéro à son intention. Il s'adressa à Julia :

— Qu'est-ce que tu veux dire par là, au juste ?

Elle se retourna et s'appuya contre le bord de l'évier, croisant les bras sur sa poitrine.

— Par là ?

— Quand tu as dit "C'était couru d'avance".

— C'est une fille qui l'a descendu. Évidemment.

— Oh, je t'en prie, dit Danny. C'est ridicule.

Calhoun sourit.

— Une fille ?

— Penny Moulton, par exemple. La dernière en date. Depuis que Lyle s'est mis à la fréquenter, elle appelle tout le temps ici. Elle arrête pas de demander où il est, surtout qu'il n'oublie pas de la rappeler, et puis c'est elle qui rappelle une heure plus tard en nous accusant de ne pas avoir transmis le message. Putain, Stoney ! Et c'est pas la seule. Il y a un milliard de filles qui ont de sacrées bonnes raisons d'en vouloir à Lyle.

— Ça c'est vrai, monsieur Calhoun, dit Danny. Mais j'les vois pas trop aller lui trouer la peau, quand même.

— Il avait un client, ce jour-là, dit Calhoun. On se demande si c'est pas lui qui a fait le coup.

— Il était comment, ce client ?

Calhoun soupira.

— Il n'était pas d'ici. Un vieux, qui est venu à la boutique pour aller pêcher. C'est… c'est moi qui aurais dû le guider. C'était mon tour. Mais je l'ai refilé à Lyle.

Julia revint s'asseoir à la table.

— Tu veux dire qu'un étranger s'est pointé et a réclamé un guide, qu'il est parti dans les bois avec Lyle et qu'il l'a tué ? Et pourquoi ?

Calhoun secoua la tête.

— J'en sais fichtre rien.

— Si tu veux mon avis, c'est plutôt une de ces filles. Lyle a brisé plus de cœurs sur cette foutue Terre…

— C'est ça, dit Danny. Une meuf au cœur brisé bute l'amour de sa vie. Bon Dieu !

C'est alors que Calhoun vit les larmes dans les yeux de Julia, assise en face de lui, qui esquissa un demi-sourire en le regardant en silence.

— Toi aussi ? dit-il.

— Elle et toutes les autres à la ronde, dit Danny. Lyle est un jeteur de sorts. Les meufs le voient, s'allongent sur le sol et ouvrent tout grand leurs jambes.

— Tu vas la fermer ? dit Julia. (Elle se tourna vers Calhoun.) Moi aussi, bien sûr. Danny n'a pas tort. Lyle est persuadé qu'il doit se taper toutes les filles qu'il croise sur son chemin. Et il le fait, je parie. C'est un baiseur sans scrupules. Comment t'expliquer ça ? Il est si… si arrogant, tu comprends ? Enfin, très calme, très poli, pas le genre baratineur. Il ne court jamais après les filles. Du coup tu te demandes ce qui cloche chez toi, tu te dis qu'il faut le séduire à tout prix. C'est comme s'il se contentait d'attendre parce qu'il est conscient que tu le désires. Mais après coup, tu ne l'intéresses plus. Il a fait ce qu'il avait à faire. Oh, c'est pas qu'il te laissera tomber dans l'immédiat. Il tient à ce que tu t'attaches à lui, même s'il s'en fout à présent. (Elle jeta un coup d'œil à Calhoun.) Je ne crois pas qu'une fille aurait été jusqu'à lui tirer dessus, cela dit. On persiste à aimer Lyle MacMahan, voilà tout. Parce qu'il a le chic pour te faire croire qu'un jour il y verra clair, et que c'est vers toi qu'il reviendra. Il est comme ça, Lyle.

Julia parlait encore au présent.

— Ça ne ressemble pas au Lyle MacMahan que je connais, dit Calhoun.

— Tu n'es pas une fille.

— Écoutez, tous les deux, reprit-il tandis que son regard allait de Julia à Danny. Est-ce que Lyle a jamais parlé d'un certain Green devant vous ?

Danny fixa le plafond un moment.

— Non. Pas à ma connaissance.

— Julia ?

— Pour autant que je me souvienne, non.

— Le client dont je parlais s'appelait peut-être Green.

— Peut-être ? demanda Danny.

— Je ne suis pas certain que ce soit son vrai nom. Il disait venir de Floride. Parmi les petites amies de Lyle, il y en aurait pas une originaire de Floride ?

Danny hocha la tête.

— Je vois. Tu te dis que Lyle a été fricoter avec la femme de ce type, ou sa copine, ou sa fille. Bien son genre, d'ailleurs. C'est pas une femme mariée qui l'aurait fait réfléchir à deux fois. (Il s'interrompit.) Eh, attends un peu. C'est pas toi qui étais censé emmener ce type à la pêche ? C'est Lyle qu'il a réclamé personnellement ?

Calhoun rembobina une pellicule imaginaire dans sa tête, recréant la scène de la boutique. "Quelqu'un qui connaîtrait bien les petites routes et les bois des environs", avait dit Green. Et ça correspondait plus à Lyle qu'à Calhoun. Peut-être qu'il était bel et bien venu dans l'idée de rencontrer Lyle. Calhoun lui avait facilité la tâche. Mais peut-être que sans ça le type serait parti avec Calhoun. Et qu'il l'aurait descendu en fin de compte.

Ou peut-être que non. Peut-être que ce type était arrivé déjà résolu à tuer Lyle.

— Non, dit Calhoun. Il n'a pas réclamé Lyle. Il n'a pas prononcé son nom, en tout cas. Il a réclamé un guide, c'est tout.

— Je ne connais pas de demoiselle Green, dit Julia. Ni de fille de Floride, tant qu'on y est.

— Moi non plus, dit Danny.

Julia secoua la tête.

— Je n'arrive pas à y croire.

Calhoun jeta un coup d'œil à Danny, qui regardait Julia fixement, sans expression.

Julia se tourna vers Calhoun.

— Je parie que tu te sens coupable, non ?

Calhoun la regarda.

— Pourquoi ?

— Tu te dis que c'est toi qui aurais dû emmener ce type à la pêche. Et qu'alors Lyle ne se serait pas fait descendre.

Il acquiesça.

— Oui. Pour être franc, je m'en veux vraiment. J'ai tiré Lyle du lit pour qu'il me débarrasse de ce type. Si je ne l'avais pas fait…

Il s'interrompit.

— Je suis désolée, dit-elle doucement. Il te portait aux nues, tu sais. Il n'arrêtait pas de parler de toi. Tu étais comme un frère pour lui.

Calhoun sentit que les mots ne venaient plus. Il hocha la tête, la gorge serrée, les yeux brûlants.

Danny recula sa chaise et se leva.

— Faut que j'y aille, monsieur Calhoun. Il y a quelque chose qu'on peut faire ?

— Dites à tous vos colocataires ce qui est arrivé à Lyle. Dites-leur qu'il a été assassiné. Si l'un ou l'autre se rappelle quelque chose, dites-leur de m'appeler à la boutique où je travaille. Je vais vous laisser mon numéro.

Il fouilla dans son portefeuille pour en tirer une des cartes de Kate.

Danny la prit et la fixa à la porte du réfrigérateur avec un aimant en forme de tournesol.

— OK, dit-il.

Il donna à Calhoun une poignée de main nettement plus ferme que la première.

— Faut croire que j'arrive pas à digérer la nouvelle, dit-il. Lyle, c'est… c'était… un vrai pote. J'arrive pas à croire que c'est vrai.

Quand Danny eut quitté la pièce, Calhoun se leva.

— Je voulais juste vous mettre au courant, dit-il à Julia. N'oubliez pas d'en parler aux autres.

Elle fit oui de la tête.

— Et vous pouvez citer le nom de Green, au cas où ça rappellerait quelque chose à quelqu'un.

— Bien sûr, dit-elle. Pas de problème. Si j'apprends quoi que ce soit, je te passe un coup de fil.

Il se dirigea vers la porte d'entrée.

Lorsqu'il posa sa main sur la poignée, elle effleura son bras.

— Eh, Stoney, dit-elle tout bas.

Il se retourna, et elle se pressa contre lui en l'étreignant de ses bras, le visage contre sa poitrine. Il la tint contre lui un moment, puis l'embrassa sur le sommet du crâne.

— Je suis vraiment désolé, Julia.

— Et moi donc, dit-elle.

Il lui fallut dix minutes pour regagner la boutique. Pendant le trajet, il repensa à ce que Julia et Danny lui avaient dit. La jalousie et la déception amoureuse ne lui semblaient pas des raisons valables pour assassiner quelqu'un, mais il n'arrivait pas à trouver mieux.

Plusieurs véhicules stationnaient devant le magasin. Normal. On était vendredi après-midi. Tout le monde venait s'équiper pour le week-end.

À l'intérieur, il vit Kate converser au comptoir avec deux hommes en costume de ville. Lorsque la sonnette retentit, elle leva les yeux, eut un geste en direction de Calhoun, puis reprit sa conversation.

— OK, disait-elle en dessinant sur un morceau de papier. À 6 heures, on est à mi-marée donc vous devriez en trouver dans l'estuaire, ici, où ils attendent que le courant leur charrie le menu fretin. Ils suivent la pente du terrain, et vous n'aurez qu'à vous aventurer sur ce banc de sable…

Pendant les heures qui suivirent, un flot continu de clients entra et sortit de la boutique sans se presser, et Calhoun eut à peine le temps de lancer un sourire à Kate tandis que tous deux prodiguaient conseils et recommandations. La plupart des clients sortaient sans rien acheter, et, au final, ils ne firent pas de gros bénéfices.

Il était plus de 6 heures lorsqu'il se retrouva enfin seul avec Kate. Il alla dans l'arrière-boutique chercher deux Cocas dans la glacière. Il revint au comptoir, où Kate était penchée sur le registre de comptes, et posa la canette à côté de son coude.

Elle leva brièvement les yeux.

— Oh, merci, Stoney.

— J'me disais que tu ne l'avais pas volée.

— Ça a été un sacré cirque, dit-elle en continuant d'examiner ses entrées dans le registre. Ces deux derniers jours, je me démène dans tous les sens comme une truite qui s'est pris un hameçon dans la queue. Sans toi et Lyle pour m'aider ici…

— Je suis désolé, chérie.

Elle releva la tête.

— Ne m'appelle pas comme ça. Pas ici.

— Quelque chose ne va pas, Kate ?

Elle secoua la tête.

— Qu'y a-t-il ? insista-t-il.

— Rien, Stoney. Laisse-moi, veux-tu ?

— Si quelque chose te tracasse, il ne faut pas le garder pour toi.

Elle resta silencieuse.

— Kate, dit-il, touchant son épaule. Que se passe-t-il ? Si c'est Lyle, je…

— Je voudrais que les affaires marchent un peu mieux, c'est tout.

— C'est-à-dire ?

Elle reposa son crayon et le regarda dans les yeux.

— Écoute, dit-elle, je fais de mon mieux pour éviter la faillite. C'est pas quelque chose dont tu dois te soucier. Moi oui. Il faut que je me fasse du souci. Sinon, personne ne s'en fera. On a plein de gens qui voudraient s'inscrire pour des sorties de pêche, et j'ai l'impression d'être le seul guide qui reste. Qu'est-ce que je peux faire, fermer le magasin ?

— Tu m'as, moi.

— Oui, quand ça te chante. Quand l'envie ne te prend pas de courir le pays avec le shérif pour jouer les détectives. Bon Dieu, Stoney. Ces deux derniers jours, ça a été… (Elle agita la main en l'air.) Oublie ça. C'est pas ton problème.

— Lyle a été tué, dit-il. Assassiné.

— Putain de merde, comme si je ne le savais pas. Et ça me tue, moi aussi. Je sais ce que tu ressens, je sais combien tu tenais à Lyle.

— On lui a tiré dessus, Kate. On l'a assassiné pendant qu'il était dans l'eau. Je ne peux tout simplement pas…

— Tu ne peux tout simplement pas laisser le shérif Dickman s'en charger ? C'est ça que tu veux dire ?

Il fixa le plafond une bonne minute. Puis il dit :

— Kate, c'est toi qui m'as dit d'y aller, d'aider le shérif, de faire tout ce qu'il y avait à faire.

— Depuis quand es-tu devenu l'adjoint du shérif ?

— Depuis que j'ai trouvé Lyle étendu dans la boue, une balle dans le ventre. Depuis que j'ai refilé Green à Lyle. Je ne peux pas tout laisser tomber.

Kate gardait les yeux baissés sur le registre.

— Très bien, fit-elle. Tout est de ta faute.

— C'est ce que je ressens. C'est si difficile à comprendre ?

— Écoute, Stoney, dit-elle. Il faut que j'en finisse avec ces comptes. Après quoi, je ferme et je rentre à la maison. Visiblement, on n'aura plus personne, donc tu n'as qu'à partir si tu veux.

— Je me disais que tu aurais envie de savoir ce qu'on a appris aujourd'hui.

— La prochaine fois que tu passeras dans le coin, si tu n'es pas trop pris, tu me raconteras tout ça. D'ici là, Lyle est mort et rien ne pourra y changer.

— Je serai là demain pour l'ouverture.

— Fais comme tu voudras. Pour changer.

Il laissa échapper un long soupir.

— Bon Dieu, Kate, c'est exactement ce que je veux faire. Je serai là à 7 heures.

— N'oublie pas de me prévenir si tu changes d'avis.

— Je n'ai pas l'intention de changer d'avis.

Calhoun balaya le plancher et vida les poubelles dans la benne à l'arrière de la maison. Puis il remit en place les articles que les clients avaient examinés dans la journée et vérifia que les mouches étaient rangées dans leurs compartiments respectifs.

Lorsqu'il eut terminé, Kate avait suspendu l'écriteau PARTIE À LA PÊCHE sur la porte et parlait au téléphone dans l'arrière-boutique. Calhoun se posta sur le seuil. Au bout d'un moment, elle lui adressa un regard, un bref sourire, puis elle baissa les yeux sur le bureau et reprit sa conversation.

Calhoun sortit et reprit son pick-up. Pendant le trajet du retour, il chercha à comprendre ce qui s'était passé. Il n'essayait même pas de se figurer qu'il comprenait les femmes, encore moins une femme aussi complexe que Kate. D'un autre côté, si elle n'était pas si fichtrement complexe, elle ne serait pas si captivante. Et si elle n'était pas si captivante, se disait Calhoun, sans doute qu'il ne l'aimerait pas autant.

Parfois, il le savait, Kate pensait à Walter et se sentait coupable. Walter n'avait jamais évoqué leur liaison depuis le soir où ils étaient allés lui parler. Mais elle sentait parfois son regard peser sur elle, même lorsqu'elle se trouvait chez Calhoun et que Walter était à Portland. Calhoun avait tenté d'en discuter avec elle, mais elle avait coupé court en disant que c'était son problème et qu'elle le réglerait seule.

Il ne savait pas s'il aurait pu en faire autant : après tout, elle partageait la vie d'un homme qui l'aimait et qu'elle aimait aussi – il le savait – tout en fréquentant un autre homme qu'elle aimait également. Calhoun ne la blâmait pas de se montrer parfois distante, ni de passer ses nerfs sur lui.

Elle ne viendrait pas ce soir. C'était une certitude.

Le crépuscule tombait quand il s'engagea dans l'allée qui menait chez lui. Ralph au moins serait content de le voir. Ralph était toujours content de le voir.

Un chien, c'était foutrement moins imprévisible qu'une femme.

Lorsqu'il atteignit le sommet de la colline, il aperçut une berline vert foncé à l'endroit où il garait toujours sa camionnette.

L'Homme au Costume était de retour.

16

C'EST AINSI que Calhoun le nommait en son for intérieur : l'Homme au Costume. Il paraissait plus âgé que Calhoun de quelques années et ses cheveux roux pâle commençaient à grisonner. Ils avaient l'air délavés, décolorés presque, comme ses yeux. Comme l'homme tout entier, en fait. Un grand type émacié, aux épaules voûtées, au long nez, au visage en lame de couteau, avec une bouche étroite qui remuait à peine lorsqu'il parlait. Il n'avait jamais révélé son nom à Calhoun. Il était toujours vêtu d'un costume gris, et il faisait son apparition tous les deux mois environ, sans jamais prévenir.

Calhoun sortit de son camion et vit l'Homme au Costume assis sur la terrasse dans un fauteuil à bascule. Il fumait une cigarette, parfaitement détendu, comme s'il avait tout son temps.

Ralph était allongé à côté de l'homme, et lorsqu'il vit Calhoun, il releva la tête et agita son moignon de queue sans aller jusqu'à se lever.

Calhoun gagna la porte d'entrée et décrocha sa Remington, accrochée à une patère au-dessus du seuil. L'arme à la main, il traversa la cuisine, franchit les portes coulissantes en verre, et passa sur la terrasse.

L'Homme au Costume leva les yeux et sourit. Il ouvrit la main, montrant à Calhoun les trois balles qui s'y dissimulaient.

— Allons, Stoney, dit-il. Assieds-toi. Et mets-moi au parfum.

C'était le premier été que Calhoun passait dans le Maine. Il était occupé à poser une cloison sèche dans le salon par une après-midi pluvieuse de juillet. Sa sortie de l'hôpital datait de quatre mois et il avait quasiment cessé d'y penser. Lyle était parti pêcher le bar après le déjeuner, et Calhoun envisageait de s'accorder une pause le lendemain pour aller tester le coin. C'est alors qu'il avait entendu une voix appeler :

— Monsieur Calhoun ?

La porte d'entrée était ouverte et un homme se tenait sur le perron, sous un filet d'eau qui ruisselait de la gouttière sur son trench-coat. Une berline verte était garée devant la cabane, à côté du pick-up de Calhoun. Sous son manteau ouvert, l'homme portait un costume gris et une cravate à rayures. Calhoun ne se rappelait pas l'avoir jamais vu dans le coin.

— Entrez, dit-il. Il pleut là-dehors.

Sans doute un agent d'assurance. Les Témoins de Jéhovah se déplaçaient en général deux par deux.

L'étranger franchit le seuil, puis s'immobilisa.

— Je passais par là, dit-il. Je me suis dit que je ferais le détour pour voir comment tu te débrouillais.

L'homme n'était pas du Maine. Son accent était vague et consensuel. C'était celui d'un homme qui se déplaçait souvent, qui avait le don de se fondre dans une communauté, un homme dont aurait du mal à se souvenir après l'avoir vu.

— Je ne crois pas vous connaître, dit Calhoun.

L'homme était entré dans la zone délimitant sa future cuisine, qui comportait déjà un plancher de contreplaqué blanc.

— Tu ne parlais pas comme ça, dans le temps, dit-il en secouant ses cheveux pour les sécher.

— Comme quoi ?

— Cet accent.

Calhoun avait haussé les épaules.

— C'est comme ça que je parle maintenant. Vous voulez quoi, exactement ?

— Oh, pour tout te dire, on m'a demandé de passer te voir, de vérifier que tout allait bien pour toi.

— On ?

L'homme agita vaguement les mains et sourit.

— Les gens de l'hôpital, vous voulez dire ?

— Exactement, répondit-il, et Calhoun comprit, à l'entendre, que cela n'était pas tout à fait exact.

— Dites-leur que ça va très bien. Remerciez-les de l'intérêt qu'ils me portent. Dites-leur qu'il est inutile d'envoyer quelqu'un prendre de mes nouvelles. Je n'ai aucune envie d'en donner. Tant qu'on y est, dites-leur qu'à l'avenir j'ai la ferme intention de tirer sur tous ceux qui entreront ici sans permission. Compris ?

L'homme adressa à Calhoun un sourire patient.

— Ils s'inquiètent pour toi, Calhoun. C'est tout.

— Et ils veulent savoir si je retrouve mes souvenirs…

— Oh, oui. Ça aussi. Et si, en gros, tu…

— Rien. Dites-leur que je ne me rappelle rien. Je repars à zéro. Compris ?

L'Homme au Costume était resté là, avec un léger froncement de sourcils, comme pour inviter Calhoun à préciser sa pensée. Au bout d'une minute, il haussa les épaules.

— Compris, Calhoun.

Il marqua un faux départ, hésita, puis dit :

— Tu sais qu'ils continueront à prendre de tes nouvelles.

— Dorénavant, dit Calhoun, je tirerai sur le premier qui viole ma propriété. N'oubliez pas de les prévenir.

La fois suivante où l'Homme au Costume était apparu à la porte, Calhoun l'avait accueilli la Remington à l'épaule.

— Voyons, Stoney, tu ne vas pas me tirer dessus, avait dit l'autre, et lorsque Calhoun avait baissé les yeux, il avait vu que l'Homme avait un petit automatique à la main, pointé droit sur son entrejambe.

— Vous allez me faire le plaisir de foutre le camp et de ne jamais remettre les pieds ici.

— Impossible, dit l'autre. Je perdrais mon boulot et ils enverraient quelqu'un d'autre.

— Je suis si important que ça ?

L'Homme au Costume sourit.

— Tu aurais une bière ou un truc de ce genre ?

— Non, dit Calhoun.

— Ah oui, c'est vrai, dit l'Homme au Costume. Plus d'alcool.

Calhoun raccrocha la Remington au mur, alla chercher deux Cocas dans le frigo, et s'assit avec son invité sur la terrasse, dans les fauteuils à bascule.

— Tu as fait du beau boulot ici, dit l'Homme en rangeant son automatique dans le holster placé sous son aisselle gauche.

— Pourquoi ne pas tomber la cravate ? dit Calhoun. Détendez-vous, écoutez les oiseaux.

— Tout ça ne me plaît pas plus qu'à toi, dit l'homme. Si ça ne tenait qu'à moi, je te ficherais la paix. Mais ça, c'est rayé du script.

— Ils ont peur que je me rappelle des choses, dit Calhoun.

L'Homme au Costume resta silencieux.

— Et c'est pas le cas, dit Calhoun. Je ne me rappelle rien.

— Parfait, dit l'homme. Ça vaut mieux pour tout le monde.

— Et si je me rappelais quelque chose ?

— Vaudrait mieux pas le crier sur les toits.

— Vous ne voudriez pas que je vous le dise ?

— Ne dis rien à personne, Stoney. Surtout pas à moi.

— Comment savoir si ce que je me rappelle, c'est ce qu'ils ne veulent pas que je me rappelle ?

— Tu le sauras. (L'homme changea de pose de façon à scruter le visage de Calhoun.) Mais il faudra me donner un peu d'info régulièrement. Voilà, je passe de temps à autre, tu me tiens au courant, et je m'en vais. Sans quoi, si tu joues au plus malin avec moi…

Il agita vaguement la main en l'air et se laissa retomber dans le fauteuil.

— Je vous ai averti, dit Calhoun. La prochaine fois qu'un mec se pointe sans prévenir, je tire.

— Parfait, dit l'Homme au Costume. Excellente chose, la paranoïa. Bon, et à part ça ?

Calhoun regagna la terrasse. L'Homme au Costume sirotait un Coca : il s'était servi dans le frigo. Il posa les balles sur la table et leva les sourcils.

— Alors ?

— J'étais un genre de flic, non ? dit Calhoun.

Il avait repéré le holster qui faisait une bosse sous la veste de l'homme.

— Je n'ai pas le droit de te répondre.

Ils étaient déjà passés par ce rituel, mais Calhoun tenait à marquer son obstination.

— Mais vous avez le droit de me dire si je me trompe.

L'Homme au Costume sourit.

— Bien sûr.

— Et vous ne me dites pas que je me trompe, là.

— Non, ce n'est pas ce que je dis.

— Mais si je me trompais, vous me le diriez.

— Oui. Ça fait partie de notre accord. Bon, à toi de me dire des choses. Qu'est-ce qui te fait croire que tu as été un genre de flic autrefois ?

— Rien de particulier, dit Calhoun en pesant ses mots. Mais on a eu un meurtre par ici, et ça me fait une impression… Je ne sais pas comment dire. Familière.

— Familière ? Qu'est-ce qui te paraît familier ?

Calhoun se remémora une salle de classe plongée dans la pénombre, des visages photographiés qui défilaient sur un écran, une intense concentration, la sensation d'être mis à l'épreuve. Et puis d'autres images…

Mieux valait ne pas trop en dire à l'Homme au Costume.

— Juste un vieux sentiment de déjà-vu. Comme si j'avais enquêté sur des meurtres par le passé. Mais je n'arrive pas à voir clairement de quoi il s'agit.

— Tu t'es rappelé quelque chose depuis la dernière fois ?

Calhoun secoua la tête.

— Des flashs. Ça va et ça vient dans ma tête, c'est trop rapide, je n'ai pas le temps de les engranger. Ça ne dure pas.

— Il faut me donner quelque chose, Stoney.

— Et vous, vous avez quelque chose pour moi ?

— Un peu de patience.

Calhoun dit :

— Je découvre que je n'oublie pas une seule foutue chose depuis… depuis l'hôpital. C'est comme un film qui passe dans ma tête et que je peux rembobiner, passer au ralenti, étudier image après image. Il y a eu ce meurtre…

— Je suis au courant du meurtre, dit l'Homme au Costume.

— Qu'est-ce que vous savez ?

— Tu as trouvé le corps de MacMahan. On recherche un certain Green.

Calhoun se pencha en avant et lui agrippa le poignet.

— Qu'est-ce que vous savez d'autre ?

— Rien, Stoney. Rien du tout. Ça n'a rien à voir avec ce qui nous occupe.

Calhoun l'observa une bonne minute, puis se laissa retomber dans son fauteuil.

— Il y a toujours ces… ces fantômes, dit-il. La veille du jour où j'ai découvert Lyle, j'ai vu un corps nu dériver dans le courant. (Il secoua la tête.) Je crois bien que c'était Lyle.

— Un fantôme, hein ?

— Oui. Une apparition. Quand j'ai trouvé Lyle, j'ai cru que c'en était une autre.

— Tu penses que Green l'a tué ?

— Qu'est-ce que vous savez de Green ? dit Calhoun. Putain, si vous…

— Aucun rapport, dit l'Homme au Costume. On n'en sait pas plus que toi sur Green. Je suis au courant du meurtre parce que mon boulot, c'est de savoir tout ce qui te concerne.

— Je suis venu ici parce que je n'aimais pas les gens qui fouinaient dans ma tête.

— Je sais, Stoney. On a déjà parlé de ça. On a conclu un pacte, toi et moi. (Il reprit une gorgée de Coca.) Et je suis désolé pour ton ami.

Calhoun hocha la tête.

— Il y a encore une chose que je peux vous dire. J'ai un don pour le dessin. J'ai croqué Green de mémoire pour le shérif Dickman, et figurez-vous que c'était le portrait craché du bonhomme. C'est quelque chose qu'on m'a appris ?

L'Homme au Costume sourit.

— Je n'ai pas le droit de te répondre.

— Dites-leur que je ne me rappelle toujours rien sur l'homme qui m'a sauvé la vie, sur ce que je faisais avec lui, sur l'endroit où nous étions. Rien. Dites-leur qu'ils n'ont aucun souci à se faire.

— Parfait.

— Je voudrais en savoir plus sur mes parents, dit Calhoun.

— Je sais. Une autre fois, peut-être.

Ils restèrent assis sur la terrasse, le regard perdu dans les bois, dans un silence qui n'était pas désagréable. Au bout de quelques minutes, Calhoun dit :

— Vous travaillez pour le gouvernement. (Il continua à fixer l'horizon.) Je me trompe ?

L'Homme au Costume ne tourna pas la tête.

— Je n'ai pas le droit de te répondre.

Une fois l'Homme au Costume parti, Calhoun rentra. Il rechargea la Remington – deux balles dans le chargeur, une dans la chambre – et vérifia le cran de sécurité. Il nourrit Ralph et se réchauffa une boîte de spaghettis.

Puis il mit un peu de musique et sortit son anthologie. Il commença *L'Ours* de Faulkner, une histoire rudement bonne, qu'il avait déjà lue, d'ailleurs.

Mais son esprit ne cessait de partir à la dérive. Et si Green avait ressurgi de sa vie antérieure ? Si Lyle était mort à cause de quelque chose que Calhoun aurait fait avant son séjour à l'hôpital ?

L'Homme au Costume avait nié cette possibilité. Mais Calhoun savait qu'il mentait. Ils se mentaient l'un à l'autre. Ça faisait partie du pacte. Ils assaisonnaient leurs mensonges d'un peu de vérité, en laissant l'autre libre de faire le tri.

S'il s'avérait que Green avait un rapport quelconque avec sa vie d'avant, Calhoun se jura qu'il abattrait deux hommes. D'abord Green. Puis l'Homme au Costume.

Vers minuit, il sortit pour tenir compagnie à Ralph qui reniflait aux alentours en quête d'un endroit où lever la patte et, tandis qu'il savourait le parfum des pins, écoutait la rivière et regardait les nuages glisser à la surface de la lune, il vit soudain Kate, son téléphone calé entre la nuque et le menton. Elle regardait le plafond. Il y avait un sourire sur son joli visage, et il comprit que tout allait bien entre eux à présent.

Il sourit, héla Ralph et rentra. Il décrocha le téléphone, hésita, puis le reposa sur son socle. Inutile de gâcher une situation idyllique.

17

Le lendemain matin, Calhoun emmena Ralph à la boutique, comme à l'accoutumée. Kate aimait voir Ralph sur les lieux. Elle trouvait que le chien apportait une touche familiale à la boutique, qu'il mettait les clients à leur aise et les encourageait à sortir leur portefeuille. Et puis, Kate aimait bien Ralph, tout simplement.

On était un samedi de juin – la grosse journée de la semaine dans ce qui est le meilleur mois de l'année pour la pêche sous toutes ses formes. C'est pourquoi Calhoun arriva un peu avant 6 heures. Il retourna la pancarte de façon à ce qu'on lise OUVERT et remplit une gamelle d'eau pour Ralph. Dans un coin, il jeta un de ses vieux pull-overs en lui disant de s'allonger dessus et de prendre la vie du bon côté. Les clients aimaient voir Ralph vautré là, l'œil vague, et Ralph aimait épier les clients sous ses paupières mi-closes. Calhoun se disait que chaque magasin d'articles de pêche devrait comporter un chien de chasse vautré dans un coin, l'œil vague, sur un vieux pull râpé.

Il trouva une station de radio et s'installa à son étau pour monter quelques imitations de lançon. Le lançon, c'était le menu de nuit préféré des bars en juin, le long des plages, et leur stock d'imitations commençait à se tarir.

Les clients ne tardèrent pas à passer le seuil d'un pas nonchalant, et il consacra les deux heures qui suivirent à leur vendre des mouches et à leur révéler les bons coins et d'autres tuyaux de première main : c'est à peine s'il put monter une douzaine de leurres avant l'arrivée de Kate.

Elle le rejoignit devant l'étau et s'empara d'un de ses lançons.

— Pas mal du tout, dit-elle. Et dans l'eau, qu'est-ce que ça donne ?

— Lyle en a testé quelques-uns la semaine dernière, dit Calhoun. Un franc succès, qu'il disait.

— Pas trop débordé ce matin ?

Il haussa les épaules.

— J'ai prodigué un tas de bons conseils. J'ai pas vendu tant que ça.

— Stoney, je suis vraiment désolée…

Il leva les yeux.

— … pour la façon dont je me suis comportée.

Il hocha la tête.

— D'après Lyle, les bars vont boulotter les lançons sur les plages qui bordent Swan Island, pendant la première heure de marée basse. Juste à la tombée du jour. Tu les connais, ces plages ?

— Parfois, j'ai vraiment peur, dit-elle.

Calhoun effleura de ses doigts la queue du lançon pris dans son étau.

— Qu'est-ce que t'en dis ? Encore une touche de Kristal flash ?

— Trois gars se sont pointés ici hier matin, dit-elle. Ils voulaient aller pêcher la truite dans le Kennebec, près de Bingham, en contrebas du barrage de Wyman. On leur avait dit que c'était un sacré bon coin. Putain, c'est vrai en plus. Tout le monde sait ça. Une belle sortie en perspective. Trois avocats avec de bonnes relations par ici. Mon premier réflexe, ça a été de me dire : parfait, je vais refiler tout ce beau monde à Lyle. (Elle secoua la tête.) Lyle aurait pris son pied sur ce coup-là. Je n'arrive pas à le croire, Stoney.

Calhoun ne releva pas les yeux. Il ne voulait pas voir la tête que faisait Kate en ce moment.

— Je serais bien allé avec eux, dit-il.

— Eh oui. Mais tu n'étais pas là. Et Lyle… Lyle non plus. Il n'y avait que moi. Alors qu'est-ce que j'ai fait ? J'ai passé deux trois coups de fil, et je leur ai trouvé un guide à Santo. (Elle soupira.) Déjà qu'on ne fait pas tant de bénéfices, tu sais.

— Je te l'ai dit cent fois : j'ai de l'argent, moi. Tu n'as qu'à me prendre comme associé.

— Pas question que tu me tires une épine du pied, Stoney. Il faut que je fasse marcher cette boutique.

Il ôta le lançon achevé de l'étau.

— Ce ne serait pas te tirer une épine du pied, Kate. Pour moi, ce serait une forme d'investissement. (Il fixa un nouvel hameçon dans l'étau.) Ils n'arrêtent pas de verser de l'argent sur mon compte, tu le sais. C'est de l'argent qui dort.

— Trouve-lui un placement sûr, alors. Pas un commerce à la con qui va bientôt se casser la gueule.

— On ne va pas se casser la gueule.

— Walter est tombé de son fauteuil roulant hier. Tu parles de se casser la gueule. Quand je suis rentrée à la maison, il était là, étendu de tout son long depuis le début de l'après-midi. Sans pouvoir se relever, ni arriver jusqu'au téléphone. Il a levé les yeux sur moi, et il a dit : “Kate, j'ai fait dans mon foutu froc. Débarrasse-toi de moi, pour l'amour de Dieu.”

Calhoun leva enfin les yeux.

— Il voulait dire, le placer en centre hospitalier, un truc de ce genre.

Elle secoua la tête.

— Non. Ce n'est pas ce qu'il voulait dire.

— Laisse-moi racheter une part de la boutique, Kate. Comme ça on pourra embaucher quelqu'un à temps partiel. On pourra faire un peu de pub. Se payer une nouvelle enseigne. Guider de nouveaux clients. Et s'offrir parfois un jour de congé. Aller à la pêche, tant qu'on y est. Bon Dieu, quand est-ce qu'on est allé pêcher pour la dernière fois, toi et moi ? Tu aurais plus de temps pour t'occuper de Walter.

Elle secoua la tête, tourna les talons et se dirigea vers son bureau. Puis elle s'arrêta net.

— Tu ne comprends rien, hein ?

Il sourit.

— Je n'ai jamais eu cette prétention, chérie.

Elle resta une bonne minute, les mains sur les hanches, à le contempler en fronçant les sourcils comme s'il était quelqu'un qu'elle avait bien dû croiser quelque part, mais où ?

Puis elle passa dans son bureau.

Il était midi passé lorsque Calhoun demanda à Kate si elle voulait qu'il aille chercher de quoi déjeuner. Elle était au comptoir, où elle parlait à deux jeunes gens visiblement prêts à rester toute l'après-midi à flirter avec elle. Elle jeta un coup d'œil à Calhoun et lui répondit "non" comme s'il lui avait demandé la permission de lui trancher un pouce.

Chaque fois qu'il regardait de son côté, elle se débrouillait pour avoir le visage tourné dans une autre direction.

Il la comprenait. Si Calhoun devenait son associé, elle se liait à lui, et Kate aimait fixer ses propres règles. Ce n'était pas comme ça qu'il aurait préféré faire, mais ça ne lui posait pas de problème.

Au milieu de l'après-midi, il leva les yeux et vit le shérif Dickman posté sur le seuil. Le shérif désigna le parking d'un signe de tête et ressortit.

Quelques minutes plus tard, Calhoun le rejoignait. Dickman était appuyé contre la portière de l'Explorer, tapotant son Stetson contre sa cuisse.

— Que se passe-t-il ? demanda Calhoun.

Dickman hocha la tête.

— On a retrouvé la Taurus. Un de mes adjoints l'a repérée dans le parking qui jouxte l'épicerie de Standish.

— Standish, dit Calhoun. Et Green ?

— Envolé. La vendeuse a dit que Lyle était passé au magasin dimanche dernier pour savoir s'il pouvait laisser la Taurus. Elle s'est dit que c'était pour la journée, et puis il n'est pas revenu et elle s'est dit qu'elle avait dû se tromper, et ça lui est sorti de la tête. Je lui ai montré ton croquis, mais elle n'avait jamais vu ce type.

— Elle a dit si Lyle avait passé un coup de fil ?

Le shérif acquiesça.

— Ils ont un combiné mural à l'intérieur, près de la porte. Lyle a pris quelques sodas et utilisé la monnaie pour téléphoner.

— Attends une seconde, dit Calhoun. J'essaie d'y voir clair dans cette histoire.

— Bienvenue au club, Stoney. On a enquêté sur le véhicule en question. Il a été loué dans une agence Avis de l'aéroport d'Augusta par un certain Fred Green. Il a payé avec une carte de crédit.

— Alors il s'appelle vraiment Green ?

Dickman secoua la tête.

— Il se trouve que le Fred Green qui possède cette carte Visa est depuis peu pensionnaire au centre hospitalier St Augustine, en Floride. Il a quatre-vingt-deux ans et il n'y voit plus grand-chose à cause de son diabète.

— La carte a été volée ?

Dickman acquiesça.

Calhoun fronça les sourcils.

— Je croyais que Green – ou quel que soit son vrai nom – avait tué Lyle, conduit son vieux Dodge à l'école de South Riley, repris sa Taurus et…

— Non, il n'est pas allé reprendre la Taurus. Elle est restée à tuer le temps devant l'épicerie de Standish.

— Alors, à moins que Green n'habite South Riley, il y avait un troisième véhicule. Ce qui veut dire…

— Ce qui veut dire qu'il avait un complice.

— Et donc que cette affaire était préméditée.

— Franchement, dit Dickman, je ne vois plus bien ce que tout ça signifie. On sait quoi, au juste ? Que Green est venu à la boutique mardi dernier. Que Lyle et lui sont partis en voiture, chacun au volant de son véhicule. Lyle avait un rendez-vous avec Penny Moulton le soir même, donc ils ont fait halte à Standish, où ils ont laissé la Taurus. Lyle en a profité pour passer un coup de fil à sa copine. Puis Green est monté dans le camion de Lyle. On sait qu'ils sont allés au réservoir de Keatsboro, que Lyle a été assassiné et qu'on l'a abandonné là-bas. On sait que sa camionnette a été retrouvée derrière l'école élémentaire de South Riley. Et que la Taurus, elle, n'a pas bougé. (Il haussa les épaules.) Les petits gars de la police de l'État ont emmené les deux véhicules. Ils vont les examiner de près, peut-être qu'ils trouveront quelque chose.

— Ce qu'on ne sait pas, dit Calhoun, c'est la raison pour laquelle Green voulait tuer Lyle, pour commencer.

Dickman haussa les épaules.

— On a tous un ennemi ou deux, Stoney. Quand on attrapera Green, je suppose qu'on aura la réponse.

— *Quand ?*

— OK. *Si* on l'attrape. Ce gars-là s'est proprement escamoté. Mais on a ton croquis, qu'on a faxé à la police de l'État et à tous les bureaux de shérifs du Maine, avec un avis de recherche pour homicide. Nos hommes interrogent les employés d'aéroport et les conducteurs de bus, on a notifié les autorités du New Hampshire et du Massachusetts, et, bon Dieu, Stoney, on aura ce fils de pute un jour ou l'autre.

— S'il a un complice…

Dickman secoua la tête, puis remit son Stetson.

— Faut que j'y aille. Je voulais juste te tenir informé. (Il plissa les yeux.) Tu as le cerveau qu'il faut pour ce job, Stoney. Fais-le marcher pour moi. Tu es le seul à avoir vu Green et à lui avoir parlé. Tout ce qui te reviendrait en tête, fais-le-moi savoir.

— Compte sur moi, dit Calhoun.

Dickman se hissa dans son 4 × 4 et repartit. Calhoun resta devant la boutique, les yeux dans le vague. Au bout de quelques minutes, il fit volte-face et rentra dans le magasin.

Ils fermèrent à 5 heures, comme tous les samedis. Calhoun décida de ne pas demander à Kate si elle voulait traîner encore un peu, se détendre après une journée chargée. Il savait qu'elle refuserait.

Quand il eut fini de ranger, il la rejoignit dans son bureau. Elle réglait quelques paperasseries.

— J'espère que Walter ira mieux.

Elle leva les yeux et sourit.

— Merci, dit-elle.

— Si je peux faire quoi que ce soit…

Elle hocha la tête.

— Merci, Stoney. Ça va aller.

— Et si tu te prenais un jour de congé ? Je peux me débrouiller seul demain.

— Je ne peux pas te demander ça.

— En l'occurrence, tu ne demandes rien. C'est moi qui le propose.

Elle le fixa, sourcils froncés, puis acquiesça.

— Ce serait génial. Tu es sûr ?

— Je serai là, dit-il.

Il siffla Ralph, remonta dans son camion, et ils prirent le chemin du retour. En route, il réussit à ne pas penser à Kate, à ne pas se demander si c'en était fini de leur histoire. Au lieu de quoi, il essaya de se concentrer sur les propos du shérif.

Au carrefour, il ne prit pas le tournant qui le ramenait à Dublin. Il fila droit sur Keatsboro. Quelque chose l'attirait là-bas, il lui fallait revoir l'étang où Lyle avait trouvé la mort.

Il fit halte à hauteur de la brèche dans le muret, sur la route qui menait à la ferme des Ross. Il sortit et Ralph le suivit d'un bond hors du véhicule.

Ils suivirent le chemin à travers bois. Ralph se mit en chasse, quêtant ça et là, tête haute, l'odeur d'un oiseau. Lyle pensait que ce chien avait la chasse dans le sang. Il avait même proposé de le dresser, mais Calhoun avait refusé.

Jusqu'ici, Ralph avait montré un intérêt marqué pour les truites. Chiot, il levait des phalènes et des sauterelles, et Calhoun avait dû l'emmener un jour chez le vétérinaire après un corps-à-corps sauvage avec un porc-épic.

Le soleil, déjà bas dans le ciel du couchant, disparaissait sous un banc de nuages lorsque Calhoun suivit le sentier en pente qui menait au réservoir. La nuit commençait à tomber. Il rappela Ralph en sifflant, s'assit près du vieux barrage et ferma les yeux. Il essaya d'évoquer mentalement l'image de Green à plat ventre sur l'herbe, visant Lyle à travers la lunette de son calibre 22, appuyant sur la détente d'une main sûre. Le claquement étouffé du fusil. Lyle qui s'affaisse lourdement. Green glisse une nouvelle balle dans la chambre, tire à nouveau et perfore le float tube.

Et Lyle dans l'eau, l'air qui s'échappe en sifflant du tube à présent mou et flasque. Lyle qui s'enfonce, tête la première, son corps pesant entraînant avec lui le float tube dégonflé, ses waders s'emplissant d'eau…

Ralph, allongé près de lui le menton sur ses pattes, le fixait comme s'il essayait d'y voir clair, lui aussi. Calhoun tendit le bras et lui gratta le front.

Et Green avait tourné les talons, il était remonté dans le pick-up de Lyle, qu'il avait conduit jusqu'à South Riley pour l'abandonner derrière l'école primaire.

Et puis ?

Et puis Green avait disparu. Il n'avait pas utilisé sa voiture.

Où était passé ce salaud ?

Calhoun songea à Lyle et à sa fascination pour le grand incendie de 1947, à sa collection de témoignages enregistrés, à toutes ses conversations avec les anciens de la région.

Tout en haut de la colline, de l'autre côté de la rivière, un fermier nommé Potter avait trouvé la mort dans cet incendie. On distinguait encore, sur l'autre rive, le chemin creux qui serpentait à travers les bois sombres en remontant la colline. Lyle aurait sûrement été tenté de le suivre jusqu'aux fondations calcinées où Potter était mort en voulant sauver sa maison du brasier.

Calhoun se leva péniblement.

— Allez viens, dit-il à Ralph. On va y jeter un œil.

Le vieux sentier plein d'ornières dessinait une courbe jusqu'au sommet de la colline, à travers de jeunes arbres feuillus, et Calhoun s'étonna de nouveau que ce fermier yankee ait manqué de sens pratique au point de bâtir sa maison si loin de la route – d'autant qu'une autre route passait deux cents mètres plus loin.

Un grand lilas décharné poussait à l'angle des fondations en granit. Les grappes brunes et desséchées pendaient encore. Les ronces, le chiendent et le sumac tapissaient le sol, s'entremêlant à quelques rondins brûlés et à un fourneau rouillé. La vieille cheminée s'était écroulée. Un monceau de pierres gisait à terre.

Potter s'était attendu à ce que l'incendie épargne sa maison, mais le feu était venu droit sur lui, traversant la colline. Calhoun ferma les yeux, et il le vit, le sentit, l'entendit… un mur de flammes plus haut que le faîte des arbres, hurlant et crépitant, soudain sur lui, et dont la seule chaleur laissait ses cheveux roussis et ses yeux brûlants. Des pins qui volaient en éclats, des branches enflammées qui tombaient sur le sol. Il était cerné par ce feu qui aspirait l'oxygène, dérobant l'air à ses poumons, engloutissant la maison sans ralentir, laissant derrière lui un cadavre et des fondations béantes et fumantes.

Cet été-là, les bois étaient secs comme de l'amadou, lui avait dit Lyle. En août et en septembre, des douzaines de foyers avaient jailli dans tout le Sud de l'État. Les pompiers les avaient étouffés mais beaucoup avaient continué de brûler sourdement, souterrainement, se nourrissant de racines et de terre sablonneuse avant de refaire surface ailleurs. Le grand incendie de 1947 était en réalité une foule de foyers qui s'étaient disséminés, entretenus par un vent d'ouest sec : trop d'incendies, trop rapides pour se laisser dompter par les pompiers désorganisés (des volontaires pour la plupart), tous ces feux cavalant vers l'est, s'alliant, se divisant, rasant des villes entières, en oubliant d'autres, choisissant telle maison, contournant telle autre.

En cet été 1947, la famille Ross de l'autre côté de la route avait eu de la chance.

Là-haut sur sa colline, Potter n'avait pas eu de chance.

C'était insensé. Mais Calhoun savait comme il est difficile d'obliger la vie à avoir un sens. Lyle s'était fait tuer, c'était insensé. Et se faire foudroyer l'était tout autant.

Il regarda autour de lui. Où diable était Ralph ?

Il siffla, tendit l'oreille.

Le soleil était couché et il faisait noir à présent dans les bois. Un couple d'engoulevents planait au-dessus de sa tête, guettant les moustiques et les papillons de nuit, et leurs longues ailes pointues laissaient entrevoir un duvet étincelant de blancheur. Une brise légère ébouriffait les feuilles des chênes.

— Ralph ! Ramène ton cul, bon Dieu !

Quelque part dans les bois, un jappement, puis un gémissement.

— Ralph ! Tu vas venir, oui ?

Ralph continua de geindre et Calhoun se dit qu'il s'était peut-être fait mal, pris une patte dans un piège. Il chercha à s'orienter en suivant les gémissements du chien, mais son sens de l'orientation était amoché : il faut ses deux oreilles pour repérer la provenance d'un son. Lorsqu'il suivit le sentier qui menait à l'autre versant de la colline, les jappements se firent plus sonores. Il traversa à la hâte un bosquet de pins plongé dans la pénombre et se retrouva dans une sorte de ravin au sol spongieux, tapissé de feuilles qui dataient de l'automne précédent.

Ralph était là, gémissant.

Calhoun le rejoignit.

— Ralph, bon sang, qu'est-ce que tu fous… ?

Dans la lumière chancelante du soir, il aperçut quelque chose de pâle au fond du trou que Ralph avait creusé.

18

Calhoun ferma les yeux. Lorsqu'il les rouvrit, le pied était toujours là.

Il tendit la main pour le toucher, s'assurer de sa présence, mais il se retint.

Ralph et lui s'accroupirent, observant le pied qui sortait de la fange. Un pied de taille moyenne, vêtu d'une chaussette blanche sale. Peut-être un pied d'homme, ou de femme. Calhoun se dit que s'il ôtait la chaussette boueuse, il saurait le dire. Mais pas question d'aller une fois encore foutre en l'air les lieux du crime. Le pied était légèrement incliné de côté, si bien que le gros orteil désignait le ciel.

Calhoun se remit debout.

— Viens, dit-il à Ralph. T'as intérêt à me coller aux talons, cette fois.

Ralph lui emboîta le pas et ils reprirent lentement le sentier qui menait aux fondations. Ils descendirent l'autre versant de la colline, traversèrent le barrage et remontèrent la longue pente vers les bois sombres où Calhoun avait laissé son camion.

Le temps qu'il y parvienne, la lune s'était levée. Il lui fallait un téléphone, et il regarda de l'autre côté de la route, vers la ferme des Ross.

Il ne vit aucune lueur, mais Ralph et lui remontèrent dans le camion et Calhoun décida, à tout prendre, de pousser jusqu'à la ferme. La Jeep d'Anna, avec son toit de toile, était garée devant la grange. Devant la maison, le camion muni d'une barre d'attelage avait disparu. Les vitres de la bâtisse étaient noires, la grange plongée dans l'obscurité.

Calhoun fit le tour pour gagner la porte arrière et sonna. Il entendit la sonnette retentir à l'intérieur mais ne perçut aucun signe de vie.

Il remonta dans le camion et reprit la route principale. Il se rappelait avoir vu un peu plus loin une station-essence flanquée d'une épicerie. À une heure pareille, elles étaient sans doute fermées, même un samedi soir. Mais il y aurait peut-être un téléphone public à l'extérieur.

En fin de compte, il dut faire toute la route jusqu'à Gallatin, à l'est de Keatsboro, où il s'arrêta devant chez Juniper's, un petit restaurant ruisselant de lumière dont le parking latéral avait fait le plein de véhicules.

Il se gara sur la chaussée et dit à Ralph de grogner si un inconnu l'abordait. Puis il pénétra dans le restaurant. La porte d'entrée donnait sur un petit vestibule. À droite, se trouvait la salle à manger, occupée par une ou deux familles nombreuses, et la conversation allait bon train d'une table à l'autre.

À sa gauche, un bar faisait salle comble : des clients attablés et assis au bar ou debout contre les murs, des jeunes et des couples plus âgés. Un rock tonitruant s'échappait d'un juke-box, concurrençant le match de baseball retransmis par la télé, au-dessus du bar.

Calhoun attrapa une serveuse par le bras (cheveux noirs, jean serré, T-shirt blanc), lui décocha son sourire le plus irrésistible et dit :

— S'il vous plaît, mademoiselle, il faudrait que je passe un coup de fil.

De la tête, elle désigna quelqu'un sur le côté.

— Demandez à Kevin.

Kevin, le barman, était un jeune homme aux traits lisses, doté d'une fine moustache noire et d'un grand front. Calhoun s'intercala entre une femme d'âge mûr et un jeune visiblement mineur, repéra le téléphone sur une tablette, derrière le bar.

— Hé, Kevin !

Se retournant, le barman le fixa d'un œil vide.

— Salut.

— Bonsoir. J'ai besoin de passer un coup de fil.

— C'est pas un téléphone public, m'sieur.

— C'est une urgence.

Kevin haussa les épaules.

— Interdit par le règlement.

Calhoun se pencha au-dessus du bar et lui fit signe de l'index. Kevin fronça les sourcils, puis se pencha vers lui. Calhoun l'empoigna par la chemise et le tira vers lui au point que leurs visages se touchaient presque.

— Écoute-moi, dit-il. J'ai dit que c'était urgent, bordel de merde. Tu es sourd ou quoi ?

Kevin hocha la tête.

— Eh ho, doucement, mec. Pas de quoi s'énerver. Passe ton coup de fil. J'en ai rien à foutre, moi.

Calhoun sourit, lâcha la chemise et lui tapota l'épaule.

— J'apprécie ton aide. Merci beaucoup.

Il passa de l'autre côté du bar, tendit la main et attrapa le téléphone. Il composa le numéro du shérif.

— Bureau du shérif, comté de York, dit une voix féminine.

— Je dois parler au shérif Dickman.

— Il est absent en ce moment. Je peux vous passer son adjoint, M. Langley.

Calhoun hésita.

— Non, c'est au shérif que je dois parler. C'est une urgence. Je viens de trouver un cadavre.

— Qui êtes-vous ?

— Je m'appelle Calhoun. C'est en rapport avec le meurtre de Keatsboro.

— Vous dites que vous avez trouvé un cadavre ?

— Exact. Pouvez-vous me mettre en relation avec le shérif ?

— D'où appelez-vous ?

Calhoun le lui dit.

— OK, dit-elle, je vois où c'est. Quel est leur numéro ?

Calhoun lut le numéro inscrit sur le téléphone.

— Ne bougez pas, monsieur Calhoun. Le shérif va vous rappeler là-bas.

Il raccrocha. Lorsqu'il leva les yeux, il vit le regard de Kevin fixé sur lui.

— J'attends qu'on me rappelle, dit Calhoun.

Kevin acquiesça.

— Une bière, ça vous ferait plaisir ?

— Un Coca, ce serait parfait.

Kevin fit glisser un verre devant lui. Calhoun sortit son portefeuille.

— Combien ?

— C'est ma tournée, dit Kevin avec un geste de la main.

Calhoun posa un billet d'un dollar sur le bar en guise de pourboire. Il but une gorgée et consulta sa montre. Il était presque 10 heures.

Le téléphone sonna vingt minutes plus tard. Calhoun l'empoigna :

— Calhoun.

— Stoney ? (C'était la voix du shérif.) Qu'est-ce que c'est que cette histoire de cadavre ?

— Ralph a trouvé un pied qui sortait de terre, dit Calhoun. J'imagine qu'il y a un corps au bout. Il est enseveli dans les bois, derrière l'étang où j'ai trouvé Lyle.

— Tu es sûr de ce que tu dis ?

— Un pied. Avec une chaussette.

— Un pied, hein ?

Calhoun perçut le doute dans la voix du shérif.

— Tu crois que c'est encore un de mes…

— … fantômes ? Comment veux-tu que je le sache, Stoney ? Tu attends quoi de moi, là ?

— Que tu passes voir la chose. Ça n'avait rien d'un fantôme, shérif. C'était un pied, putain ! Écoute, que tu me croies ou non, t'aurais intérêt à venir voir.

— Je doute pas que tu l'aies vu, dit le shérif. Qu'il soit réel ou non. (Calhoun l'entendit soupirer.) OK, Stoney. Tu as raison. Reste où tu es. Je vais mobiliser une équipe. Ça risque de prendre un peu de temps.

Calhoun raccrocha, vida son verre, fit un geste d'adieu à Kevin et regagna son camion. Lorsqu'il monta, Ralph, couché sur le siège passager, ouvrit les paupières et le regarda sans lever la tête. Calhoun lui gratta le museau.

— Tu peux dormir, dit-il. On va devoir patienter un peu.

Il resta dans le camion, face au restaurant de Gallatin, tandis que les clients du samedi soir sortaient l'un après l'autre, reprenaient le volant et vidaient le parking. Il était presque minuit lorsqu'un véhicule s'arrêta derrière le camion, laissant son moteur et ses phares allumés.

Calhoun descendit et se dirigea vers l'Explorer du shérif. Deux autres véhicules s'étaient rangés derrière lui. L'un était une voiture de la police de l'État. L'autre, une ambulance.

Dickman le considéra à travers la fenêtre ouverte.

— Tu ne veux pas monter avec moi ? On causera de tout ça pendant le trajet.

— Ralph vient avec nous ?

— Pas de problème.

Le chien gagna d'un bond le siège arrière du véhicule. Calhoun monta devant.

— Faut retrouver la route à l'endroit où on est descendus vers le bassin. Ça fait une petite trotte dans les bois. J'espère que vous avez des lampes torches.

— On a tout prévu. Allez, dis-moi tout.

Tandis qu'ils roulaient, Calhoun raconta comment il avait décidé d'aller revoir l'endroit où il avait trouvé Lyle, comment il avait tenté d'expliquer le fait que la Taurus soit restée à l'endroit où Lyle et Green l'avaient abandonnée, comment il avait guetté une illumination qui n'était pas venue, comment il avait gravi la colline vers les ruines calcinées parce que c'est ce que Lyle aurait fait, et comment Ralph avait trouvé un pied enseveli dans le sol.

Dickman l'écouta sans l'interrompre. Lorsque Calhoun eut terminé, le shérif dit :

— En somme, Green aurait tué deux hommes, il en aurait mis un sous terre et laissé l'autre dans l'eau ?

— Je suppose.

— On n'a reçu aucun avis de disparition.

— Ben, quelqu'un a disparu quand même. Vu que je viens de le retrouver.

— C'est peut-être Green en personne. Je suppose qu'on aura un élément de réponse en déterrant le corps. Si on arrive à le retrouver dans le noir.

— Je peux le retrouver, putain de merde.

Le shérif jeta un œil à Calhoun.

— Pas la peine de t'énerver. (Il hésita.) Avec Kate, ça se passe bien ?

— La boutique ne marche pas fort. Walter va carrément mal. Et elle s'en veut à cause de Lyle.

— C'est pas tout à fait ce que je voulais dire.

Calhoun garda le silence.

Ils roulèrent à travers la campagne ténébreuse une ou deux minutes. Puis le shérif reprit :

— C'est pas mes oignons, Stoney, mais…

— Exactement.

— … mais un gars est passé me voir hier. Pour me poser des questions sur toi.

— Tu lui as dit quoi ?

— Rien.
— Ah oui ?
Dickman haussa les épaules.
— Eh oui.
— Ce type, il portait un costume gris ?
— Oui. (Le shérif hésita.) Comprends-moi, Stoney. Je me fous de ce que tu as pu faire. Ton passé, c'est ton passé. Ça me regarde pas. J'ai de la sympathie pour toi. Tu peux compter sur moi comme sur un ami. Mais s'il y a quelque chose que je dois savoir, vaut mieux pas le garder pour toi.
— Il t'a demandé quoi, l'homme au costume ?
Le shérif garda le silence.
— Tu n'as pas le droit de me répondre, hein ?
— En gros, oui.
— Et tu en penses quoi, shérif, de tout ça ?
Dickman respira fortement dans la pénombre de la cabine.
— Voilà cinq ans, tu débarques chez nous. T'as du fric tant que t'en veux. Tu te cloîtres dans les bois comme si tu voulais fuir la race humaine pour le restant de ta vie. On raconte que t'as séjourné à l'hôpital, que tu te rappelles plus ce qui t'a amené ici. T'es un homme sans passé, Stoney. Et ça fait réfléchir, tu comprends ?
— Pourquoi ne me dis-tu pas franchement ce que tu penses ?
— Tu l'auras voulu, marmonna le shérif. Bon, alors tu étais en prison ?
— C'est ce que ce type t'a raconté ?
— Non. Absolument pas.
— Mais ses questions…
— … m'ont laissé pensif. C'est tout ce que je veux dire.
— Si tu veux tout savoir, c'était un hôpital, pas une prison. La foudre m'est tombé dessus et elle m'a un peu amoché le cerveau.
— La foudre, hein ?
— Oui. J'ai une grosse cicatrice dans le dos.
— Ça fait quoi, d'être touché par la foudre ?

— Je me rappelle pas.

À la lumière du tableau de bord, Calhoun vit le shérif froncer les sourcils.

— C'est toi qui as parlé de fantômes, Stoney. Tu comprends que je me pose des questions.

— Bien sûr, shérif. Et tu comprends que je m'en pose aussi.

— Encore une fois, c'est pas un problème pour moi.

— À t'entendre, si.

— Je me demandais juste si ce type avait été causer à Kate, des fois.

— Si c'est le cas, dit Calhoun, je te promets que j'irai le descendre.

— En tant que représentant de la loi, je te le déconseille.

Il ralentit et tapota le genou de Calhoun.

— Il y a une lampe torche sous ton siège. Tu devrais éclairer le bas-côté, histoire de pas rater l'endroit.

Calhoun fouilla sous le siège et trouva la lampe. C'était un de ces modèles à grande puissance qui fonctionnent avec six piles. Il baissa la vitre et promena le faisceau de lumière sur le muret qui longeait la route.

— À quoi penses-tu, shérif ?

— À rien du tout.

— J'ai la vague impression que tu me soupçonnes de quelque chose.

— Ne sois pas parano, Stoney. Je ne te soupçonne de rien.

À la lumière de la lampe, Calhoun aperçut la brèche dans le muret indiquant le passage vers le réservoir.

— Arrête-toi là, dit-il.

Ils se rangèrent sur le bas-côté, les deux autres véhicules s'arrêtèrent derrière eux. Tous sortirent, et Dickman présenta Calhoun à un médecin légiste, un certain Weems, à un grand gaillard portant deux appareils photo autour du cou, dont le nom échappa à Calhoun, à un dénommé Bellotti, inspecteur de la brigade criminelle, à un autre médecin envoyé par l'État du nom de Scolnik, et à Woody, un jeune ambulancier. Calhoun serra la main à chacun.

Le groupe se tenait au bord de la route, chacun muni d'une lampe torche.

— OK, dit le shérif. Stoney prendra la tête du cortège. Ça fait une sacrée trotte. J'espère que vous êtes tous chaussés pour.

— Et Ralph ? dit Calhoun.

— Vaut mieux le laisser dans le camion, dit Dickman.

Calhoun rejoignit le 4 × 4. Il vérifia que les vitres laissaient passer un peu d'air et que les portières étaient verrouillées.

— Bouge pas d'un poil, dit-il à Ralph. T'as fait assez parler de toi pour ce soir. Je reviens bientôt.

Ralph, debout sur le siège arrière, pressait sa truffe contre la vitre. Calhoun glissa ses doigts dans la fente pour que le chien leur donne un coup de langue. Puis il fit demi-tour et s'engagea dans les bois.

Il faisait nuit noire, les bois restaient sombres à l'extérieur des cônes de lumière projetés par les lampes. Lorsqu'ils atteignirent le réservoir, le shérif donna le signal d'arrêt et braqua sa torche vers les roseaux où Calhoun avait vu le corps de Lyle.

— C'est là qu'on a retrouvé Lyle MacMahan, dit-il aux autres.

Il promena le faisceau de lumière sur le sol, à côté de l'endroit où il se tenait.

— Et c'est là que le tueur était sans doute allongé.

Il braqua sa lampe de l'autre côté du barrage, vers la colline.

— Et là, c'est l'endroit où Calhoun a vu l'autre corps. Montre-nous le chemin, Stoney.

Traversant le barrage en file indienne, ils entamèrent le versant de la colline qui menait aux ruines. Arrivé là, Calhoun s'arrêta et balaya les broussailles de sa lampe torche.

— C'est par là-bas, dit-il. Laissez-moi une minute ou deux pour le repérer.

Il descendit l'autre versant, s'arrêtant à chaque moment pour inspecter les environs.

— Il y avait encore un peu de jour tout à l'heure, dit-il au shérif. Avec les ombres, on s'y retrouve moins.

— Prends ton temps.

Il ferma les yeux un moment pour retrouver l'image de l'endroit où il avait découvert le corps, tel un cliché bien net. Puis il les mena d'un pas vif au pied de la colline, dessina un arc de cercle avec sa lampe.

— OK, j'y suis. Là-bas. Derrière ce bouquet d'arbres.

L'inspecteur Bellotti s'éclaircit la gorge.

— Allez-y mollo, les gars. C'est une scène de crime, ici.

Calhoun les fit contourner l'îlot formé par les aulnes et les mena à l'endroit où Ralph avait déterré le pied. Puis il s'arrêta.

Pas de terre fraîchement remuée. Pas de pied sortant du sol.

Juste les bois, dont les vieilles feuilles brunies tapissaient la terre, là où elles étaient doucement tombées huit mois plus tôt.

19

C'ÉTAIT LÀ, dit Calhoun. Juste là. Il s'agenouilla et balaya le tapis de feuilles sèches avec sa torche, puis il se retourna et leva les yeux vers les autres, assemblés autour de lui en demi-cercle.

— Là, répéta-t-il.

Le shérif s'accroupit près de lui.

— Probable que c'est un endroit de ce genre, dit-il doucement. Cherchons encore un peu.

Calhoun secoua la tête. Il repoussa quelques feuilles des doigts. Il y avait en dessous une couche de brindilles et d'aiguilles de pin à moitié décomposées, puis la terre noire et humide, qu'il se mit à creuser des deux mains. Il sentit le shérif le toucher à l'épaule et eut un geste de recul.

— Éclaire-moi, dit-il.

— Allons, Stoney. C'est sûrement pas ici.

— C'était là, dit Calhoun.

— Tu m'as dit qu'il y avait un pied qui dépassait.

— Il était là, répéta Calhoun.

L'un des hommes grommela :

— Eh merde.

Un autre dit :

— On n'a qu'à explorer un peu les environs. On trouvera peut-être quelque chose.

— Inutile, dit Calhoun. Je vous dis que c'est ici.

Les trois autres s'éloignèrent. Il vit leurs lampes étinceler à travers les buissons. Le shérif s'accroupit à côté de Calhoun et posa la main sur son épaule.

— Écoute, Stoney…

— Je ne suis pas fou, si c'est ce que tu penses.

Calhoun continua de racler le sol à quatre pattes, creusant comme un frénétique, rejetant des poignées de terre molle et noire sur le côté, grattant à la manière de Ralph. Dickman l'empoigna par les deux bras et le tira en arrière.

— Je ne dis pas que tu es fou, dit Dickman d'une voix calme. Tu t'es trompé d'endroit, c'est tout. Il est grand, ce bois. Il avait l'air différent au crépuscule, c'est toi-même qui l'as dit.

Calhoun secoua la tête.

— J'ai un don, dit-il. Je me rappelle tout dans le moindre détail. Ça devient des images dans ma tête. C'est pour ça que j'ai pu dessiner le visage de Green à ta demande. Je le vois. Si tu veux, je te fais un autre dessin, et tu verras qu'il ressemblera trait pour trait au premier. J'ai l'image de ce lieu dans ma tête et, bon Dieu, c'est précisément ici, à l'endroit où je creuse, que Ralph a trouvé ce pied.

— Et si toi et moi on revenait ici demain, quand le soleil sera levé et qu'on y verra un peu mieux ? Peut-être que cette image sera plus claire dans ta tête. T'en dis quoi ?

Calhoun se retourna pour le regarder. Dans l'obscurité, le visage du shérif n'était qu'une ombre. Mais Calhoun avait perçu de la bonté dans sa voix, une considération affectueuse mêlée de doute. Pas une once de colère ou de frustration à l'idée qu'on l'avait tiré du lit un samedi soir à minuit et qu'il avait dû rassembler une brigade criminelle pour le moins sceptique afin de la balader inutilement dans les bois.

Jusque-là, Calhoun était persuadé de savoir faire la différence entre les tours que lui jouait son cerveau – ce corps nu dérivant dans une rivière – et des expériences réelles.

Peut-être que non, finalement. Il possédait une emprise fragile sur la réalité. Parfois, tout ce qui l'entourait – Kate, Ralph, sa cabane dans les bois – lui donnait l'impression de ne pas exister en dehors de son imagination. Il se demandait parfois s'il avait vraiment repris connaissance après que cet éclair de foudre l'avait frappé cinq ans plus tôt et si, tandis que la réalité suivait son cours, lui-même n'était pas allongé, inconscient, sur un lit d'hôpital, entouré de médecins qui l'observaient en se caressant le menton et en discutant à voix basse.

Il laissa échapper un long soupir.

— OK, on n'a qu'à revenir demain.

Le shérif se leva et lui tendit la main.

Calhoun la saisit et se remit sur ses pieds. Il s'essuya les mains sur son pantalon.

— Je sais ce que tu penses, dit-il.

— Tout ce que je pense, répondit Dickman, c'est qu'on n'arrive pas à retrouver l'endroit. Au grand jour, ce sera différent. On amènera Ralph, il nous donnera un coup de main. Et maintenant, foutons le camp d'ici.

— Pourquoi on n'amènerait pas Ralph maintenant ?

Le shérif secoua la tête.

— Demain.

Calhoun resta là tandis que Dickman allait parler aux autres. Ils se regroupèrent autour de lui et grommelèrent quelques minutes à voix trop basse pour que Calhoun les entende, puis le shérif dit :

— Allez, Stoney. Il faut que tu nous montres le chemin du retour. Ces petits gars de la ville ont peur des ours.

Personne ne dit quoi que ce soit tandis qu'ils rebroussaient chemin pour sortir des bois. Lorsqu'ils eurent retrouvé leurs véhicules, Calhoun grimpa dans le camion du shérif. Ralph, qui dormait à l'arrière, se leva et appuya son menton contre le dossier du siège où s'asseyait Calhoun.

— Si seulement tu pouvais parler, lui dit-il. Tu leur dirais, toi, que je ne suis pas cinglé.

Dehors, le shérif parlementait, appuyé contre la voiture de patrouille. Dans le rétroviseur, Calhoun le voyait agiter les mains tandis que les autres haussaient les épaules et secouaient la tête.

Au bout de quelques minutes, le shérif reprit le volant, mit le contact et repartit. Les autres suivaient derrière.

— Ça va te valoir des ennuis, tout ça ? demanda Calhoun.

— Non. Ils ne sont pas contents, mais ils peuvent aller au diable.

— Difficile de leur en vouloir, dit Calhoun. Tu les as tirés du lit en pleine nuit pour rien. Ils me croient taré.

Dickman émit un petit rire.

— Ça oui, Stoney. Et si tu t'étais vu tout à l'heure à quatre pattes, à gratter le sol comme un vulgaire chien des rues, tu serais de leur avis.

Ils roulèrent un moment en silence, puis Calhoun dit :

— Et toi, c'est quoi ton avis ?

— Sur quoi ?

— Tu crois que je suis taré ?

Le shérif laissa échapper un long soupir.

— Pour tout te dire, Stoney, je sais pas trop quoi penser. C'est une drôle de situation, tu dois l'admettre. Mes hommes ont ratissé tout le terrain derrière la colline sans trouver le moindre bout de pied en l'air. Les gens qu'on ensevelit, c'est rare qu'ils changent d'avis, qu'ils se déterrent, qu'ils sortent en rampant de leur trou, remettent la terre dans le trou, recouvrent le tout de feuilles mortes et repartent en pleine nuit.

— Tu es un chic type, shérif, dit Calhoun. Je te suis reconnaissant pour ta patience. Mais c'est pas une blague.

— Je sais. Et c'est là où je commence à m'inquiéter.

— Moi aussi, dit Calhoun. Ce pied…

— C'est pas ça qui m'inquiète, dit le shérif. Mais d'avoir trouvé Lyle dans ces conditions, de l'avoir traîné hors des bois… il y a de quoi te troubler la cervelle.

Calhoun garda le silence.

— Stoney, comprends-moi bien…

— Ça va, dit Calhoun. Je ne t'en veux pas. Parfois, je me pose des questions, moi aussi.

Ils étaient revenus au restaurant où Calhoun avait laissé son camion. Il se laissa glisser hors du 4 × 4, ouvrit la portière à Ralph, puis se pencha à l'intérieur.

— Et maintenant ?

— Maintenant, tu essaies de dormir un peu. Moi aussi, d'ailleurs. Je t'appelle demain. On reprendra tout à zéro.

Calhoun continua de fixer le shérif. Dickman soutint son regard une bonne minute, puis détourna les yeux pour observer le pare-brise.

— Je suis mort, Stoney. Fais-moi plaisir, claque cette portière. Elle ne ferme pas bien.

Calhoun claqua la portière et l'Explorer s'éloigna. Il regarda ses feux arrière disparaître au tournant.

Puis il siffla Ralph, ils remontèrent dans le camion, et rentrèrent chez eux.

Il était presque 3 heures du matin. Calhoun avait promis à Kate de faire l'ouverture, et puisqu'on était dimanche – encore une journée chargée, où les gens faisaient un détour en allant pêcher, histoire de vérifier les horaires de marée, d'acheter un peu de matériel ou quelques mouches –, il fallait que la pancarte OUVERT soit sur la porte dès 6 heures.

Ça ne valait pas trop le coup d'aller se coucher.

Ralph et lui sortirent donc sur la terrasse, où les lampes de la cuisine projetaient une douce lueur, et ils écoutèrent la Bitch Creek couler sereinement dans le noir en attendant que le temps passe. Calhoun n'avait jamais un grand besoin de sommeil. Certaines nuits, c'était à peine s'il s'assoupissait. Encore une retombée de son accident.

N'importe comment, cette nuit-là il redoutait le sommeil et les rêves qui risquaient de l'accompagner. Il avait découvert un pied enterré dans les bois. Enfin, c'est ce qu'il croyait. Peut-être était-ce encore un tour que lui jouait son cerveau, un autre fantôme dérivant au fil de l'eau.

Le shérif avait des doutes sur sa santé mentale. Kate lui en voulait. Lyle était mort. Et l'Homme au Costume semblait résolu à l'éloigner de ses amis. En somme, il était ramené à son point de départ, cinq ans plus tôt, à la sortie de l'hôpital : un homme seul et sans racines, sans passé, sans vision nette de l'avenir, juste ces quelques éclats de mémoire flous qui semblaient le rattacher aux bois du Maine.

Calhoun avait vu un pied sortir de terre. Ralph avait geint. Il y avait bien une raison à cela. Mais il pouvait tout aussi bien s'agir d'une autre apparition, d'un autre fantôme. Un bout de fantôme, en tout cas. Il savait qu'il avait repéré l'endroit exact où cela s'était produit, et il était clair qu'il n'y avait plus trace de pied.

Quand il avait vu le cadavre flottant dans la Bitch Creek, c'était un signe qu'il allait trouver le corps de Lyle dans l'eau.

Que signifiait alors l'apparition de ce pied ?

Sur la terrasse, la lumière diffuse qui émanait de la cuisine soulignait l'obscurité des bois aux alentours. Calhoun se pencha et gratta Ralph sur les côtes. Ralph avait gémi. De cela, il était certain.

La pluie sur son visage le réveilla. Les bois étaient encore sombres, mais le ciel s'éclaircissait. Sa montre marquait 4 h 30. Il se leva, s'étira et rentra prendre une longue douche brûlante. Puis il se fit un café, enfila son coupe-vent et sortit sur la terrasse.

Il consulta le ciel et le vent, comme il le faisait chaque matin – le temps, le vent, la marée étaient des variables essentielles pour un pêcheur. Ce jour-là, une strate de nuages gris et lourds s'attardait au-dessus des bois, et une brise d'est humide parcourait les feuilles au sommet des chênes. L'air chargé d'eau avait un parfum salé, la pluie était douce et brumeuse.

Il devait déjà pleuvoir fort le long de la côte.

Il revint dans la cuisine pour remplir sa Thermos de café, siffla Ralph, monta dans le camion et prit la route de Portland.

Pendant les cinq ans qu'il avait passés dans le Maine, Calhoun avait sondé la côte, de Casco Bay à Boothbay, parfois avec Lyle ou Kate, parfois seul. Les dimanches de juin, même frais et pluvieux, les pêcheurs venaient par douzaines dans la boutique pour lui demander conseil, et Calhoun avait appris à les répartir sur l'ensemble de la côte de façon à ce qu'ils trouvent du poisson sans se gêner les uns les autres.

Mets-les sur la bonne piste, fais-leur croire que tu leur indiques un coin secret, inédit, et ils reviendront, et cette fois ils achèteront quelque chose. Mène-les en bateau et ils ne reviendront plus jamais. C'est ce que Kate lui avait dit et redit, le b.a-ba du commerce en matière de pêche.

Les pêcheurs ne dépensaient pas grand-chose le week-end. C'était la semaine qu'ils s'équipaient. Ils passaient à la pause de midi ou en rentrant du bureau pour étudier la marchandise, tester un moulinet ou un nouveau modèle de canne en graphite. Une boutique comme celle de Kate offrait ses tuyaux gratis le week-end et réalisait ses ventes pendant la semaine.

Aussi Calhoun prodigua-t-il des conseils toute la matinée tandis que le vent d'est poussait les nuages dans le ciel et projetait une pluie douce et constante sur les fenêtres du magasin, et que Ralph somnolait sur le pull jeté dans un coin. Il était trop occupé pour songer au meurtre de Lyle ou à ce pied enfoui dans les bois.

Kate arriva vers midi, au moment précis où le magasin se vidait pour la première fois depuis le début de la matinée. Elle portait un jean et un T-shirt bleu pâle sous un vieux poncho en toile cirée jaune.

Elle ôta le poncho sur le pas de la porte, passa les doigts dans ses longs cheveux noirs et sourit à Calhoun.

Bon Dieu, qu'elle était belle.

— B'jour, Stoney.

— C'est le premier sourire que tu m'adresses depuis deux jours.

Elle le rejoignit et l'embrassa rapidement sur la joue.

— Je sais, dit-elle. Je regrette.

Il toucha sa joue à l'endroit où il sentait encore l'empreinte brûlante de ses lèvres.

— J'ai failli t'appeler la nuit dernière, dit-il. Puis je me suis dit que, si tu m'en voulais encore, autant ne pas le savoir.

Elle secoua la tête.

— Épargne-moi, Stoney.

Il haussa les épaules.

— Comment va Walter ?

— Il est suicidaire, même s'il dit que je ne dois pas m'inquiéter. En partant ce matin, j'ai vérifié qu'il avait juste ce qu'il lui fallait de pilules pour la journée. Le reste, je l'ai emporté avec moi. (Elle laissa échapper un long soupir.) Je ne supporte plus ça, et lui non plus.

— C'était pas la peine de repasser. Je peux me débrouiller.

— Il fallait que je passe, Stoney. Il faut que je vive ma vie. Bon Dieu, tu sais quand je suis allée pêcher la dernière fois ?

— Avec Lyle, il y a une semaine ou deux.

Elle acquiesça.

— Et la fois précédente, c'était quinze jours avant. Toi et moi, faut qu'on pêche, Stoney. On ne peut pas se contenter d'être des foutus négociants. C'est un magasin d'articles de pêche, ici, pas une épicerie. Si on y allait demain matin ?

Le lundi était une mauvaise journée pour les affaires. Hors saison, ils n'ouvraient même pas. En saison, ils ouvraient à midi.

— Ce serait génial, dit Calhoun. La marée est impec. Si on part d'ici vers 6 heures, on aura les trois dernières heures de la montante et les trois premières de la descendante.

Kate sourit.

— C'est décidé, alors. (Elle effleura son bras.) J'espère que tu vas me supporter encore un peu. La situation n'est pas facile en ce moment. Je sais que je me défoule sur toi. J'ai personne d'autre.

Il la regarda.

— Pas de problème, chérie. À quoi servent les amis ? Pour moi aussi, c'est difficile.

— Je sais, Stoney.

Il voulait lui parler du pied qu'il avait vu dans les bois, près de l'endroit où Lyle était mort. Mais alors, il lui faudrait raconter qu'il était revenu sur les lieux et qu'il ne l'avait pas trouvé, qu'il ne savait plus s'il l'avait vu pour de vrai la première fois. Il se contenta de dire :

— On va trouver une solution.

Vers le milieu de l'après-midi, le shérif Dickman fit son apparition. Il bavarda une minute avec Kate, puis son regard croisa celui de Calhoun.

Ils sortirent sur le perron.

— Sale temps, dit Dickman.

— Parfait pour la pêche, dit Calhoun.

Le shérif leva les yeux.

— On a retrouvé l'endroit où Green est descendu. Un petit motel sur la Route 1, à Craigville. Le Lobster Pot*.

— Et il n'y est plus ?

*Littéralement : *La marmite de homard.*

— Il est arrivé dimanche soir de la semaine dernière, et il est reparti mardi matin. Le jour où il s'est pointé ici. Entre-temps, sa chambre a été nettoyée et réattribuée, impossible d'en tirer quoi que ce soit. Il a payé avec la carte de crédit volée. C'est drôle, Stoney.

— Quoi ?

— Les légistes ont inspecté la voiture de location et le Dodge de Lyle. Sans rien trouver. Ni valise, ni attaché-case, ni billet d'avion, rien. Pas même une empreinte digitale digne de ce nom. Rien, non plus dans la chambre du motel. L'homme a disparu sans laisser de traces.

— Et le gérant du motel, qu'est-ce qu'il a dit ?

— Pas grand-chose. Un adjoint du comté de Lincoln a interrogé la femme qui se trouvait à la réception. Elle a vu Green arriver et repartir, et tout ce qu'elle a pu dire, c'est que c'était un vieux croûton à l'accent du Sud qui les a arnaqués avec une carte de crédit volée. (Dickman secoua la tête.) À mon avis, il a été un peu rapide, cet interrogatoire. J'aimerais aller sur place lui dire un mot de mon côté. Mais Lincoln est hors de ma juridiction.

— Fais-le quand même, dit Calhoun. Au diable ta juridiction.

— Je ne peux pas, dit le shérif. Faut que je sois réglo. On essaie tous de protéger notre terrain de chasse. J'aime pas trop qu'un shérif d'un autre comté vienne fourrer son nez chez moi. J'en ai touché un mot à Bellotti, le flic de l'État qui était avec nous hier, mais je crois qu'il commence à en avoir assez de cette histoire. (Dickman regarda Calhoun.) Quelqu'un devrait aller parler à cette femme.

— La nuit dernière, j'ai cru sentir que c'est toi qui en avais assez de moi. Je ne suis pas sûr de bien comprendre.

Dickman sourit.

— Je pense juste qu'un type comme toi n'a pas besoin de se prendre la tête avec ces histoires de juridiction. Si l'envie te prend de faire un petit tour du côté de Craigville et de faire un saut au Lobster Pot pour voir la réceptionniste… une certaine Mme Sousa… ben, c'est pas ça qui va empêcher le monde de tourner, voilà ce que je dis.

— C'est dans mes cordes, dit Calhoun.

— Tu veux refaire un petit tour à travers bois ?

— Si ça ne t'ennuie pas de te faire tremper.

— Ça m'arrive chaque fois que je prends une douche. Jusqu'ici, j'en suis pas mort. Amène le chien.

Calhoun rentra dans la boutique. Kate, assise au comptoir, le menton dans ses mains, avait le regard perdu au loin. Elle se retourna et lui sourit.

— Je sais, dit-elle. Le shérif et toi, faut que vous alliez mener un bout d'enquête.

Il acquiesça.

— Je serai sans doute absent le restant de l'après-midi.

— Je peux gérer. Vas-y donc.

— Kate…

— On se voit demain, dit-elle. On a rendez-vous, n'oublie pas.

20

L'EAU DE PLUIE dégouttait des branches de pins. Hormis une querelle entre deux geais bleus, les bois étaient silencieux sous le ciel gris et mouillé. Ralph donnait de la truffe dans les buissons où se dissimulaient toutes sortes d'odeurs palpitantes. Tandis qu'ils descendaient à pas lents le chemin qui menait au réservoir, Calhoun cherchait la meilleure façon d'exprimer ce qu'il avait sur le cœur.

Pour finir, il décida de lâcher le morceau.

— Il faut que je te demande quelque chose… Tu crois que j'ai tué Lyle ?

— Bon Dieu, non. Je crois que c'est Green, le coupable.

— Bien.

— Attention, ça veut pas dire que je suis certain que tu ne l'as pas tué. C'est pas la même chose, tu dois le comprendre.

— Pourquoi j'aurais tué Lyle ? Après Kate, il était mon meilleur ami.

— Si une raison me venait à l'esprit, je risquerais de te soupçonner pour de bon. Je dois admettre que j'ai eu quelques doutes un moment. Je me suis demandé – tu me pardonneras ce réflexe de vieux flic cynique – si Kate et Lyle fricotaient ensemble, ou s'il avait fourré son nez dans vos affaires à la boutique, ou s'il te devait de l'argent. Ou si c'était toi qui fricotais avec sa copine. (Il agita la main en l'air.) Ce qui m'échappe, dans cette histoire, c'est le mobile.

— D'après ses colocataires, Danny et Julia, Lyle laisse derrière lui un véritable inventaire de cœurs brisés. Dont celui de Julia. Sans compter les époux et les petits amis qui devaient vouloir sa peau. Peut-être que Green…

Le shérif acquiesça.

— Admettons. Mettons que Lyle ait été conter fleurette à la jeune épouse de Green, peut-être à sa fille. Il la met en cloque, un truc du genre. Mais quelle que soit la façon dont tu considères la chose, Stoney, c'est toujours Green le suspect. Et s'il a fait le coup, ça te blanchit.

Le sentier à travers bois lui était à présent familier. C'était comme s'il l'avait emprunté une centaine de fois, toujours avec l'impression de le parcourir en moins de temps que la précédente.

Ils suivirent la pente, traversèrent le bassin à hauteur du barrage, remontèrent la colline en direction des ruines et passèrent sur l'autre versant. Calhoun alla droit à l'emplacement où Ralph avait déterré le pied et où lui-même avait creusé le sol.

Ralph renifla les alentours, puis s'enfonça dans les bois.

Calhoun le rappela, mais Ralph ne lui prêta pas attention.

— C'était là, dit Calhoun. J'espérais que ça aurait un autre aspect au grand jour. Mais non. C'est bel et bien l'endroit.

— Écoute, Stoney. Il n'y a pas de cadavre ici. Tu t'es gouré. Si tu as vu un pied sortir du sol, c'était ailleurs. Bon, moi je suis venu voir de quoi il retourne. J'ai mes doutes, ça me dérange pas. Mais là, faut m'aider un peu. D'accord, tu as cru que c'était l'endroit, mais tu vois bien que ce n'est pas le cas.

Calhoun secoua la tête.

— Sans doute que non. C'est juste que, dans ma tête, tout s'emboîte parfaitement. Allons jeter un œil aux alentours.

Ils tournèrent autour de l'emplacement en traçant des cercles toujours plus étendus, côte à côte, jusqu'à couvrir toute la zone au pied de la colline.

Calhoun ne s'attendait pas à découvrir quoi que ce soit, et ce fut le cas. Ralph renifla les alentours sans montrer le moindre enthousiasme, pas même devant l'endroit où il avait déterré le pied la nuit précédente. La pluie avait dilué toutes les odeurs. On ne pouvait même plus deviner qu'une équipe d'hommes était venue battre les bois la veille au soir.

Enfin, Calhoun dit :

— Ça suffit, shérif. Je m'avoue vaincu.

Dickman lui posa une main sur l'épaule.

— Désolé, Stoney. Ça doit te chahuter un peu.

— Quoi ?

— De penser que tu as vu quelque chose, puis que tu ne l'as pas vu, tout ça en si peu de temps.

Calhoun acquiesça. Il ne savait plus quoi penser.

Ils remontèrent la colline jusqu'aux vieilles fondations.

— Lyle adorait ces ruines, dit Calhoun.

— Ces bois regorgent de légendes, pour sûr. Il y a cent ans, toute cette région était habitée. Couverte de fermes. Y avait que des champs cultivés et des pâturages, et la moindre pierre du moindre muret qui traverse ces bois avait été levée et posée là par une main d'homme. Aujourd'hui, ce sont à nouveau des bois.

Calhoun errait parmi les débris de la cheminée éboulée, songeant à Potter, à la façon dont il était mort, et se demandant si son fantôme hantait l'endroit.

Fantôme, ou zombie ? Profanateur de sépulture, peut-être ?

Il avait l'impression que certaines pierres de la cheminée avaient été déplacées récemment, laissant des traces en creux sur le sol. Il voulut appeler le shérif, qui s'était accroupi de l'autre côté des ruines pour reprendre son souffle, quand il vit que la terre avait été retournée sur une longueur de deux pieds environ. Juste à l'angle nord-ouest de la bâtisse. On avait remis la terre dans le trou, puis on l'avait tassée et recouverte d'une pierre.

Il jeta un coup d'œil au shérif et vit que Ralph était assis près de lui. Dickman grattait les oreilles du chien en lui parlant, le regard sur l'horizon où un rapace planait dans un couloir d'air. Ralph dévorait des yeux le ciel gris, l'oreille dressée : il avait repéré le rapace, lui aussi, et semblait regretter de ne pas avoir des ailes.

Calhoun écarta la pierre en la roulant sur le côté et se mit à creuser le sol. Sous la couche supérieure de terre, il y avait trois autres pierres, chacune de la taille d'une balle de baseball. Celui qui avait creusé le sol, puis comblé le trou, en avait d'abord retiré quelque chose et avait mis les rochers à la place. Calhoun les retira et creusa encore un peu. Puis il vit quelque chose briller au fond du trou. Il se pencha, ramassa l'objet et souffla dessus pour ôter la terre dont il était maculé.

À première vue, il aurait juré que c'était une pépite d'or. De forme plutôt carrée, mais irrégulière et arrondie sur les côtés, de la taille d'une gomme de crayon à moitié usée. C'était à coup sûr de l'or.

— Qu'est-ce que tu as là, Stoney ?

Il se retourna. Le shérif, debout derrière lui, fronçait les sourcils.

Calhoun lui montra sa paume tendue, avec le petit fragment d'or.

— Une pépite d'or, on dirait.

Dickman s'accroupit et observa l'objet.

— Ouais, on dirait de l'or.

Il le prit et le scruta avant de le laisser retomber dans la paume de Calhoun.

— On trouve de tout sous terre – même des bijoux – quand une vieille ferme brûle comme ça de fond en comble.

— Je parie qu'il est là depuis 1947. On dirait bien qu'il a fondu à la chaleur du feu.

Calhoun laissa tomber la pépite dans sa poche.

— Apparemment, quelqu'un est venu creuser par ici, dit-il. La terre a été remuée récemment.

— Là où tu viens de gratter, tu veux dire ?

Calhoun acquiesça.

— Désolé, j'aurais dû t'avertir.

— Eh oui.

Le shérif fixait des yeux l'endroit où Calhoun venait de creuser la terre.

— J'aimerais savoir si Green est venu là avant de descendre Lyle.

— On est deux à se poser la question.

— Ben, on trouvera pas la réponse en restant à discuter. (Le shérif jeta un coup d'œil à sa montre.) Vaut mieux rentrer avant que tu n'aies défriché toute la région.

Calhoun se remit debout.

— Vraiment désolé, dit-il. Mais je te jure que j'ai vu ce pied. Je ne sais plus quoi penser.

— Ne t'en fais pas, Stoney. J'aime mieux faire une petite balade en forêt, même sous la pluie, que de remuer des paperasses sur mon bureau à tout moment.

Après qu'ils eurent rejoint le 4 × 4, Dickman dit :

— Allons voir si Anna et David ont remarqué quoi que ce soit hier soir.

Il gagna la propriété des Ross. Lorsqu'ils sortirent du véhicule en claquant la portière, Anna arriva par-derrière en s'essuyant les mains sur une serviette.

Elle leur fit signe de la tête.

— B'jour, les gars !

— B'jour, Anna, dit le shérif.

— Il y a eu du remue-ménage dans les bois d'en face, hein, shérif ?

— C'est une scène de crime, Anna. Tu sais ce qui se passe après un crime, non ?

— J'ai vu ça à la télé. Et tu vas souvent l'inspecter à minuit, ta scène de crime ?

— Parfois, oui. On vous a dérangés ?

— En claquant vos portières de toutes vos forces en pleine nuit, quand les honnêtes gens essaient de dormir ? Bien sûr que vous nous avez dérangés.

— Je suis venu un peu plus tôt hier soir, dit Calhoun. J'avais besoin de passer un coup de fil. Mais la maison était plongée dans le noir.

Elle fronça les sourcils.

— Vers quelle heure ?

— Oh, 9 heures, 9 heures et demie.

— David et moi, on était au cinéma.

— Quand êtes-vous rentrés ? demanda le shérif.

Elle pencha la tête sur le côté et le regarda en plissant les yeux.

— Pourquoi tu poses la question ?

— Je me demande juste si quelqu'un d'autre aurait pu se garer de l'autre côté de la route, hier soir, avant qu'on débarque en trombe.

— Ben, on est rentrés vers les 11 heures et on n'a rien vu. Il se passe quelque chose, shérif ?

— Oh, rien de grave. David est dans les parages ?

— Non. L'a dit qu'il repasserait déjeuner. Vous voulez un peu de café, les gars ?

Le shérif sourit.

— Non merci, Anna. Faut que je rentre au bureau. (Il se tourna vers Calhoun.) T'es prêt à reprendre la route ?

Calhoun acquiesça.

— Désolé de t'avoir dérangée, Anna, dit le shérif. Si tu repères quoi que ce soit par ici, fais-le-moi savoir.

— Tu peux compter sur moi.

Calhoun et Dickman reprirent leur véhicule. Ils descendirent l'allée des Ross et s'engagèrent dans la route de Dublin.

— Qu'est-ce que tu penses de tout ça ? demanda Calhoun.

Le shérif haussa les épaules.

— Je pense que tu crois avoir vu quelque chose. Je pense que tu t'es trompé. T'en as pas mal bavé ces derniers temps, mon vieux. Bon Dieu, on est tous du genre à péter un plomb de temps à autre. Ne t'inquiète pas de ce que je pense. C'est pas grave, ce que je pense. On va venir à bout de ce mystère, et après, tout ça va s'ordonner. (Il se pencha et agrippa l'épaule de Calhoun.) Tu nous as déjà donné un sacré coup de main, et ça je l'oublie pas.

Calhoun hocha la tête.

— J'espère que tu me tiendras informé.

— Bien sûr. (Le shérif garda le silence une minute.) Ce qui est arrivé à Lyle n'est pas de ta faute, Stoney.

— Ben voyons, dit Calhoun.

Il hésita à pousser jusqu'à Craigville, histoire de causer un brin avec la fille du Lobster Pot. Mais l'heure du déjeuner approchait, et ça ne lui disait plus grand-chose d'enquêter sur le terrain. Il était troublé et un peu effrayé par ce qui lui arrivait en ce moment. Le shérif avait beau dire, il ne lui faisait pas tout à fait confiance. Calhoun voulait rester seul un moment.

Il emmena Ralph faire une longue promenade à travers les bois humides : il remonta la Bitch Creek jusqu'à sa source avant de rentrer par un autre chemin en se frayant un passage parmi les broussailles quand le sentier disparaissait. Le tout sans jamais voir un seul pied sortir de terre.

Il passa la soirée à préparer son matériel de pêche, choisir ce qu'il allait emporter le lendemain matin avec Kate, nettoyer ses soies, lubrifier ses moulinets, revoir ses assortiments de mouches. Il avait guidé tout le mois, et son équipement était franchement en désordre.

Il ne cessait de consulter sa montre. Kate ne pouvait manquer de l'appeler pour qu'ils décident de l'heure et de l'endroit où se retrouver. Onze heures sonnèrent. Elle n'avait toujours pas téléphoné. Il hésita à l'appeler. Décida que non.

Il sortit sur la terrasse, laissant la porte de verre coulissante ouverte de façon à pouvoir entendre le téléphone. La tête en arrière, il observa le ciel. La pluie avait cessé à la tombée de la nuit et le vent avait tourné, à présent les nuages s'effilochaient, laissant apparaître des étendues de ciel où scintillaient les étoiles, et l'air avait un goût frais et humide.

Lorsqu'il perçut le grondement lointain du Blazer, avec son pot d'échappement troué, il se dit que c'était encore un tour de son imagination. Et même lorsque Kate se gara à côté de son pick-up et qu'elle coupa le moteur, il n'osa pas tout à fait en croire ses yeux. Il voyait trop de fantômes ces derniers temps.

Elle se glissa hors du Blazer et resta un moment sans sourire, le fixant de ses yeux sombres et graves. Elle portait une longue robe flottante, orange pâle, qui donnait l'impression de ruisseler sur son corps en cascade, l'effleurant çà et là, aux seins et aux hanches, dévoilant ses courbes féminines sans les souligner. Elle était boutonnée de bas en haut mais Kate avait laissé plusieurs boutons ouverts aux deux extrémités. Calhoun sentit sa gorge se nouer.

Il tendit la main, non pour la toucher, mais pour aller à sa rencontre.

— Mon Dieu, Kate…

Elle secoua la tête.

— Ne dis rien, Stoney.

Elle parlait à voix si basse que c'était à peine s'il l'entendait.

— Je n'ai pas envie de parler, dit-elle. S'il te plaît.

Elle le rejoignit, se serra contre lui, encercla sa poitrine de ses bras, leva le menton, embrassa sa mâchoire, enfouit sa tête dans le creux de sa gorge. Il la sentit trembler. Il caressa son dos jusqu'à la nuque, ses cheveux, berçant sa tête contre son épaule. Son autre main glissa le long de sa hanche pour retenir son corps serré contre le sien.

Ils restèrent ainsi une minute, étroitement enlacés l'un à l'autre, immobiles. Puis elle recula, et il la contempla tandis qu'elle déboutonnait sa robe, un bouton après l'autre, lentement, les yeux fixés sur lui, sans sourire, pour faire durer son plaisir. Elle laissa sa robe glisser de ses épaules. Elle était entièrement nue en dessous.

— Kate, chérie…

Elle effleura sa bouche du bout de ses doigts.

— Chhh… dit-elle.

Ils firent l'amour sur la couverture douce et humide d'aiguilles de pin, à côté du Blazer. Et ils restèrent allongés, observant le ciel à travers les cimes des arbres, sans parler ni cesser de s'étreindre.

Au bout d'un moment, ils rentrèrent dans la cabane. Ils prirent une douche ensemble, frottant mutuellement leurs corps empreints de terre et de résine, se séchèrent l'un l'autre dans une grande serviette, et se glissèrent sous les draps.

Elle se nicha contre lui en lui tournant le dos, se lovant contre sa poitrine. Il glissa un bras autour de ses hanches, passant l'autre sous sa nuque, et, pour la première fois depuis qu'il avait sorti Lyle de la rivière, il sombra dans un profond sommeil.

Puis il sentit qu'elle le secouait.

— Stoney, chuchotait-elle. Il y a quelque chose dehors.

Il se redressa.

— Que se passe-t-il ?

— Ralph s'est mis à geindre. Et j'ai entendu quelque chose, moi aussi. Quelque chose dehors.

— Sans doute un porc-épic ou un raton laveur.

— Je ne sais pas…

Calhoun se faufila hors du lit et passa son pantalon. Tandis qu'ils dormaient, le ciel s'était éclairci : à présent, le clair de lune envahissait suffisamment la cabane pour qu'il y voie sans allumer. Il se dirigea vers l'entrée. Ralph était debout, la truffe pressée contre la porte, geignant tout bas.

— Je vais pas te laisser sortir pour que tu te fasses piquer le museau par un vieux porc-épic obèse, chuchota Calhoun. (Il tapota le crâne du chien.) Reste ici.

Ralph s'assit, mais continua de geindre.

Calhoun prit la carabine pendue au-dessus de la porte, qu'il ouvrit doucement pour jeter un coup d'œil à l'extérieur. Rien.

Il ouvrit tout grand la porte, sortit sur la terrasse et resta un moment à scruter l'ombre, tendant l'oreille.

Il ne sut jamais ce qui l'avait incité à se laisser tomber de tout son long. Peut-être le raclement quasi inaudible d'une botte sur les feuilles, ou le cliquetis feutré d'un cran de sécurité qu'on relève, ou le bruit sec d'un chien de fusil qu'on active. Peut-être son inconscient avait-il capté la lueur du métal sous la lune, ce mouvement incertain dans les buissons, derrière la clairière où étaient rangés les camions.

Dans le bref instant où il se jeta à plat ventre sous le porche, il entendit le *plop !* feutré d'un fusil à petit calibre qu'on décharge, le cliquetis d'une culasse qu'on referme, un nouveau *plop !* et, accompagnant chacun des tirs, une balle qui se logeait dans la cloison au-dessus de sa tête.

21

Toujours à plat ventre, il vit deux éclairs au loin et tira dans leur direction. Puis, tandis que le fracas de la Remington retentissait encore dans les bois, il dégringola du perron et courut se cacher derrière le Blazer de Kate en agrippant son fusil des deux mains, le doigt sur la gâchette, prêt à tirer.

Il resta tapi, attentif au moindre son. Les bois étaient de nouveau silencieux. Il releva lentement la tête et posa la Remington sur le toit du 4 × 4. Il parcourut la forêt des yeux en tendant l'oreille. Même avec son oreille amochée, il était certain d'intercepter le moindre bruit insolite. Ses sens étaient aiguisés, il savait repérer ce qui sortait de l'ordinaire.

Rien.

Il resta aux aguets. Plusieurs minutes s'écoulèrent.

Puis, au loin, du côté de la route, il entendit un moteur démarrer et un véhicule s'éloigner.

Il attendit encore quelques minutes avant de contourner prudemment la cabane pour rentrer par la porte coulissante.

Kate apparut à la porte de la chambre. Elle avait enfilé un T-shirt et un caleçon lui appartenant.

— Ça va ? dit-elle.

Il acquiesça.

Elle le rejoignit et l'étreignit très fort.

— J'ai entendu des coups de feu. J'ai pensé que ça allait, parce que tu as tiré après eux. Que s'est-il passé ?

— Quelqu'un a essayé de me descendre, dit-il. Sans doute Green avec son 22. Celui avec lequel il a tué Lyle. Il a dû avoir peur.

— Il faut appeler le shérif.

— Je m'en charge.

— Tu l'as atteint, tu crois ?

Calhoun secoua la tête.

— Ce fusil est toujours chargé avec du petit plomb. Il est là pour faire peur aux gens, pas pour les blesser. Il s'en est peut-être pris une volée, mais il ne saignera même pas, pas à cette distance.

Elle s'assit à la table de cuisine.

— Et maintenant ?

— Tu crois que tu pourras te rendormir ? Parce que sinon, autant préparer du café.

Calhoun et Kate prirent leur café sur la terrasse. Lorsque le ciel pâlit et que les oiseaux se mirent à chanter, il désigna la clairière.

— Il était derrière ces buissons. J'ai vu les éclairs près de ce grand pin.

Elle se tourna vers lui et posa sa main sur son bras.

— Que se passe-t-il, Stoney ? Pourquoi essaie-t-il de te tuer ?

Calhoun haussa les épaules. Il n'avait pas parlé à Kate du cadavre dans les bois. Selon toute apparence, Green ne s'était pas contenté de tuer Lyle. Mais il n'avait pas envie d'entrer dans les détails, ça serait trop long à expliquer. Aussi finit-il par dire :

— Allons jeter un œil dans les parages. Il devrait y avoir deux douilles vides sur le sol.

Ils traversèrent la clairière pour entrer dans les bois, là où il avait vu les coups de feu.

— C'est par ici, dit Calhoun.

Il se mit à quatre pattes. Kate l'imita. Ils rampèrent en examinant le tapis d'aiguilles de pin. Il avait dû s'écouler quinze à vingt minutes lorsque Kate dit :

— En voilà une.

Calhoun la rejoignit et souleva la douille à l'aide d'une brindille, comme il avait vu Dickman le faire. C'était bien une douille de 22, semblable à celles qu'ils avaient trouvées près du réservoir. Quelques minutes plus tard, il repérait l'autre.

Il les rapporta chez lui et les glissa dans un sac en plastique. Puis il ressortit pour montrer à Kate l'endroit où les deux balles s'étaient enfoncées dans le chambranle de la porte. Les trous lui arrivaient à hauteur de poitrine.

À présent, le soleil du matin perçait à l'oblique entre les arbres.

— Tu vas appeler le shérif ?

— Oui, dit Calhoun. Mais inutile de le tirer du lit encore une fois. Ça changera rien d'attendre un peu.

— À quoi tu penses ? demanda-t-elle.

Calhoun cala ses talons sur la balustrade, se renversa dans son fauteuil à bascule et posa sa tasse sur son ventre.

— Tout ça me dépasse un peu, Kate. Apparemment, Green est résolu à me tuer. Ne me demande pas pourquoi.

— Mais pourquoi se cachait-il dans les buissons ? Pourquoi n'est-il pas venu ici, tout simplement ?

— Il ne devait pas s'attendre à trouver ton camion. Ça l'a fait hésiter une minute. Peut-être qu'il a entendu Ralph grogner, qu'il a cru qu'on était réveillés. (Calhoun haussa les épaules.) J'en sais pas plus que toi.

Kate se pencha et lui prit la main. Ils restèrent quelques minutes sans parler, écoutant les oiseaux et la rivière, regardant les bois se gorger de soleil.

— Un type est venu à la boutique l'autre jour, dit-elle.

Calhoun garda le silence.

— Il… Je crois qu'il s'intéressait à toi.

— Ah ?

— Il a dit qu'il voulait aller pêcher, qu'il avait besoin d'un guide. Je lui ai répondu que ça m'arrivait de faire le guide, mais visiblement ça ne l'intéressait pas. Du coup je lui ai parlé de toi, j'ai dit que j'avais quelqu'un de bien. Tout de suite, il a dressé l'oreille. Il a demandé ton nom, et je le lui ai donné. Il a dit qu'il avait entendu pas mal de louanges à ton sujet. (Elle secoua la tête.) Il a posé des questions habiles, Stoney. Il voulait savoir si tu étais… stable, je crois qu'il a dit, sauf que ça ne sonnait pas comme une question personnelle. Maintenant que j'y repense, c'était comme s'il enquêtait sur toi. Ce n'était pas la pêche qui l'intéressait. D'ailleurs il n'y connaissait pas grand-chose.

— Ce type, dit Calhoun. Il portait un costume ?

— Eh bien… oui. (Elle fronça les sourcils.) Il y a pas mal d'hommes qui portent un costume, tu sais.

— Un grand type, les cheveux gris, l'air lugubre ? Sans accent identifiable ? L'air un peu délavé, avec un visage qu'on oublie vite ?

Elle acquiesça.

— Tu le connais ?

— Oui.

— Un ami à toi ?

Il haussa les épaules.

— Il appartient à ma vie d'avant. Un ami ? J'en sais rien.

— Alors pourquoi il vient rôder ici en posant des questions sur toi ?

— J'en sais rien non plus.

Ils restèrent assis un moment, bercés par les fauteuils.

— On était censés aller pêcher aujourd'hui, dit enfin Kate.

— Ça fait une heure qu'on devrait être en pleine mer.

— Je m'en faisais une vraie joie.

— Moi aussi. Il est trop tard, à présent.

— J'ai une idée…

Il tourna la tête vers elle. Qui bâilla.

— J'ai pas tellement dormi la nuit dernière, dit-elle. Tu crois qu'on a des chances de revoir Green maintenant qu'il fait jour ?

Calhoun secoua la tête.

— J'en doute.

— Si on allait faire un somme, alors ?

— Je suis un peu à cran, chérie. Pas sûr que j'arrive à dormir.

— Je parie qu'on peut trouver un moyen de se détendre, toi et moi.

Elle se leva, s'étira, et lui tendit les deux mains.

Après qu'ils eurent fait l'amour, Kate s'assoupit. Calhoun resta un moment à contempler son visage, savourant la chaleur de sa jambe pressée contre la sienne. Il savait qu'il ne se rendormirait pas, et dès qu'il entendit son souffle devenir plus lent et plus profond, il se glissa hors du lit, ramassa ses vêtements et referma la porte de la chambre derrière lui.

Il s'habilla dans la cuisine où il refit du café. Lorsque celui-ci fut prêt, il s'en versa une tasse qu'il emporta sur la terrasse avec le téléphone.

Après la tempête de la veille, le ciel matinal était sans un nuage. Le soleil était si vif qu'il l'obligeait à plisser les yeux, l'air était sec et frais. Une brise de nord-ouest persistante agitait les feuilles de chêne et faisait osciller les branches au sommet des pins.

Il resta assis, le téléphone sur les genoux, buvant son café, cherchant à faire le tri dans sa tête. Mais il ne parvenait pas à fixer ses pensées. Green avait tué Lyle et peut-être un autre homme qu'il avait enseveli dans les bois, à présent il avait essayé de tuer Calhoun. Il n'avait sûrement pas dit son dernier mot.

Quant à savoir pourquoi…

Il prit le téléphone et composa le numéro de Millie Dobson. Elle décrocha dès la seconde sonnerie.

— Millie à l'appareil.

— C'est Stoney Calhoun.

— Salut, beau gosse. Tu voudrais accroître ton patrimoine immobilier ?

Il envisagea de lui mentir, puis se ravisa.

— Non. J'appelle pour te demander un service, Millie. Purement gratuit.

— Quel genre de service exactement ?

— Tu sais comment retrouver un titre de propriété ?

— Bien sûr. Bon, légalement, j'ai pas le droit – il faut que ça passe par un avocat. Mais je sais le faire aussi bien qu'eux. C'est pas compliqué.

— Et si la propriété en question se trouve à Keatsboro ?

— J'ai un inventaire de tout le comté de York. Tu veux que je me renseigne pour toi sur une propriété de Keatsboro ?

— Il y a un terrain qui appartenait autrefois à une famille du nom de Potter. C'est l'incendie de 47 qui les en a chassés. Potter y a perdu la vie. Je ne sais pas le nom de la route qui passe de ce côté-là, mais je peux te le montrer sur une carte.

— Stoney, je sais fichtre bien que tu as trouvé le corps de Lyle sur ce terrain la semaine dernière. Peux-tu me dire à quoi je dois m'attendre si je retrouve son propriétaire ?

— Franchement, je n'en sais rien. Je fouine au hasard, c'est tout.

— Sans vouloir t'offenser, c'est pas le boulot du shérif, ça ?

— Lyle était mon meilleur ami. C'est personnel, Millie.

Elle garda le silence un moment. Puis elle dit :

— Je suis une femme d'affaires, tu sais. Je bosse pas gratis.

— Je ne demande pas mieux que de te rémunérer, Millie.

— Tu peux m'inviter à dîner. Chez Juniper's ce soir. Je te dirai ce que j'aurai trouvé d'ici là.

— Tu es dure en affaires. 19 heures, ça te va ?

— À ce soir, Stoney.

Il raccrocha. Lorsqu'il se retourna pour poser le téléphone sur la table, il vit Kate debout sur le seuil, qui reboutonnait sa robe orange.

— Bon Dieu ! dit-il. Tu m'as fait peur. Quand j'ai un téléphone sur l'oreille, j'entends plus grand-chose.

Elle pénétra sur la terrasse et vint tout près de lui.

— Qu'est-ce que tu fabriques ?

Il agita la main en l'air.

— Rien, chérie.

— Tu invites Millie à dîner, hein ?

Il eut un grand sourire.

— Jalouse ?

Elle sourit à son tour, levant les yeux au ciel.

— Millie est un beau brin de femme, pour sûr. Et je parie qu'elle a des vues sur toi.

— Kate, vraiment…

— Mais non, Stoney. Je ne suis pas le moins du monde jalouse. Curieuse, ça oui.

— Comme je l'ai dit à Millie, je fouine au hasard. J'essaie d'y voir clair.

— Tu as appelé le shérif ?

— Non.

— Mais tu vas le faire. (Elle plissa les paupières.) Bon Dieu, Stoney, tu as failli te faire tuer hier soir. Quelqu'un est venu ici pour te descendre, tu te rappelles ?

— Je sais ce que je fais, Kate.

Elle secoua la tête.

— Ben voyons. C'était une tentative de meurtre, Stoney. Pour qui te prends-tu donc ?

Il contempla le ciel un moment.

— Je crois que je suis une espèce de flic, dit-il.

Elle pencha la tête sur le côté.

— Qu'est-ce que tu racontes ?

— J'ai passé ces cinq dernières années à essayer de comprendre qui je suis. Sans trop de résultats. Mais depuis que Lyle s'est fait tuer, des pièces du puzzle commencent à se mettre en place. Je ne comprends pas tout, loin de là. Mais je vois bien la manière dont mon cerveau fonctionne, j'ai des souvenirs qui me reviennent, et je ne crois pas que l'homme au costume gris soit venu par hasard. Je commence à croire que j'étais un flic d'une espèce ou d'une autre, et je veux mener ma propre enquête, voir où elle va me mener, ce qu'elle va m'apprendre sur mon passé. Tu comprends ?

— Non, dit Kate. Pas vraiment. Je m'en fiche, moi, de ce que tu as été. Tu t'es fait avoir par la foudre et, tu le sais comme moi, elle a amoché ton cerveau. Tu vas fouiner jusqu'à ce que Green ait ta peau, et là, Stoney…

Les larmes affluaient dans ses yeux. Calhoun se pencha pour lui effleurer la main, mais elle la retira d'un geste brusque.

— Non, dit-elle. Je ne veux pas te perdre, toi aussi.

— Tu ne vas pas me perdre, chérie. Je te le promets.

— Ne promets rien que tu ne puisses tenir, dit-elle. J'aurais dû me méfier. (Elle plongea son regard dans le sien un long moment, puis sourit.) Mais c'est trop tard, hein ?

Calhoun acquiesça.

— Pour moi aussi, c'est trop tard. (Il hésita un moment.) Je crois qu'il vaudrait mieux que tu te tiennes à l'écart ces temps-ci.

— Tu crois que j'ai peur ?

— C'est juste que… j'ai cette affaire à régler.

Elle se leva, croisa les bras et le regarda.

— Tu vas te faire tuer.

— Fais-moi confiance.

Elle eut un petit rire étouffé.

— Le plus drôle, c'est que je te fais confiance. Faut croire que j'ai vraiment peur, Stoney. Je ne veux plus qu'on se quitte, jamais plus.

— Moi non plus.

Il se leva et l'entoura de ses bras.

— Ce sera bientôt fini, chuchota-t-il, ses lèvres contre ses cheveux. Mais c'est quelque chose que je dois faire. OK ?

Elle rejeta la tête en arrière, le regarda un moment sans ciller, puis acquiesça.

— OK. (Elle pressa violemment ses lèvres contre les siennes, lui sourit, fit un pas en arrière.) Fais-le, Stoney, une fois pour toutes. Qu'on passe à la suite.

Puis elle se détourna et quitta la terrasse. Elle monta dans son vieux Blazer et partit.

Immobile, Calhoun écouta le grondement du pot d'échappement diminuer au loin. Puis il retourna dans la cabane. Plus vite il en aurait fini, plus vite il reverrait Kate.

22

Une fois Kate partie, Calhoun parcourut sa cabane. Avant la nuit dernière, il se sentait en sécurité chez lui. Il ne fermait jamais les portes à clé, ne se faisait jamais de souci quand il devait laisser Ralph.

C'était comme ça dans la région. Les gens braconnaient, trompaient leur femme, trichaient sur leur feuille d'impôts et conduisaient bourrés. De temps à autre, ils se tiraient dessus, très bien. Mais les habitants du Maine, bon Dieu, ils respectaient la propriété privée ! Jamais personne ne s'était introduit chez lui.

Tout avait changé à présent. La nuit dernière, il avait été envahi. Green s'était faufilé sur sa propriété, et c'était ça qui l'inquiétait, plus que d'avoir essuyé un coup de fusil. Rien ne l'empêcherait de revenir en son absence, pour voler ou détruire ce qui lui plairait.

Près du lit, dans un cadre d'argent, se trouvait une photographie de Kate prise deux étés plus tôt. Elle était dans l'eau jusqu'aux genoux, s'efforçant de retenir un bar d'un mètre de long, le premier gros poisson qu'elle ait pris à la mouche. Derrière elle, l'eau plane de l'estuaire avait des reflets roses et orange et les rayons dorés du soleil matinal miroitaient dans ses yeux et sur sa peau. Son T-shirt et son short trempés lui collaient au corps, et sur son visage maculé de boue était posé le plus large, le plus loufoque, le plus joyeux sourire qu'elle lui ait jamais adressé.

Calhoun tenait à cette photographie.

En fin de compte, il entassa quelques objets dans son camion : la photo de Kate, son anthologie de la littérature américaine, sa vieille Remington avec une boîte de chevrotines double zéro, le tube d'aluminium qui contenait sa canne préférée – une Sage pour soie de 6 –, sa veste de pêche toute équipée, et Ralph.

La meilleure façon de connaître un homme, songeait-il, c'était de le prévenir qu'il risquait de tout perdre, sauf ce qu'il pourrait caser dans la cabine d'un vieux pick-up.

En tout cas, c'était l'impression qu'il avait.

Il ne doutait pas que Green reviendrait, et Dieu sait ce qu'il ferait la prochaine fois. Mais ce n'était foutre pas une raison pour changer sa façon de vivre.

Il glissa la photo et les balles dans la boîte à gants, cala la canne et la carabine derrière les sièges et fourra l'anthologie sous le siège du conducteur. Ralph s'assit à ses côtés, l'air bougon.

— Je sais, tu aimerais mieux traîner dehors et monter la garde. Mais je vais avoir besoin de toi aujourd'hui.

Il ne lui dit pas qu'à son avis un type capable de tirer sur un homme désarmé de sang-froid n'aurait aucun scrupule à tuer un chien. Pas la peine d'effrayer Ralph.

Il était environ 9 heures lorsqu'il s'engagea sur le chemin. Il se sentait calme et prêt à affronter tout ce qui pourrait advenir.

Il roula vers l'est jusqu'à la Route 1 à hauteur de Falmouth, derrière Portland. Il prit ensuite au nord, traversant Yarmouth et Freeport, Brunswick et l'ancienne cité navale de Bath, avant de franchir le pont qui enjambait le Kennebec, toujours sur la Route 1 qui serpentait vers l'est en direction de Craigville.

Il avait d'abord cru que Green était descendu dans l'hôtel le plus grand et le plus cher de Portland. Il sourit en voyant le Lobster Pot, à coup sûr le motel le plus minable de tout l'État.

À croire que les propriétaires étaient tombés à court d'argent après avoir érigé l'enseigne qui se pavanait sur le bas-côté de la route. Elle était surmontée d'un grand homard rouge qui devait s'éclairer au néon la nuit. L'enseigne elle-même était en forme de homard, bien entendu. Au-dessous, il y avait une pancarte plus petite où l'on pouvait lire : TÉLÉ AVEC CÂBLE. PISCINE OLYMPIQUE. TOUTES CARTES DE CRÉDIT ACCEPTÉES. CHAMBRES LIBRES.

Il se dirigea vers le parking. Il y avait deux autres véhicules dont les plaques n'étaient pas du Maine. Le motel était un édifice rectangulaire avec huit chambres à l'avant et autant à l'arrière. Ses bardeaux de bois nu avaient acquis une patine argentée avec le temps et la peinture blanche, jadis élégante, était écaillée. La piscine olympique n'était guère plus large que le salon de Calhoun et était contiguë au parking et à la route.

Un panneau sur la façade avant signalait la réception. Calhoun conduisit son véhicule jusqu'à la porte, dit à Ralph de bien se tenir et passa le seuil.

La réception était vide. Sur le comptoir, une pile de prospectus côtoyait un petit ventilateur qui tournait dans un sens, puis dans l'autre, déplaçant l'air croupi de la pièce. Un distributeur de cigarettes était adossé au mur. À côté, une marine représentait une vague qui se fracassait contre les rochers en s'éparpillant dans les airs, des mouettes rigides sur un ciel d'un bleu contre-nature, un phare sur une falaise à l'arrière-plan. Tapi dans un coin, derrière le comptoir, à côté d'une porte entrouverte, un petit bureau avec un téléphone et une pile de papiers.

Derrière la porte, une télé émettait des sons bruyants. Un jeu télévisé, à en juger par le ton faussement enthousiaste du présentateur et les fréquentes salves d'applaudissements.

Calhoun attendit un petit moment, puis appela :

— Eh oh, il y a quelqu'un ?

Devant l'absence de réponse, il haussa la voix :

— Eh oh ?

— Attendez, dit une voix de femme derrière la porte.

Une minute plus tard, la porte s'ouvrit et la femme entra dans le bureau. Elle n'avait guère plus de vingt ans. Sa tignasse caramel était vaguement attachée sur le haut du crâne. Il s'en échappait des mèches qui lui pendaient sur le visage. Elle portait une robe à fleurs informe qui lui descendait jusqu'aux chevilles. Ses yeux étaient bouffis, comme si elle avait mal dormi. Elle avait le teint blême et terreux, et elle n'était pas maquillée.

Calhoun vit qu'elle était enceinte.

— C'est une chambre qu'il vous faut ?

Il secoua la tête.

— Non, m'dame. Plutôt un renseignement, si vous avez une minute.

Elle se fendit d'un sourire pincé.

— Une minute ? Jusqu'à la fin d'mes jours, si ça vous chante. Alors, vous cherchez quoi ? Un petit hôtel où passer la nuit ? dit-elle en riant.

— Un adjoint du shérif est passé ici l'autre jour. C'est à vous qu'il a parlé ? Vous êtes bien madame Sousa ?

— Pour sûr. Madame Roland Sousa. 'pouvez m'appeler Amy, cela dit.

— Et vous étiez à la réception quand un certain Green est arrivé il y a une semaine ?

— Ce gars sur qui l'adjoint m'a interrogée ? C'vieux type aux oreilles marrantes ? Pour sûr. Bon Dieu, j'y suis non-stop, moi, à la réception. Roland a mieux à faire que d'traîner dans c' bouge jour et nuit. À ce qu'il dit, c'est bon pour une pauvre meuf en cloque. (Elle désigna son ventre.) M. Green, c'est sur lui que l'adjoint m'a posé des questions. Il m'a montré un dessin.

— Oui. Vous voulez bien me parler de M. Green ?

— Et comment. Mettez-lui le grappin dessus, à c't'enfant de salaud. Pendez-le par les grelots. J'arrête pas de dire à Roland qu'il nous faut une de ces machines qui vérifient les cartes de crédit, mais il préfère mettre tous nos sous dans son bateau. Ce type-là est resté deux nuits chez nous et maintenant ils disent qu'on verra jamais la couleur de son argent. Merde, c'est quand même pas ma faute si cette carte était volée. (Elle secoua la tête.) Enfin, c'est pas votre problème. Il a fait quoi, exactement, à part nous arnaquer ?

— Il est soupçonné de plusieurs autres délits graves, dit Calhoun. Donc c'est vous qui l'avez accueilli ?

Elle acquiesça.

— Je crois bien que j'ai tout dit à l'autre adjoint. Il est arrivé dimanche en début de soirée, et il est reparti mardi matin à l'aube. L'air plutôt poli. Un vieux, mais d'allure assez fringante. (Elle regarda Calhoun de biais.) M'a fait de l'œil, ça oui. Vous vous rendez compte. Un gros thon comme moi.

— Oh, on va pas reprocher à un homme de regarder une jolie fille, dit Calhoun. Vous lui avez parlé ?

— Le blabla habituel. Sur la télé, les serviettes, l'heure du départ.

— Il avait des bagages avec lui ?

— Sais pas. Je lui ai filé sa clé, la numéro 11, à l'arrière, et il a été garer sa voiture. Je m'occupe pas des bagages, vous savez. C'est pas un quatre étoiles ici, au cas où vous z'auriez pas remarqué.

— Donc, vous l'avez vu arriver et repartir, et ça a été votre seul contact avec lui ?

— Oh, il est passé à la réception le lendemain matin. Lundi, ça devait être. Pour savoir où trouver un bon petit déjeuner. J'ai suggéré un ou deux restaus un peu plus haut, ça avait l'air de lui convenir. (Elle hésita.) Ah ouais, il a aussi posé des questions sur la pêche.

— La pêche ?

— Ben, je sais pas s'il était intéressé à pêcher, mais il a dit qu'il cherchait un guide. Il a pas vraiment parlé de pêche, en fait. C'est ce que j'ai cru comprendre. Je lui ai dit d'aller voir Blaine. Vous connaissez ?

Calhoun secoua la tête.

— Juste après le pont, sur la gauche. (Elle agita vaguement la main en direction du nord.) Continuez jusqu'à la ville, et restez sur la Route 1 après le carrefour. Pouvez pas le rater. C'est pile sur la marina. Un peu délabré, comme toutes les baraques du coin, mais Blaine est le seul guide que j'connais. Peux pas vous dire si ce type est allé le voir ou pas.

— Lorsqu'il s'est renseigné sur les guides, vous vous rappelez exactement ce qu'il a dit ?

Elle haussa les épaules.

— Sais pas. Un guide, quoi. (Elle plissa le front.) Maintenant que j'y pense, ce qu'il a dit en fait, c'est qu'il voulait un guide pour explorer un peu la région. Sais pas ce qu'il entendait par là. J'suppose que c'est moi qu'ai parlé de pêche. Et il a dit que oui, c'est ce qu'il cherchait. Un guide de pêche. (Elle regarda Calhoun en levant les sourcils.) Parce qu'enfin, ça sert à quoi, un guide, sinon à vous emmener pêcher et chasser ? Et, pour sûr, la saison de chasse, l'est pas encore ouverte.

— Quel genre de voiture il conduisait, vous vous rappelez ?

Elle ferma les yeux un moment, puis secoua la tête.

— Désolée.

Calhoun opina.

— Il a utilisé le téléphone ?

— Il y a pas le téléphone dans les chambres, dit-elle. Encore un truc pour quoi j'arrête pas de tanner Roland. Mais non, môssieur, il doit acheter des pièces pour son foutu bateau. En fait de téléphone, les clients utilisent celui-là pour les appels locaux ou s'ils ont une carte de crédit (elle agita la main en direction du téléphone posé sur le bureau), mais M. Green, il s'en est pas servi.

Calhoun bavarda encore quelques instants avec Amy Sousa, mais elle n'avait rien de plus à lui apprendre. Il la remercia, puis griffonna son nom et son numéro de téléphone sur un bout de papier.

Elle y jeta un œil.

— C'est où, ça ?

— Dublin.

— Vous parlez d'un bled. (Elle fronça les sourcils, puis le regarda.) L'autre adjoint, il m'a donné sa carte professionnelle.

— Je suis en rupture de stock en ce moment.

— Oh, ça fait rien. Promis, je vous appelle si j'ai du nouveau. Si vous mettez le grappin sur ce vieux, peut-être qu'il nous réglera ses deux nuits, hein ?

— On y travaille, m'dame, soyez-en sûre.

Il lui adressa un signe de tête et se dirigea vers la porte.

— Tenez-moi au courant, m'sieur. Passez quand vous voudrez. Quand vous voudrez. Je bouge pas d'ici, moi.

Il hésita, puis se retourna pour la regarder.

— Félicitations pour votre bébé, dit-il.

De retour dans le camion, il laissa échapper un long soupir.

— Je ne sais pas ce qui est pire, dit-il à Ralph. Ne pas savoir ce qui s'est produit dans ta vie jusqu'à maintenant, ou savoir exactement tout ce qui t'arrivera jusqu'à ta mort.

Ralph dévorait des yeux deux mouettes qui picoraient quelques ordures près de la piscine. Visiblement, il n'avait pas d'opinion sur le sujet.

Calhoun reprit la Route 1 vers le nord. Il franchit le pont qui enjambait l'estuaire et s'engagea sur un chemin de gravier qui menait au fleuve en dessinant une courbe. Une douzaine de bateaux de pêche étaient amarrés à un ponton en H, et quelques voiliers avaient jeté l'ancre dans le fleuve, ballottés par la marée montante.

Des tables de pique-nique étaient dressées çà et là devant une petite baraque carrée, au bord de l'eau, où il était annoncé qu'on pouvait manger des clams frits, du homard bouilli et boire de la bière fraîche. Jouxtant la rampe de mise à l'eau, se trouvait une autre baraque, un peu plus grande. Cette fois, l'enseigne disait : BLAINE : EXPÉDITIONS EN MER, PÊCHE EN EAU PROFONDE, OBSERVATION DE BALEINES, APPÂTS ET MATÉRIEL DE PÊCHE.

— Bouge pas, dit Calhoun à Ralph, qui observait le ciel au-dessus de la rivière, en quête de nouvelles mouettes.

Il entra dans la boutique encombrée, sale et mal éclairée, qui sentait vaguement le poisson et le varech.

Assis derrière le comptoir, un homme entre deux âges, avec une grande barbe noire, lisait le journal. Sans lever les yeux, il dit :

— Les appâts sont dans l'arrière-boutique. Servez-vous et revenez payer ici. Tout ce qui nous reste, c'est des lançons et des vers de sable.

— J'aurais besoin d'un renseignement, dit Calhoun.

L'homme leva les yeux.

— Ici, c'est plutôt des appâts et du matériel de pêche. (Il laissa son regard glisser de nouveau sur le journal.) Tiens, les Sox ont encore perdu !

— Monsieur Blaine, c'est bien vous ?

— Ça dépend ce que vous voulez.

— Vous vous rappelez un type du nom de Fred Green, qui est venu il y a une semaine environ et qui cherchait un guide ?

— Non.

— Un type aux cheveux blancs, dans les soixante-dix ans ? Avec de grandes oreilles, un accent du Sud ?

Blaine tourna une page.

— Des lançons et des vers de sable, dit-il. C'est tout ce qu'on a aujourd'hui.

Calhoun posa ses deux coudes sur le comptoir et se pencha vers Blaine.

— C'est à vous que je parle, m'sieur.

Blaine leva les yeux.

— Je suis pas sourd, mon pote. Tu commences à m'agacer. Si t'es pas venu acheter quelque chose, me fais pas perdre mon temps, compris ?

Calhoun se pencha par-dessus le comptoir, attrapa Blaine par la barbe et le souleva de sa chaise.

— Je ne suis pas ton pote et j'ai pas le temps de déconner, dit-il. Un de mes amis s'est fait tuer et j'ai pas envie de rigoler. Compris ?

Blaine tendit la main et saisit le poignet de Calhoun.

— Lâche-moi, mon gars.

— Je me ferai un plaisir de te faire parler, dit Calhoun.

Il tira d'un coup sec sur la barbe.

— OK, OK, bon Dieu. Vous voulez quoi, exactement ?

Calhoun relâcha sa prise et tapota la joue de Blaine. C'était la seconde fois, ces derniers jours, qu'il brutalisait un homme. Il se demanda d'où ça lui venait, si c'était son caractère ou si ça faisait partie de son entraînement.

— Je regrette, dit-il au barbu. Je suis un peu à cran en ce moment. J'ai juste besoin de savoir si vous avez discuté pêche et guide avec un type nommé Green. Lundi dernier, sans doute.

Blaine se laissa retomber sur sa chaise en se caressant lc menton.

— Ce nom me rappelle rien, dit-il, jetant un coup d'œil à Calhoun qui l'observait, mais c'est pas impossible que je me rappelle un vieux avec des oreilles marrantes et un accent du Sud.

— Il voulait quoi ?

— Il cherchait un guide. Je lui ai dit qu'on organisait des expéditions en mer, mais ça l'intéressait pas. Il voulait qu'on l'aide à retrouver un étang. Pour autant que je me rappelle, c'était plus au sud, près de Sebago. Je lui ai répondu que ça valait plus un clou, les étangs pour pêcher, mais il donnait l'impression de savoir exactement ce qu'il voulait. Du coup, je lui ai suggéré de s'adresser ailleurs. Je lui ai même recommandé quelqu'un.

— Qui ?

— Un gosse de Portland, un étudiant du genre hippie. L'est employé là-bas dans une boutique. Un jeunot qui s'appelle Lyle MacMahan. (Il regarda Calhoun d'un air interrogateur.) Vous le connaissez peut-être, Lyle ?

Calhoun acquiesça.

— C'est un nom qui me dit quelque chose.

— Ce petit gars, il connaît les bois de la région mieux que personne. Il y a un autre gars qui travaille dans la même boutique, paraît qu'il est rudement fort. Pas autant que MacMahan, à ce qu'on dit. Je le connais pas personnellement. Un certain Calhoun.

— Vous avez aussi parlé de ce Calhoun au vieux type ?

— Pour sûr. Je lui ai dit que l'un ou l'autre ferait sans doute l'affaire. (Il leva les yeux vers le plafond une minute.) C'est marrant, ça. Ce vieux, il avait pas l'air si intéressé par la pêche.

— Ah oui ?

— Ben, je lui ai demandé ce qu'il voulait prendre, et il a haussé les épaules. Et quand j'ai parlé de truite sauvage, il a fait une drôle de tête, comme si j'avais sorti une idée géniale, et il m'a répondu que ouaip, c'est ça qu'il cherchait, pour sûr. Des truites sauvages.

— Il a laissé entendre qu'il irait voir Lyle McMahan ?

— Ben oui. Je lui ai donné l'adresse de ce magasin, là-bas. Chez Kate, Appâts & articles de pêche. (Un sourire se profila dans sa barbe.) Si vous y êtes pas encore allé, ça vaut le détour. Juste pour mater un peu la Kate en question, si vous voyez ce que je veux dire.

23

Le visage du barbu continua de hanter Calhoun tandis qu'il reprenait la Route 1 en direction de Portland. Quelle mouche l'avait piqué pour tirer aussi fort sur la barbe de ce type ? S'il ignorait d'où lui était venu cet élan de fureur, il comprenait qu'il n'en avait pas fini d'en apprendre sur lui-même. Et ce qu'il apprenait n'était pas toujours de son goût.

Il était à présent certain que Green était venu dans le Maine dans le seul but de retrouver l'étang de Keatsboro. Il savait exactement ce qu'il recherchait, mais il lui fallait quelqu'un pour l'aider à le localiser. La pêche était le cadet de ses soucis.

Green était venu pour déterrer quelque chose à côté des ruines de la maison Potter. Sans doute de l'or. Il lui avait fallu un guide pour mettre la main dessus, après quoi il s'était dit qu'il ne pouvait autoriser le guide à rester en vie.

Et il avait tué Lyle.

Et lorsque Calhoun avait commencé à fouiner dans les parages, Green était revenu pour le tuer à son tour.

Calhoun s'était creusé la cervelle pour trouver parmi ses connaissances un bijoutier fiable et discret. Celui qui s'en approchait le plus, c'était Stanley Karp, un prêteur sur gages dont la boutique était située dans un quartier de Portland appelé Stroudwater. Stanley pêchait à la mouche avec nettement plus de ferveur que d'adresse, et Calhoun lui avait servi de guide une ou deux fois.

Il l'avait d'abord appelé "Monsieur Karp", car il se faisait une règle de s'adresser en termes formels aux clients plus âgés que lui, à moins qu'ils ne lui spécifient de faire autrement. Karp s'était aussitôt tourné vers lui en disant :

— Pour l'amour du Ciel, appelez-moi Stanley. Vous aimeriez qu'on vous donne un nom de poisson, vous ?

Il avait insisté pour appeler Calhoun "Stonewall".

Il était une heure passée lorsque Calhoun se gara devant l'échoppe de Stanley Karp. Lorsqu'il franchit le seuil, Stanley planta ses deux coudes sur le comptoir à vitrine et haussa les sourcils :

— Dieu me bénisse, voilà Stonewall Jackson Calhoun. J'espère que tu n'es pas venu me proposer une transaction financière. Mes clients, contrairement aux tiens, sont des âmes en peine, c'est pourquoi je crains toujours de voir mes amis devenir mes clients, et je ne laisse jamais mes clients devenir mes amis.

Calhoun sourit et se dirigea vers lui, tendant une main que Stanley engloutit entre les siennes.

— En fait, j'aimerais un avis d'expert, Stanley, dit-il. J'ai quelque chose que je n'arrive pas à identifier.

Stanley Karp était un grand gaillard émacié, complètement chauve, avec un long nez aquilin, des oreilles pendantes, des sourcils gris et broussailleux, et un large sourire en biais. S'il ne connaissait pas grand-chose à la pêche, c'était un véritable expert question matériel.

— Tu serais surpris, avait-il dit à Calhoun lors de leur première sortie, si tu savais tout ce que les gens ont chez eux, dans leurs caves et leurs greniers, leurs placards et leurs garages. Ils arrivent chez moi les bras chargés de cannes en bambou pour me demander de leur prêter quelques sous en échange de ce fatras. Ils m'apportent des cannes signées Payne & Leonard, Garrison ou Gillum, de vrais trésors. Et quand je leur dis ce que ça vaut, ils me rient au nez.

Sous la tablette en verre du comptoir où s'appuyait Stanley, se trouvaient pêle-mêle des montres en or, des colliers de perles et des bagues de diamants. Derrière lui, une vitrine fermée à clé abritait des fusils et des carabines. Les étagères fixées aux murs ployaient sous les livres reliés, et les tables étaient chargées de lampes, de vases et d'articles de vaisselle, d'ordinateurs, d'appareils photo, de téléviseurs, de balles de bowling et de patins à glace et – oui ! – de matériel de pêche.

Chacun de ses objets avait une histoire à raconter. Une histoire pas très gaie.

Stanley Karp désigna sa boutique d'un geste de la main.

— Je ne sais pas ce que tu m'apportes, dit-il à Calhoun, mais je suis certain de l'avoir déjà en dix exemplaires. Voyons voir.

Fouillant dans sa poche, Calhoun en sortit le sachet de plastique contenant le petit bout d'or qu'il avait trouvé dans le sol, à côté des ruines. Il le posa sur le comptoir.

— On dirait un fragment de quelque chose, dit-il, plutôt qu'un objet à part entière. Un truc à moitié cassé. Je me demande ce que c'est. C'est de l'or, non ?

Stanley éleva le sachet à la lumière et le regarda en plissant les yeux.

— Mmm…, grommela-t-il.

Il se munit d'une petite pince et ouvrit le sachet, dont il sortit le fragment d'or. Puis il ficha une loupe de bijoutier sur son œil droit et fixa intensément l'objet.

— Hé, hé, dit-il. Oui, c'est bien de l'or.

— Et ? demanda Calhoun.

Stanley faisait tourner la pince de façon à examiner la pépite sous toutes ses coutures.

— Intéressant, murmura-t-il.

Il la laissa retomber dans le sachet, ôta la loupe de son œil et regarda Calhoun.

— Aurais-tu pillé une tombe récemment, mon ami ?

Calhoun songea à ce pied qui sortait du sol, il songea à Sam Potter, disparu dans un incendie presque soixante ans plus tôt. Il secoua la tête.

— C'était enfoui dans le sol, dit-il, mais je ne crois pas qu'il s'agissait d'une tombe. Pourquoi ?

— Je peux me tromper, dit Stanley, mais je crois bien que tu as en ta possession la dent de quelqu'un.

— Une dent ?

— Pas tout entière, bien sûr. Une couronne en or. Regarde toi-même.

Calhoun sortit l'objet du sac en utilisant la pince de Stanley et l'observa à travers la loupe. Effectivement, cela ressemblait à un fragment de dent, mais sans la remarque de Stanley, il ne s'en serait jamais douté. La partie supérieure était plate et irrégulière à la façon d'une molaire, le bas présentait des arêtes tranchantes, comme si l'objet avait été brisé.

Calhoun le fit glisser dans le sachet qu'il remit dans sa poche.

— Merci, Stanley, dit-il. Je te revaudrai ça.

— Je suppose qu'il ne serait guère diplomate de te demander pourquoi tu te balades avec une dent en or qui ne t'appartient pas ?

Calhoun secoua la tête.

— Moi-même, je n'en ai pas la moindre idée.

Il y avait moins d'un kilomètre et demi entre le magasin de Stanley et la boutique de Kate. Calhoun fut tenté de faire le détour, mais il devait laisser Kate en dehors de cette histoire. Il prit donc vers l'est pour rentrer chez lui.

Au moment de pénétrer sur le chemin qui menait à sa cabane, Calhoun se rendit compte qu'il était exténué. C'est à peine s'il avait dormi ces deux dernières nuits : à présent il avait les yeux en feu, sa tête lui faisait mal et il avait l'estomac à l'envers.

Il parcourut l'allée en cahotant. Lorsqu'il s'arrêta devant la cabane, il ne descendit pas tout de suite mais inspecta l'endroit depuis son camion.

Rien de changé apparemment.

Il reprit sa Remington derrière le siège, sortit les balles de la boîte à gants et chargea la carabine. De la chevrotine double zéro cette fois, de quoi tuer un homme à soixante mètres. Puis Ralph et lui pénétrèrent dans la cabane. Là aussi, rien de changé.

C'était une chaude après-midi d'été, mais comme les pins faisaient de l'ombre au toit et qu'une brise passait à travers les portes moustiquaires, l'intérieur de la cabane baignait dans une fraîche pénombre.

Il trouva le téléphone, s'assit à la table de cuisine et appela le shérif Dickman.

— Qu'y a-t-il, Stoney ? demanda Dickman.

— J'ai des infos pour toi, dit Calhoun. Mais faut d'abord me promettre quelque chose.

— Ah oui ?

— Il y a quelque chose que je veux régler tout seul, à ma façon. Tu vas me promettre de ne pas intervenir.

— Comment veux-tu que je promette sans savoir de quoi il retourne ?

— Je te le dirai après.

— Et si je refuse, tu raccroches, bien entendu ?

— T'as tout compris.

Il entendit le shérif pousser un soupir exaspéré.

— OK, Stoney, on fait comme tu voudras.

— J'ai ta parole ?

— Pour sûr.

Alors Calhoun lui raconta comment, la nuit précédente, il s'était fait tirer dessus à deux reprises. Il résuma son entretien avec Amy Sousa à Craigville et sa conversation avec Blaine. Il lui dit que Stanley Karp avait identifié la pépite d'or comme un fragment de dent.

Le shérif écouta sans l'interrompre, et lorsque Calhoun eut fini, il dit :

— Je t'envoie un adjoint pour assurer ta protection, Stoney.

— Non. Je suis assez grand pour veiller sur moi. Et c'est à moi de régler ça. C'est ce que tu viens de me promettre. Cet enfant de salaud a descendu Lyle, et c'est chez moi qu'il se pointe, shérif. Tu vois ce que je veux dire ?

— Je vois que tu es aussi buté que stupide, mon vieux.

— J'ai ta parole.

Dickman soupira.

— Oui… Est-ce que je romps ma promesse si je mets la main sur ce type et que je le fous en taule avant qu'il te descende ?

— Non, dit Calhoun, pas de problème. Ça m'ira très bien comme ça.

— Je fais passer le mot comme quoi il est armé et dangereux. Tout ce que le Maine contient de flics et de shérifs sera bientôt au courant.

— Parfait, dit Calhoun.

— Stoney ?

— Ouaip ?

Le shérif s'éclaircit la gorge.

— Rien. J'espère juste que tu sais ce que tu fais, bon Dieu.

— En fait, oui. C'est étrange, mais je suis à peu près certain de savoir exactement ce que je fais.

Après avoir raccroché, Cahoun gagna la chambre et cala son fusil contre la cloison, derrière le lit. Il prit le réveille-matin sur la table de nuit. Il était 3 heures passées. Il régla le réveil sur 6 heures pour avoir le temps de prendre une douche et un café avant son rendez-vous avec Millie. Puis il ôta ses vêtements et s'allongea sur le lit. L'oreiller avait gardé l'odeur de Kate.

Ralph, assis sur le plancher à ses côtés, le fixait, l'oreille dressée. Qu'est-ce qu'il avait, son maître, à se mettre au lit au milieu de la journée ?

— On va sûrement veiller toute la nuit, lui expliqua Calhoun, faut que je fasse une petite sieste. N'oublie pas d'aboyer si t'entends quoi que ce soit. C'est ton quart de veille. Je prends le relais dans trois heures.

Puis il bascula sur le ventre et s'endormit.

Comme toujours, son horloge biologique se déclencha avant le réveil. Elle l'arracha à un rêve compliqué où il avait l'impression de fuir à travers un marécage. Des enfants hurlant dans une langue étrangère le pourchassaient à coups de fusil mais ce n'était pas ça qui l'effrayait. Dans ce rêve, il était nu et, à chaque nouveau pas, il se frottait à de grandes feuilles en forme de faucille, aux bords tranchants et dentelés qui lui entaillaient la peau. Il courait maladroitement, protégeant son scrotum des deux mains, et ses pieds s'enfonçaient dans la vase tandis que des balles crépitaient dans le feuillage touffu qui s'étendait au-dessus de sa tête et que les voix aiguës des enfants retentissaient dans l'air humide du marais. Il était en nage, hors de souffle. Ses jambes, son torse et ses bras saignaient. Enfin il s'affalait sur le sol, glissant sur la terre noire et mouillée, sous un buisson aux feuilles aussi larges que des oreilles d'éléphant, et là, allongée sur le dos, se trouvait une femme, également nue, les bras grand ouverts, qui souriait en lui faisant signe d'approcher.

Il reculait à quatre pattes, obscurément persuadé qu'elle était plus dangereuse encore que les enfants armés à ses trousses.

Dans son rêve, il savait qui était cette femme. À présent, dans cet entre-deux qui sépare le sommeil de la veille, il comprenait qu'elle avait fait partie de sa vie. Il ferma les yeux une minute, s'efforçant de rassembler ses souvenirs. Mais elle avait disparu.

Il se redressa. Le drap était humide de sueur. Sur la table de chevet, le réveil indiquait 5 h 56. Il tendit le bras pour arrêter l'alarme avant qu'elle ne se déclenche, puis il s'assit sur le bord du lit, cherchant à dissiper le rêve.

Ralph, étendu sur le seuil, le museau sur les pattes, guettait les intrus.

À l'hôpital, Calhoun avait fait d'autres rêves de ce genre. Pour les psys, c'était bon signe, signe qu'il était normal. Un banal symptôme freudien, disaient-ils. Vous avez des secrets, monsieur Calhoun, et un complexe de castration, comme tout un chacun. Tout le monde fait ce genre de rêves, insistaient-ils.

Calhoun ignorait ce que pouvaient être les rêves d'autrui. Mais les siens l'avaient convaincu qu'il était tout sauf normal. Il n'avait aucune envie de sonder sa psyché pour déchiffrer les messages symboliques que son inconscient cherchait à lui transmettre avec ces rêves, ces hallucinations de corps nus dans des rivières ou de pieds sortant du sol. Il était sérieusement amoché, il le savait.

Il se leva et alla pieds nus dans la cuisine, où il remplit la cafetière électrique et la mit en marche.

Puis il alla dans la salle de bains prendre une longue douche. Lorsqu'il en sortit, l'eau froide avait chassé son rêve et la crainte mêlée de tristesse que le songe avait semée dans son cœur.

Il se sécha vigoureusement, refit un détour par la cuisine pour se verser une tasse de café qu'il emporta dans la chambre. Il passa un pantalon de toile et une chemise, ramassa son fusil et siffla Ralph.

— Tu viens avec moi, lui dit-il.

Ralph le considéra un moment, puis se remit sur ses pattes et trotta vers la porte.

Calhoun alluma les lampes d'extérieur. Il ferait nuit lorsqu'il reviendrait, et il espérait, sans trop y croire, que la lumière ferait reculer un intrus de passage. Il déchargea le fusil, empocha les trois balles et glissa l'arme derrière le siège avant du camion. Il ouvrit la portière à Ralph et grimpa à son tour.

6 h 45. Il serait juste à l'heure pour retrouver Millie.

24

Il était 6 h 55 lorsque Calhoun se gara dans le parking du restaurant. La Jeep de Millie, un pick-up Toyota neuf et une vieille Ford rouillée étaient les seuls véhicules présents.

Il sortit de sa poche un os en cuir et le donna à Ralph.

— Mâchonne ça, c'est mieux que la garniture des sièges.

Ralph, assis sur le siège du passager, cala l'os en cuir dans sa gueule comme un gros cigare et lui jeta un regard culpabilisant.

Calhoun baissa légèrement les vitres avant de sortir et de verrouiller les portières. Il tapota le toit pour dire au revoir à Ralph, à présent couché sur le siège du conducteur, l'os entre les pattes, résolu à bouder.

Calhoun entra dans le restaurant. Il jeta un coup d'œil sur la salle à manger à sa droite. Un vieux couple, assis à une table près de la fenêtre, était plongé dans le menu. Sinon, la salle était vide.

Il trouva Millie au bar, en pleine conversation avec Kevin, le barman dont Calhoun avait fait la connaissance le samedi précédent. Kevin, à moitié vautré sur le comptoir, souriait à Millie sous sa petite moustache à la Clark Gable. Millie sirotait quelque chose qui ressemblait à un gin tonic et souriait à Kevin de sous son chapeau de paille, flirtant avec lui aussi ouvertement qu'il flirtait avec elle.

Calhoun se hissa sur le tabouret à ses côtés. Kevin se redressa, fit un signe de tête à Calhoun et s'éloigna.

La main de Millie se posa sur la nuque de Calhoun. Elle se redressa et l'embrassa sur la joue.

— Hello, beau gosse, chuchota-t-elle dans une mauvaise imitation de Mae West.

— Hello, chérie. (Humphrey Bogart. Pas plus convaincant.)

Elle gloussa.

— Je suis arrivée en avance.

Elle consulta sa montre avec affectation.

— Et toi, naturellement, tu es pile à l'heure. Du Stoney tout craché…

Elle tendit son verre.

— Mon deuxième. Vide.

Son regard alla chercher Kevin qui se tenait à l'autre bout du bar en leur tournant le dos.

— Oh, Kevin ! héla-t-elle d'une voix chantante.

Le barman se retourna et marcha sur eux, un gin tonic dans une main, un Coca dans l'autre.

— J'anticipe tes désirs, Millie.

Et à Calhoun :

— Un Coca, c'est bien ça ?

— Oui, dit Calhoun. Merci.

— Je ne suis pas ivre, dit Millie lorsque Kevin se fut éloigné, si c'est ce que tu penses.

Elle portait un jean moulant et un corsage décolleté qui aurait persuadé n'importe quel barman de se vautrer sur le comptoir lorsqu'elle se penchait sur son cocktail.

— Je m'attendais pas à ce que tu le sois.

— J'ai ce que tu voulais. Sur ces titres de propriété.

— Parfait. Tu n'as pas trop faim, j'imagine ?

— Si. J'ai dit à Alice de nous réserver une table dans la salle à manger. (Elle sourit.) Je ne crois pas qu'il y aura beaucoup d'attente.

Calhoun déposa un billet de 20 dollars sur le bar. Kevin vint le récupérer.

— Onze dollars vingt-cinq pour les cocktails, dit-il. Le soda est offert par la maison.

Calhoun hocha la tête.

— Merci. Garde la monnaie.

Kevin le remercia d'un bref salut et ils se laissèrent glisser au bas des tabourets. Millie prit le bras de Calhoun pour entrer dans la salle à manger. Une femme potelée d'une trentaine d'années fit son apparition avec les menus, un gentil sourire et un petit badge au-dessus de son sein gauche indiquant ALICE. Elle les conduisit à une table sur le côté, à l'exact opposé du couple près de la fenêtre.

— Tout va bien côté boissons ? demanda-t-elle.

— C'est parfait, dit Calhoun, merci.

— Je viens prendre vos commandes dans une minute.

Elle s'éloigna. Ils examinèrent la carte. Un menu standard – steaks, côtelettes, poulet, fruits de mer, pâtes – et l'inévitable formule végétarienne. Lorsque Alice revint, Millie se décida pour une poêlée de légumes avec du tofu. Calhoun commanda un chateaubriand et une pomme de terre garnie, sans trop de crème s'il vous plaît.

De l'autre côté de la pièce, le vieux couple discutait ferme, à voix basse et tendue. Millie les regardait, fascinée.

— Ils sont obligés de rester ensemble, dit Calhoun, et tous deux savent qu'il est trop tard pour y remédier.

Millie se retourna pour le dévisager.

— Comment va Kate ? dit-elle.

Calhoun secoua la tête.

— Kate et moi, c'est un secret, Millie. Bon sang…

— Tu parles d'un secret. Il y en a plus un seul digne de ce nom dans ce foutu Maine.

— Disons qu'on évite de le crier sur les toits.

Elle acquiesça.

— C'est juste que ça me fait mal au cœur, de voir des gens qui ont une vraie vie de couple comme ces deux-là – elle eut un geste du menton en direction du vieux ménage – et qui savent pas l'apprécier. J'espère que tu apprécies, Stoney.

— Et comment. Et toi, alors ?

— Moi ?

— Tu dois avoir quelqu'un dans ta vie, Millie. Une belle femme comme toi, et qui a réussi en plus.

— Oh, je suis un bon parti, pour sûr. (Elle sourit en levant les yeux au ciel.) La moitié des gars qui habitent le comté de York ont dû me draguer un jour ou l'autre. Mais tous les types bien sont déjà mariés ou… ou occupés ailleurs. Aux autres, je dis que je suis lesbienne. Tôt ou tard, ils se passent le mot et ils arrêtent de m'embêter. Mais du coup, ce sont leurs femmes qui me font des avances, de temps à autre.

Elle eut un large sourire.

— Parfois, ça me dirait bien, de me mettre avec quelqu'un, mais j'ai pas trop le gène conjugal. J'ai été mariée dans le temps et j'ai pris mes jambes à mon cou. C'est comme ça que je suis arrivée ici. Et puis je travaille dur, je fais pas mal de sport, et le reste du temps, je trouve de quoi m'occuper.

— Moi aussi, je pensais que j'étais fait pour vivre seul le restant de ma vie. Si Kate n'était pas là, je serais toujours du même avis et ça ne m'ennuierait pas plus que ça, sans doute.

— Tu parles que si. À un moment donné, le célibat ne va plus de soi.

La serveuse apporta leurs commandes et ils mangèrent sans trop parler. Quand ils eurent fini, ils commandèrent un café.

Lorsque celui-ci arriva, Millie fouilla dans son grand sac à bandoulière dont elle tira un carnet de sténographe.

— Bon, dit-elle, peut-être que j'étais un peu pompette tout à l'heure. Mais plus maintenant. (Elle chaussa ses lunettes.) J'ai passé toute la matinée à l'hôtel de ville de Keatsboro. Tu voulais en savoir plus sur cette propriété où Lyle MacMahan est mort.

— Oui, dit Calhoun. Où Lyle a été assassiné.

— Et tu cherches quelque chose en particulier ?

Calhoun haussa les épaules.

— Comme je te disais, Millie, je fouine au hasard.

Millie s'éclaircit la gorge.

— Bon, voilà ce que j'ai pour toi. À l'origine, cette parcelle faisait partie d'un grand terrain qui appartenait à une compagnie forestière. Il couvrait toute la zone à l'ouest et au sud de Sebago, soit huit à dix communes aujourd'hui. Sur plusieurs centaines de kilomètres. Cédé à la compagnie par l'État, probablement, même si les archives ne remontent pas aussi loin. Et volé par l'État aux Indiens, naturellement, mais tu peux être sûr qu'aucun titre ne mentionnera ce détail. Bon, on peut parier qu'ils ont exploité ce terrain pour faire des mâts de navire, puis du bois de construction, puis de la pulpe de bois, et une fois la forêt décimée, ils l'ont divisé en lots et mis aux enchères. Le terrain qui t'intéresse faisait partie d'un lot plus vaste acquis en 1936 par un dénommé Saul Raczwenc. Il a été divisé en parcelles en 1938, et la tienne, qui couvrait trois cents hectares, a été achetée par Sam et Emily Potter. La ville l'a saisie plus tard, en 1949, en paiement de leurs arriérés d'impôts.

— Elle a été dévastée par l'incendie de 1947. Sam Potter y est mort.

— Oui, c'est ce qu'on m'a dit. Encore un truc censuré sur les documents officiels, bien entendu. Quoi qu'il en soit, David Ross, qui habite de l'autre côté de la route, s'est porté acquéreur du terrain, à bon prix. Il l'a racheté à la ville en 1951 en réglant les impayés des Potter. Et il l'a gardé jusqu'en… (elle scruta son calepin)…1973.

Elle leva les yeux vers Calhoun et sourit.

— David Ross était propriétaire de ce terrain ?

— Oui. Jusqu'en 73.

— Et il l'a revendu ? À qui ?

— À une société qui s'appelle A&I development corporation.

— Et après ?

— Après, rien. Le terrain appartient toujours à A&I.

— Donne-moi une feuille de ton calepin, dit Calhoun. Je voudrais noter tout ça.

Elle arracha les deux feuilles du dessus et les lui tendit.

— C'est déjà fait. Tout est là, y compris les noms des avocats qui se sont occupés des transactions. La plupart doivent être morts aujourd'hui.

— Merci. (Il consulta les notes soigneusement rédigées par Millie.) En somme, la dernière fois qu'il a changé de propriétaire, c'était en 1973.

Elle acquiesça.

— Et cette société A&I, tu vois ce que c'est ?

— Sans doute un groupe de spéculation immobilière. Il en a émergé plein de nouveaux dans les années 70. Quand on a construit l'autoroute, ils étaient nombreux à se dire que le Maine serait la prochaine destination de vacances à la mode. (Millie secoua la tête en souriant.) Ils se sont plantés, bien sûr.

— Et cette société, elle a cherché à revendre le terrain ?

— Impossible à dire. Tu pourrais penser que je suis censée le savoir. Ici, le moindre sous-bois est répertorié et je suis au fait de pas mal d'opérations. Mais, en général, les groupes immobiliers ne passent pas par nous autres, petits agents.

Calhoun se pencha au-dessus de la table et posa sa main sur celle de Millie.

— Tu ne voudrais pas me rendre un autre service ?

— N'essaie pas de m'enjôler, Stoney Calhoun. (Elle serra brièvement sa main, puis la relâcha.) Ne te donne pas cette peine, va. Je sais déjà ce que tu veux.

— Vois si tu peux trouver qui se cache derrière A&I.

— Ben tiens. (Elle pencha la tête sur le côté en le dévisageant.) Qu'est-ce que tu t'attends à trouver, Stoney ?

— Du diable si je le sais. Je me contente de fouiller. Peut-être que je finirai par lever un lièvre. (Il scruta de nouveau le papier.) Je me demande qui était ce Saul Raczwenc. (Il leva les yeux sur Millie.) Il a encore de la famille dans le coin ?

Elle le regarda.

— Si j'avais su que ça t'intéressait, j'aurais poussé mes recherches un peu plus loin. Mais je peux te dire à coup sûr qu'il n'y a plus aucun Raczwenc de vivant parmi nous. (Millie sirota son café en l'observant par-dessus le bord de sa tasse.) Si tu veux en savoir plus, tu devrais parler à Jacob Barnes. Il habite ici depuis toujours. Et il va sur ses quatre-vingts ans. Tu le branches sur l'incendie de 47 et il y a plus moyen de l'arrêter.

— Il saura me dire ce qui se passait à Keatsboro ?

— Quand il était jeune, à croire ce qu'il raconte, ici ce n'était qu'une vaste région agricole, avec des fermes partout. Des vaches, des porcs et des pommeraies, pour l'essentiel. Cette épicerie qu'il tient, c'était surtout un magasin d'alimentation pour bétail, et les clients venaient d'un peu partout. Jacob connaissait tout le monde. Et c'est encore le cas. Je parie qu'il peut te citer toutes les nuits où Kate est venue te retrouver, à quelle heure elle est arrivée, à quelle heure elle est repartie, et ce que vous avez mijoté entre-temps.

— Dieu du ciel, Millie…

Elle sourit.

— Tout ce que j'essaie de te dire, c'est que tu devrais l'emmener dîner ici, un soir ou l'autre. Personne n'y verrait à redire.

— C'est à cause de Walter – son mari – qu'on s'inquiète.

— Les gens connaissent ce volet de l'histoire, Stoney. (Millie se pencha par-dessus la table et lui prit la main.) Et je vais encore te dire quelque chose. Demain matin, tous les habitants du coin sauront que toi et moi, on a gentiment dîné en tête-à-tête chez Juniper's, que tu aimes ton steak à point et qu'on s'est tenu la main pendant le café.

Calhoun retira brusquement la sienne.

Elle rit.

— D'accord. Tout ce que j'en dis, c'est que Kate et toi seriez peut-être plus heureux si vous ne vous obligiez pas à faire les choses en douce.

— Qui a dit que nous n'étions pas heureux ?

— Vous l'êtes ?

Calhoun haussa les épaules.

— Ce qui est arrivé à Lyle n'arrange pas les choses.

— Dépêche-toi de régler cette affaire au plus vite, alors.

Il acquiesça.

La nuit était tombée lorsqu'ils sortirent. Les lumières du restaurant répandaient une lueur orangée sur le parking, mais les ténèbres rassemblées sous les arbres gagnaient les champs à l'arrière.

Calhoun laissa sortir Ralph du pick-up. Le chien renifla les chaussures de Millie et partit au trot dans les zones d'ombre, où ses pattes blanches miroitaient dans la semi-pénombre.

Ils gagnèrent la Cherokee de Millie. Elle déverrouilla la portière, puis se retourna et s'appuya contre le flanc du véhicule.

— Merci pour le dîner, dit-elle.

— Merci pour les infos.

Elle tendit la main et effleura son épaule.

— Je ne peux pas m'empêcher de me demander ce que tu fiches, à fouiner comme ça, Stoney.

Il secoua la tête.

— Faut bien s'occuper.

Il se pencha vers elle, effleura sa joue d'un baiser, puis recula.

— Merci, Millie. J'apprécie ton aide.

Millie porta la main à sa joue.

— C'était chou. (Elle sourit.) Tu sais, si tu veux vraiment alimenter les rumeurs, faudrait au moins m'embrasser convenablement.

Calhoun sourit et siffla Ralph qui arriva en trottant.

— Allez, monte.

Ralph obéit. Il se tourna vers Millie.

— Je te remercie pour tout ça. (Il tapota la poche où il avait mis les feuilles de papier qu'elle lui avait données.) Si je peux faire quoi que ce soit…

— Laisse-moi t'inviter à dîner un de ces soirs, Stoney.

— Oui, ça me ferait plaisir.

— Avec Kate.

— Tu es quelqu'un de bien, Millie Dobson. Toutes ces femmes mariées ne savent pas ce qu'elles ratent.

Elle hocha la tête et se détourna pour ouvrir sa portière et monter. Puis elle le regarda.

— Je verrai ce que je peux trouver sur cette société, A&I.

Il lui fit signe de la main tandis qu'elle sortait du parking et, au moment où elle s'engageait sur la route, il vit sa main passer par la fenêtre et lui répondre à son tour.

Il n'était pas 10 heures lorsqu'il se gara devant sa cabane. Son terrain baignait dans la lumière de ses phares. Les bois environnants étaient noirs comme de l'encre.

Il hésita un moment avant de sortir du camion. Green était peut-être tapi dans l'obscurité, à l'affût derrière le viseur de son fusil. Puis il soupira. Ça l'emmerdait, ce sentiment inédit de n'être plus en sûreté sur son propre territoire.

Il sortit et reprit le fusil derrière le siège.

— Viens, dit-il à Ralph. On va te trouver de quoi manger.

Ralph fit le tour de la propriété en bondissant, levant la patte çà et là, reniflant les buissons. S'il se cachait quelqu'un dans les bois, Ralph le saurait.

Calhoun le nourit et prépara du café. Puis il alla dans la chambre et se changea : un jean, un sweat-shirt bleu foncé, des espadrilles.

Comme il avait une ou deux heures à tuer, il chercha la fréquence de radio qui émettait du classique. Il tomba sur le *Concerto pour clarinette* de Mozart.

Il s'assit devant son étau. Fredonnant vaguement au rythme de la clarinette, il se retrouva à monter une mouche noyée rouge et blanche, une *Parmacheene Belle*, baptisée d'après le lac Parmacheene au nord-ouest de l'État. Calhoun sourit en voyant ce qu'il venait de faire. Lyle avait une prédilection pour les mouches traditionnelles, surtout celles originaires du Maine comme la *Grey Ghost*, la *Warden's Worry* et la *Nine-Twelve*.

Lorsqu'il consulta de nouveau sa montre, il était 11 h 30. Il avait monté neuf mouches de divers types, mais n'avait toujours pas de réponse à ses questions.

Il repoussa sa chaise, alla à la cuisine remplir sa Thermos de café et éteignit la radio. Il prit une grosse couverture d'armée dans le placard de la chambre, enfonça une casquette de base-ball sur sa tête, ramassa le fusil, claqua des doigts en direction de Ralph, éteignit toutes les lumières et sortit.

Il demeura sous le porche une minute, la Remington à bout de bras, en attendant que ses yeux se fassent à l'obscurité. C'était une nuit sans lune, par un ciel couvert, mais il finit par distinguer des contours et des textures.

Il gagna le pick-up, sortit les balles de la boîte à gants, en mit quelques-unes dans ses poches. Puis il se glissa dans les buissons près de la cabane. Ralph suivait.

Il trouva un vieux chêne avec un tronc épais, de quoi s'adosser confortablement.

— Allonge-toi là, dit-il à Ralph. C'est mon tour de garde, tu n'as qu'à faire un somme.

Docile, Ralph laissa retomber son menton sur ses pattes.

Calhoun étendit la couverture sur ses jambes et posa le fusil en travers de ses genoux. Puis il se versa du café et se prépara à veiller.

25

Le truc, si on veut rester éveillé toute une nuit, c'est d'avoir de quoi s'occuper l'esprit. Calhoun n'avait que l'embarras du choix : Lyle assassiné, Kate, l'Homme au Costume, Green résolu à le tuer. Ça suffisait à le maintenir en alerte. Il passait de Lyle à Kate, de Kate à Green, et vice versa. Parfois ils réussissaient à former un quatuor indistinct et son esprit partait en vrille, créant d'étranges scénarios cauchemardesques. Dans ces cas-là, il se levait, s'étirait et se versait encore un peu de café.

Le café aidait. Ça et l'idée que Green allait peut-être sortir du bois.

Il ne voyait pas sa montre dans le noir, mais il se fiait à son horloge biologique. Il n'était pas loin de 4 heures lorsque Ralph, allongé près de lui, redressa soudain la tête et poussa un grondement sourd.

Étendant le bras, Calhoun tapota l'épaule du chien pour lui dire de la boucler.

Le soleil n'était pas censé se lever avant une heure, mais déjà le ciel noir commençait à tourner au violet terne. Calhoun se pencha en avant pour scruter les buissons. Il perçut un mouvement vague près de l'endroit où son camion était garé, puis une silhouette sombre qui longeait précautionneusement la clairière, tapie sous les arbres.

Non. Deux ombres.

Sans les quitter des yeux, il se baissa lentement pour attraper son fusil. Ralph grogna de plus belle et Calhoun lui donna une nouvelle tape sur l'épaule.

Les deux formes se détachèrent des buissons. Elles s'aventurèrent sur le terrain, face à la cabane.

Une biche et son faon. Ils glissaient dans la semi-pénombre comme deux spectres, à moins de dix mètres de l'endroit où Calhoun et Ralph se dissimulaient. La biche marchait la tête haute, l'œil alerte, et le faon – à peine plus gros qu'un lièvre – imitait sa mère. Sans doute avait-elle humé la présence de l'homme et du chien, et cette odeur la troublait.

Un instant plus tard, ils disparaissaient dans les bois sombres.

Affaissé contre le chêne, Calhoun vida lentement l'air de ses poumons. Les paumes de ses mains étaient couvertes de sueur et son cœur battait la chamade.

Il se pencha et gratta le museau de Ralph.

— Bon boulot, chuchota-t-il. T'as l'ouïe et l'odorat. J'ai l'œil et le fusil. À nous deux on fait un vrai prédateur.

Il veilla encore une heure jusqu'à ce que les oiseaux entament le chœur du matin et que le jour s'insinue sous les arbres. Puis il se leva, s'étira, ramassa son fusil, sa couverture et sa Thermos et rapporta le tout chez lui à pas traînants.

Ralph trotta vers sa gamelle d'eau et la vida à coups de langue.

Calhoun programma la cafetière pour 11 heures. Puis il retourna dans sa chambre et s'affala sur le lit.

Ralph vint le rejoindre et se coucha sur le plancher.

— C'est ton tour de garde, lui dit Calhoun. Pas la peine de me réveiller pour une satanée biche.

Il consulta sa montre. 5 h 10. Il régla son horloge biologique sur 11 heures, bascula sur le ventre et s'endormit aussitôt.

Il dormit mal. Saturé de caféine et d'adrénaline la nuit précédente, il les sentait fuser dans ses veines, et lorsqu'il se réveilla – sa montre indiquait 10 h 35 – il se sentait encore fatigué. Ses rêves s'étaient dissipés au moment où il ouvrait les yeux, lui laissant un sentiment vague d'anxiété et de mélancolie.

Il se déshabilla, entra en titubant dans la salle de bain et fit couler la douche. L'eau fraîche dissipa un peu le brouillard accumulé dans sa tête, et il resta longtemps sous le jet, essayant d'organiser mentalement sa journée.

Il se sécha, enfila un jean et un T-shirt, se versa une tasse de café et sortit sur la terrasse. Il écouta la rivière chantonner en refaisant le plein de caféine.

Enfin il reprit son fusil, monta dans son camion et se dirigea tout droit chez Jacob Barnes.

Après s'être servi en essence à la pompe, Calhoun se gara à côté de l'épicerie, près d'un livreur de Pepsi-Cola. Ralph, apparemment résigné à passer ses journées reclus dans une cabine de camion, ne leva même pas la tête lorsqu'il descendit du véhicule.

Comme toujours, la boutique était sombre et sentait le renfermé. Appuyé sur sa canne, le vieux Jacob bavardait avec le livreur de Pepsi qui rechargeait la glacière adossée au mur. Marcus, le petit-fils de Jacob, feuilletait un magazine derrière le comptoir.

Calhoun alla le rejoindre.

— Bonjour, Marcus.

Marcus leva les yeux.

— B'jour.

Il portait son habituelle salopette et sa casquette des Mets.

Calhoun sortit son portefeuille et posa deux billets de 10 dollars sur le comptoir.

— J'en ai pour 15 dollars tout rond.

Marcus lui rendit sa monnaie et Calhoun glissa le billet de cinq dollars dans son portefeuille. Il désigna Jacob d'un signe de tête.

— Il en a pour longtemps, ton grand-père ?

Jacob tourna la tête et le regarda.

— J'arrive, Stoney.

Marcus se replongea dans son magazine tandis que Calhoun observait nonchalamment les vidéos de location.

Enfin le livreur de Pepsi sortit en traînant son chariot par la porte de devant et Jacob rejoignit Calhoun en clopinant, la main tendue.

— Comment va, Stoney ?

Calhoun lui serra la main.

— On fait aller, Jacob. Dis-moi, je peux faire appel à ta mémoire ?

— Pour ce qu'il en reste… pas de problème. Viens t'asseoir.

La boutique de Jacob contenait trois fauteuils à bascule à l'arrière et les gens du coin s'y retrouvaient parfois pour boire un café et taper le carton. Calhoun se rappela les paroles de Millie : impossible de garder un secret dans le Maine. Il soupçonnait qu'un certain nombre de squelettes locaux sortaient du placard dans l'arrière-boutique de Jacob.

Celui-ci s'assit en poussant un gémissement sourd.

— Cette foutue artère-ite, grommela-t-il. Pour sûr, ça s'améliore pas. Quand j'avais Ingrid, elle me frottait le dos et tous les endroits où j'arrive pas à me masser moi-même. (Il secoua la tête.) Enfin bon. T'as pas fait tout ce trajet pour écouter mes jérémiades, hein ?

Il adressa un sourire rapide à Calhoun.

— Non, dit Calhoun.

— Ça me va. Remarque, moi, je les trouve captivantes.

Calhoun sourit à son tour.

— Tu te rappelles que j'ai trouvé le corps de Lyle du côté de Keatsboro, la semaine dernière ?

Jacob acquiesça.

— Près de l'ancienne propriété des Potter. Le shérif et toi, vous m'avez montré le portrait du type qui a fait le coup.

— Exactement. Un dénommé Green. Tu sais que Lyle était un de mes amis. Pour tout te dire, c'est moi qui aurais dû emmener Green là-bas ce jour-là. Ça a été un mauvais jour pour Lyle. Il s'est retrouvé au mauvais endroit au mauvais moment.

Calhoun pencha la tête de côté, invitant Jacob à réagir.

Mais tout ce que Jacob dit, ce fut :

— J'sais pas si je vais t'être très utile, Stoney. Ce Green, je l'ai jamais vu. J'ai fait gaffe à ce que tous ceux qui entrent ici jettent un œil au dessin. Mais j'ai rien entendu qui vaille la peine d'être répété, si c'est ça qui t'inquiète, et ça fait une paye que j'ai pas mis les pieds du côté de chez Potter.

— En fait, ce terrain appartient à quelqu'un d'autre depuis quelques années.

— Pour sûr. Mais nous autres, on dit toujours chez Potter. Personne d'autre n'y a vécu depuis l'incendie.

— Et Raczwenc, c'est un nom qui te dit quelque chose ?

Jacob cligna des yeux deux ou trois fois.

— Bon Dieu, ça fait une éternité que j'ai pas entendu ce nom. Les Raczwenc, c'est la famille qui a vendu le terrain à Potter. (Il se pencha vers Calhoun.) Tu sais, Stoney, je me rappelle ce qui s'est passé y a cinquante ans aussi net que si ça datait de ce matin. Mais si tu veux savoir ce que j'ai mangé hier au dîner, t'en seras pour tes frais. Bien sûr que je me rappelle les Raczwenc. Ils étaient venus de Pologne, ou un pays de ce genre, avant la guerre. Il y avait Saul et puis sa femme – du diable si je me rappelle son nom. Bref, ils ont acquis une grande parcelle là-haut, à Keatsboro, et ils se sont installés pour cultiver la terre. Saul, il venait s'approvisionner ici tous les quinze jours. On vendait de l'alimentation pour bétail à l'époque. Mon père était encore de ce monde, mais c'est moi qui tenais la boutique. Ce Saul, c'était un drôle d'oiseau. Mais un type bien. Il trimait dur, il prenait soin de sa terre.

— Les Potter qui ont perdu leur maison dans l'incendie, je me demandais si tu te rappelais quelque chose sur eux.

— Ils venaient du Sud, ces gens-là. Sam Potter a racheté le terrain à Saul Raczwenc et, tu me croiras si tu voudras, il s'est construit une baraque au fin fond des bois. L'avait beau faire, comprenait rien à l'agriculture. (Jacob hocha la tête.) Sam est mort dans cet incendie. Il a été le seul dans le coin, même si pas mal de maisons et de granges ont brûlé de fond en comble. Sam Potter, il était pas du coin. Comprenait rien non plus aux incendies.

— Qu'est devenu le restant de sa famille ?

— À ce que je sais, Mme Potter – Emily, elle s'appelait – a ramené les gosses en Floride. C'est pas que je les connaissais intimement, les Potter. Ils étaient plutôt réservés. Sam était du genre maussade. Il y venait parfois ici avec un de ses gosses. Une fille et un gamin. Maussades, eux aussi. Les gens disaient que Potter, quand il servait dans l'armée, il avait été un des premiers à pénétrer dans les camps de concentration, et qu'il avait plus jamais été le même après. Il était comme un homme qu'a vu le diable, ça je peux te le dire.

— Après l'incendie, est-ce qu'on a enterré Potter sur place ?

— Bon Dieu, non. Qu'est-ce que tu t'imagines ?

Calhoun haussa les épaules.

— J'ai traîné de ce côté l'autre jour, je me demandais si c'était pas une vieille tombe qu'il y avait là-bas.

— Aux dernières nouvelles, Potter dormait en paix dans le cimetière de Keatsboro. À moins qu'il ait déménagé, ça doit être toujours le cas. (Jacob plissa les yeux.) Tu sais, Stoney, il y a des gens qui disent que la ferme des Potter est hantée. C'est pas mourir en paix que de mourir dans un incendie. Ils disent que les âmes calcinées hantent les parages même quand leurs corps sont enterrés ailleurs.

Calhoun songea au pied fantôme.

— Et les Raczwenc, qu'est-ce qu'ils sont devenus ?

Jacob laissa son regard se perdre à l'horizon.

— C'est une bien triste histoire, Stoney. Le vieux Saul, il s'est pendu. Son fils l'a trouvé dans la grange à foin, au bout d'une corde qu'il avait accrochée à une poutre. Sa femme, elle est morte du cancer quelques années après l'incendie.

— Et leur propriété ?

— Bon Dieu, Stoney, je croyais que t'étais au courant. Tu connais David Ross, non ?

— Bien sûr.

— C'est David Raczwenc, dit Jacob. Le fils Raczwenc.

— Il a changé son nom ?

Jacob acquiesça.

— David Ross a trouvé son père pendu dans la grange. Sacré coup dur.

Calhoun hocha la tête.

— Donc, après l'incendie, Ross a racheté aux Potter le terrain qui appartenait à sa famille. Et puis…

— 'Scuse-moi, grand-père.

Jacob jeta un œil par-dessus l'épaule de Calhoun et dit :

— Oui, fiston ?

Calhoun se retourna. Marcus se tenait dans son dos avec son sourire inepte. Il dit :

— Faut que j'y aille.

— T'as une jolie fille qui t'attend, fiston ?

Marcus secoua la tête.

— Il y a Ollie Sorenson qui veut que je l'aide à ramener du petit bois.

— Vas-y, alors. Dis bonjour à Ollie pour moi.

Marcus adressa un signe de tête à Jacob, puis à Calhoun, avant de faire demi-tour et de sortir.

Jacob soupira et se releva en s'appuyant sur sa canne.

— J'ai plus qu'à me remettre au boulot, maintenant. (Il parcourut la boutique en boîtant.) Tu voulais rien savoir d'autre ?

Calhoun le suivit en résistant à la tentation de le prendre par le coude pour le guider.

— Je ne crois pas, non, dit-il. J'essaie juste de comprendre ce qui s'est passé là-bas, pourquoi Lyle s'est fait tuer.

— Quand ils auront attrapé ce Green, t'auras ta réponse, dit Jacob. D'ici là, si j'entends parler de quoi que ce soit, je te fais signe.

L'église protestante de Keatsboro donnait sur la place du village, avec de ravissantes maisons anciennes, un magasin d'antiquités et une galerie d'art. La place formait un carré parfait, entouré d'élégants érables. En son centre s'élevait une réplique miniature du Washington Monument, érigé en mémoire des jeunes gens qui avaient donné leurs vies dans des guerres successives. Quatre allées pavées y menaient des quatre coins de la place, et quelques pièces d'artillerie datant de la Grande Guerre étaient dispersées tout autour. Les allées étaient bordées de parterres soigneusement entretenus.

Calhoun se gara devant la petite église blanchie à la chaux. Il claqua des doigts à l'intention de Ralph, qui se leva, bâilla et descendit du camion.

Derrière l'église, les pierres tombales s'alignaient face à l'ouest, sur une colline qui descendait jusqu'à une prairie où paissait un troupeau de vaches. Au loin, les collines du New Hampshire se découpaient sur l'horizon. Le cimetière s'étendait sur une centaine de mètres, circonscrits par un grand portail en fer, peint en noir. Le portail était entrouvert, et Calhoun entra.

Il y avait des centaines de tombes, quelques-unes vastes et ornées, d'autres modestes et sobres. Calhoun commença à les passer en revue. Certaines remontaient aux années 1700 et 1800. On y lisait des histoires de fermiers yankees opiniâtres, avec leur série d'épouses qui leur avaient chacune donné plusieurs enfants avant de mourir épuisées.

Çà et là, un petit drapeau américain fané était planté dans le sol, et quelques pots contenaient des tiges brunâtres qui avaient été des fleurs. Memorial Day avait eu lieu un mois plus tôt, se rappela Calhoun.

Il découvrit Sam Potter à mi-chemin sur la pente. Une pierre tombale indiquait : SAMUEL EMERSON POTTER : 12 MARS 1909 – 22 OCTOBRE 1947. VÉTÉRAN DE LA SECONDE GUERRE MONDIALE, ÉPOUX FIDÈLE D'EMILY GRAYSON POTTER, PÈRE AIMANT DE LAWRENCE ET MARTHA. DIEU AIT SON ÂME.

Un petit drapeau américain était fiché dans le sol et un pot de plastique bon marché, contenant un géranium anémique, s'appuyait contre le flanc de la tombe. Contrairement à la plupart des autres fleurs, celles-ci étaient encore en vie, même si elles donnaient l'impression de ne pas avoir été arrosées depuis longtemps.

Plus d'un demi-siècle après sa mort, quelqu'un se rappelait encore Sam Potter et, pour une raison ou une autre, Cahoun se sentit infiniment triste à cette pensée.

Il siffla Ralph et s'assit au pied de la tombe. Le chien se coucha près de lui. Calhoun lui gratta les oreilles quelques instants. Puis il s'étendit sur le sol, les bras croisés sous la tête, et attendit que Sam Potter lui chuchote ses secrets à l'oreille.

26

Il laissa ses paupières s'alourdir et ses pensées partir à la dérive, prêt à recevoir tout message que Sam Potter aurait décidé de lui transmettre, qui l'aiderait à comprendre ce qui s'était passé sur sa propriété, soixante ans après sa mort.

Il se rappelait les paroles de Jacob Barnes : les fantômes des victimes d'incendie continuaient à hanter l'endroit où ils avaient été brûlés vifs, même lorsque leur corps était emporté et enterré ailleurs. En matière de fantômes, Calhoun n'était pas incrédule. Il avait vu des corps dans des rivières, des pieds surgir du sol. La nuit, il avait des visions. Il ne savait plus trop distinguer fantômes et fantasmes.

Une apparition de Sam Potter serait la bienvenue, quand bien même elle serait née de sa pauvre cervelle foudroyée. Il n'était pas à un fantôme près.

Mais Potter ne lui dit rien.

Au bout d'une demi-heure, il se releva péniblement et épousseta les brins d'herbe de son pantalon. Ralph et lui revinrent au camion. Dix minutes plus tard, ils s'arrêtaient devant le sentier qui menait à travers bois et descendait au barrage où Lyle avait trouvé la mort.

Une semaine plus tôt, jour pour jour.

En cette après-midi d'été, le chant régulier des cigales résonnait dans les sous-bois, ponctué par le croassement lointain d'un corbeau. Au-dessus de sa tête, le feuillage luxuriant projetait une ombre fraîche et dense sur la forêt, et les herbes et fougères qui frôlaient les jambes de Calhoun dégageaient une odeur tenace, épicée. Ralph trottait à ses côtés en s'arrêtant parfois pour renifler un rocher ou une souche pourrie, sans montrer toutefois la moindre envie de s'enfoncer dans les bois, même lorsqu'un écureuil se faufila entre les trous du muret qui longeait le chemin.

Ils s'arrêtèrent près du barrage. Calhoun s'assit, les bras autour de ses genoux, et contempla la rivière. Jacob n'avait rien dit sur les coutumes des fantômes victimes d'assassinat et de noyade, mais si l'esprit de Lyle hantait les parages, Calhoun voulait lui laisser une chance de se manifester.

Ralph entra dans l'eau jusqu'au ventre, but et pataugea un moment. Puis il s'extirpa du bassin, alla rejoindre Calhoun et s'ébroua vigoureusement pour se sécher. Là-dessus, il s'allongea et ferma les yeux.

Calhoun essuya d'un revers de manche l'eau que Ralph avait pulvérisée sur son visage.

— Faut croire que je deviens dingue à traquer des fantômes, dit-il au chien. Peut-être que je suis fou. Cela dit, je ne crois pas que les fous savent qu'ils sont fous. Peut-être qu'un fou, par définition, ignore qu'il est fou. Et dans ce cas, je ne suis pas fou. Parce que, ces derniers temps, je me pose la question.

Ralph ouvrit les yeux et le regarda d'un air de dire : "En ce qui me concerne, tu es bon pour la camisole, mais je t'aime comme tu es."

Si le fantôme de Lyle hantait le réservoir, il n'avait rien à dire à Calhoun qui, passées quinze ou vingt minutes, se releva, retraversa le barrage avec Ralph et remonta la colline jusqu'aux ruines de l'ancienne ferme.

Il fouilla parmi les pierres éboulées sans découvrir d'autres zones fraîchement creusées, ni aucune autre dent en or. Il se glissa dans les fondations envahies par les ronces et le sumac. Parmi les mauvaises herbes, les poutres calcinées et les ressorts de matelas rouillés, il trouva des débris de vaisselle, des couteaux et des fourchettes tordus, des fragments de verre, des pots et casseroles, des cadres de photos en métal – rien de plus que ce à quoi on pouvait s'attendre.

Il donna à l'âme calcinée de Potter une demi-heure pour se montrer, et lorsqu'elle déclina l'invitation, Ralph et lui se levèrent et rentrèrent chez eux.

Calhoun et Ralph déjeunèrent sur le tard – deux granny smith, une canette de Coca et un biscuit pour chien – près de la rivière. Il était environ 4 heures, un peu tôt pour que les truites se manifestent, mais la mélodie de l'eau finit par le calmer. Apparitions au fil de l'eau, soyez les bienvenues.

Calhoun avait fini ses pommes et bu la moitié de son soda lorsqu'il entendit claquer une portière de voiture. Ses pensées allèrent au fusil qu'il avait laissé derrière le siège du camion. Puis il se dit que si Green venait le tuer en plein milieu de l'après-midi, il faudrait qu'il soit vraiment stupide pour que Calhoun puisse en venir à bout sans aucune arme.

Deux minutes plus tard, le shérif Dickman apparut en haut du sentier qui menait à la rivière. Il mit sa main en visière, puis l'agita en guise de salut avant de le rejoindre.

Il s'assit sur le rocher près de Calhoun.

— Je passais par hasard, dit-il.

— Tu parles…

Dickman sourit.

— OK, je suis venu te voir.

— N'oublie pas ta promesse.

— Je m'y tiens, Stoney. Je voulais juste savoir comment tu t'en sortais.

— Au poil. C'est pour ça que tu as fait le détour ? Pour savoir comment je m'en sortais ?

— Bien sûr. Enfin, en partie pour ça. La dernière fois que je t'ai vu…

— … tu as pensé que j'étais fou.

— Je n'ai jamais pensé ça, Stoney. Mais je me suis fait du souci pour toi. J'espère que ça ne t'ennuie pas que tes amis pensent à toi.

— Non, mais tout va bien. Tu veux bien compléter le *en partie* ?

Le shérif acquiesça.

— J'ai appris une ou deux choses que tu mérites de savoir, me semble-t-il.

Il ôta son Stetson et le posa sur son genou.

Calhoun dit :

— Moi aussi, j'ai du neuf.

— Ah oui ?

— Toi d'abord.

Le shérif haussa les épaules.

— Très bien. Green, pour commencer, même si on sait que ça n'est pas son vrai nom. J'ai envoyé un exemplaire de ton dessin au poste de Saint Augustine, en Floride, là où le vrai Fred Green s'est fait voler sa carte de crédit, et tu me croiras si tu veux, mais ils l'ont identifié.

Calhoun sourit.

Le shérif le regarda en plissant les yeux.

— Parce que tu crois savoir qui il est ?

— J'ai ma petite idée, dit Calhoun, mais je ne voudrais pas te gâcher le plaisir.

— Il s'appelle en réalité Lawrence Potter. (Dickman pencha la tête sur l'épaule, les yeux mi-clos.) C'est à ça que tu pensais ?

— C'est une idée qui m'a traversé l'esprit.

— Tu aurais pu me le dire.

— Ça date de cette après-midi seulement, shérif. Allez, continue.

— Lawrence Potter, reprit Dickman. Né en 1936 de Samuel et Emily Potter. A obtenu son diplôme d'études supérieures à

Rollins College en 1958. Place des contrats d'assurance maritime en Floride depuis 1958. Célibataire. A vécu avec sa sœur aînée…

— … Martha, dit Calhoun.

— Exact. Martha. (Dickman secoua la tête, dévisagea Calhoun un moment, puis haussa les épaules.) Quoi qu'il en soit, Lawrence Potter s'est comporté en citoyen exemplaire. Deux fois président du Rotary Club, entraîneur de foot, tu vois le genre. Le seul vice qu'on lui connaît, c'est les bateaux. Les bateaux et la pêche. Il aime les bateaux de luxe.

— C'est pas un vice, la pêche.

Dickman sourit.

— Il y a un mois environ, l'Alzheimer de Martha s'est aggravé à tel point que son frère dévoué s'est résigné à la placer en centre hospitalier.

— Le même où… ?

— Oui, dit le shérif. Le même où réside un malheureux aveugle du nom de Fred Green. En fait, Martha occupait la chambre voisine. J'ai appelé la compagnie où Potter est employé. Il est en congés. Il va toujours pêcher en juin, qu'ils ont dit. Il voyage un peu partout : Montana, Alaska, Islande… Il est parti dimanche dernier en disant à tout le monde qu'il se rendait dans l'Oregon.

— Et il est venu dans le Maine.

— Bien entendu, dit le shérif. (Il ramassa un caillou et le jeta dans la rivière.) Hier, on a tracé sa carte de crédit.

— Tracé ?

Dickman acquiesça.

— Potter a contacté un loueur de voitures à l'aéroport de Portland, hier matin, il a réservé une voiture, donné le nom de Green et son numéro de carte de crédit. Il était censé aller chercher la voiture vers midi.

— Mais il ne l'a pas fait, sans quoi tu l'aurais attrapé.

— Oui, dit le shérif. Quand l'agence a vérifié le numéro, elle a vu que la carte avait été volée. Ils nous ont appelés immédiatement, j'ai prévenu la police de l'État et ils sont allés l'attendre. Il n'est jamais venu. Mais il traîne encore dans le coin.

— Il a dû se méfier, dit Calhoun. Hier, je suis allé à Craigville. J'ai parlé à Mme Sousa, du Lobster Pot. Elle m'a dit qu'il cherchait un guide. J'ai parlé à un type appelé Blaine, qui vend des appâts dans la région. Green – enfin Potter – était à la recherche d'un étang dans le coin et il lui a recommandé un certain Lyle MacMahan.

Le shérif secouait la tête.

— Rien de tout cela n'explique pourquoi il a tué Lyle.

— Si c'est lui qui a tué Lyle.

— Qui d'autre ?

Calhoun haussa les épaules.

— Je ne sais pas. C'est lui, je suppose. J'essaie juste de ne pas tirer de conclusions hâtives.

— Mouais. Nous, qui sommes censés faire respecter la loi, on sait bien que les choses sont le plus souvent ce qu'elles paraissent. On arrive le plus vite possible aux conclusions, Stoney, parce que comme ça on ne perd pas trop de temps. Tu as des raisons de croire que ce n'est pas Potter qui manigance tout ça ?

Calhoun secoua la tête.

— Non. Aucune raison.

Il laissa son regard errer à la surface de l'eau. Quelques éphémères sortaient des buissons en voletant. Elles plongeaient à la surface de l'eau et en ressortaient aussi vite. Bientôt elles entameraient leur danse nuptiale tourbillonnante, puis elles tomberaient à la surface de l'eau et les truites monteraient des profondeurs pour les avaler.

Calhoun se tourna vers le shérif.

— Lawrence Potter vivait là-haut au sommet de cette colline, à Keatsboro. Il avait dans les onze ans en 1947. Sa mère était sans doute ailleurs quand l'incendie a dévasté la propriété. Sa sœur et lui étaient à l'école, probablement. Les Potter étaient originaires du Sud, et Emily Potter a dû ramener les gosses là-bas après l'incendie. Ça remonte à près de soixante ans, et voilà que Lawrence Potter décide de revenir à Keatsboro et de visiter l'ancienne propriété de sa famille. Il lui fallait un guide pour l'aider à la retrouver. En chemin, il s'arrête au cimetière de l'église protestante pour mettre un géranium sur la tombe de ses parents.

— Après quoi, il descend Lyle, dit le shérif.

— Sans doute. Et…

Dickman leva la main.

— Holà, doucement, Stoney. Si Potter voulait juste retourner sur les lieux de son enfance…

— … pourquoi avoir pris un faux nom et volé une carte de crédit ?

Le shérif opina.

— Exact.

— Et pourquoi faire croire qu'il voulait aller à la pêche ?

— Tu parles comme si tu avais la réponse, Stoney.

Calhoun secoua la tête.

— Je n'ai pas la réponse. Mais une chose est sûre.

— Quoi donc ?

— Il préparait un sale coup.

— Et de fait, il a tué Lyle.

— C'était peut-être ça, dit Calhoun.

Il se remit à contempler la rivière.

— Eh bien, dit le shérif, à supposer que ce n'est pas Potter qui a tué Lyle, qui est-ce ?

— Des fantômes, grommela Calhoun.

— Quoi ?

— Rien.

Le shérif regardait Calhoun les sourcils froncés.

— Stoney, tu commences à m'inquiéter.

— C'est gentil mais c'est inutile. N'oublie pas ta promesse.

— Je n'oublie rien. (Dickman se leva et remit son chapeau sur sa tête.) Bon, je me disais juste que je te tiendrais au courant. Merci de me rendre la pareille. (Il fit demi-tour, puis s'arrêta.) Fais attention à toi, hein ?

— J'en ai bien l'intention, dit Calhoun. (Il se leva et se donna une claque sur la cuisse pour avertir Ralph de le suivre.) Je t'accompagne à ton camion. J'ai quelque chose pour toi.

Lorsqu'ils arrivèrent à hauteur de la cabane, Calhoun alla sur la terrasse et dit :

— Regarde un peu ça, shérif.

Il désignait les deux balles enfoncées dans la cloison, près de la porte. Dickman alla les examiner de près, puis regarda Calhoun.

— Tu me permets d'envoyer quelqu'un pour les extraire ?

— Aucun problème, dit Calhoun. Fais-moi savoir quand il viendra, que je ne l'accueille pas à coups de fusil. Et viens boire un Coca.

Ils rentrèrent.

— Dans le frigo, dit Calhoun. Tu n'as qu'à te servir.

Il regagna sa chambre, ouvrit le tiroir de la commode et sortit le sachet contenant les douilles que Kate et lui avaient trouvées.

Debout près des portes coulissantes, Dickman buvait en contemplant les bois.

— Tiens, dit Calhoun en lui tendant le sachet. Regarde si ça te dit quelque chose.

Dickman brandit le sachet à la lumière du jour pour en examiner le contenu, puis il acquiesça et le fourra dans sa poche.

— Faut que je reprenne la route, Stoney. Merci pour le Coca. (Il hésita, puis s'approcha de Calhoun, main tendue.) Fais attention à toi.

Calhoun lui serra la main.

— Ne t'inquiète pas.

Dickman sourit.

— Si tu trouves que c'est trop pour un seul homme, fais-moi signe.

— Compte sur moi, dit Calhoun.

Le téléphone sonna vers 8 heures. C'était Millie.

— J'ai encore un peu fouiné pour toi, dit-elle.

— Et tu as trouvé quoi ?

— Une ou deux choses. Pour commencer, David Raczwenc…

— … David Ross, dit Calhoun. Il a changé son patronyme.

— Bien joué, Stoney. Je me disais que c'était une info plutôt juteuse.

— Bon début. Mais Jacob m'en avait déjà parlé.

— Que dis-tu de ceci, alors ? Cette société de promotion immobilière, A&I, elle appartient à David Ross et Jacob Barnes, associés. Ce sont eux qui possèdent la propriété de Potter.

— Ross et Barnes, dit Calhoun. Excellent tuyau, Millie. (Il réfléchit une minute.) A&I. Anna Ross et Ingrid Barnes. Jacob a fait une allusion à Ingrid. C'était sa femme, non ?

— Oui, dit Millie. Elle est décédée peu avant ton arrivée. Ils étaient très attachés l'un à l'autre.

— Alors comme ça, Jacob et David se sont associés pour former une société, et ils l'ont baptisée d'après leurs épouses respectives. Hmm…

— Ça s'est passé comme ça, dit-elle. A&I a été créée en 1973. Barnes était président, Ross trésorier, Anna secrétaire. Ingrid faisait partie du conseil d'administration. Ils ont acquis cette parcelle pour un dollar tout rond, payable à David Ross, et la société n'a fait aucune transaction depuis. Ils archivent un bilan écrit chaque année, ils paient la taxe immobilière sur le terrain, et c'est tout. Je me suis renseignée discrètement, Stoney, et à ce qu'on m'a dit, Ross s'est trouvé dans la dèche en 1973. Au lieu de vendre une partie de son terrain, il a convaincu Jacob de lui prêter de l'argent en échange de la moitié de ses parts. Apparemment, ils n'ont jamais mis le terrain en vente. Ils n'ont rien prévu pour le diviser en parcelles ou le faire aménager, ils n'ont jamais discuté avec des promoteurs.

— Ils le gardent au chaud, quoi.

— Ouaip.

— Dans quel but ?

— C'est bien la question, Stoney. Si tu trouves la réponse, elle ne viendra pas seule, je parie. (Elle hésita.) Je suis encore une ou deux pistes.

— Quel genre de pistes ?

— Faudra que je t'en parle. J'ai rapporté chez moi une série de documents que j'ai photocopiés et je n'ai pas fini de les parcourir. Sauf si je me trompe, ça va t'intéresser tout plein.

— De quoi ça parle ?

— Je ne t'en dis pas plus pour l'instant, Stoney.

— Allez, donne-moi un indice.

Il l'entendit glousser.

— Non.

— Millie, bon Dieu…

— Rien à faire. Je t'en reparlerai.

— Je voudrais te dire…

— Tu voudrais me dire que je suis la femme la plus sexy, la plus futée, la plus loyale et la plus séduisante de tout l'État du Maine. Non ?

Il rit.

— Après Kate, bien sûr, dit-elle.

— En fait, je tenais à dire que tu es la pire aguicheuse de tout le comté de York.

— Je suppose que c'est un compliment.

— Merci pour tout, Millie.

— Tout le plaisir est pour moi, Stoney. Laisse tomber.

— Non, on va se trouver un vrai restau de luxe à Portland. Toi, moi et Kate. Tenue de soirée. J'irai jusqu'à mettre une cravate. Serviettes en lin, bougies sur la table, un bon vin français, on commencera par des truffes et des escargots.

— Ce serait chouette, dit Millie. Ce serait vraiment chouette.

27

Après avoir raccroché, Calhoun sortit chercher l'anthologie cachée derrière le siège de son camion. Il voulait relire la nouvelle de Faulkner, *L'Ours*. Son expérience de la veille, alors qu'il s'apprêtait à passer la nuit dehors, à guetter Green dans l'espoir de le prendre en embuscade, lui avait rappelé le héros de l'histoire, Ike McCaslin, un garçon de seize ans qui se prépare à affronter un ours. Comme lui, Calhoun était resté sur le qui-vive, les sens en alerte, excité et terrifié à la fois. Il avait senti l'instinct du chasseur pétiller dans chacun de ses gênes, avec la certitude qu'il avait chassé par le passé, que ses ancêtres chassaient depuis la nuit des temps.

Il s'assit et ouvrit le gros livre sur ses genoux. Ralph arriva en frétillant et s'affala sur le sol à ses côtés. Dehors, la nuit tombait.

Calhoun commença à relire l'histoire de Faulkner et il ne fut pas surpris qu'elle réveille en lui des échos qui lui avaient échappé à la première lecture. *C'était comme si le garçon pressentait ce que ses sens et son intellect n'avaient pas encore bien saisi*, écrivait Faulkner. *Cette terre perdue et déserte dont les lisières étaient constamment, puérilement mordillées par des hommes munis de haches et de charrues, qui la craignaient parce qu'elle était sauvage.* Calhoun possédait sa terre à lui, sauvage et perdue dans les bois, et il n'avait pas l'intention de la laisser envahir par qui que ce soit.

Il était près de minuit lorsqu'il referma le livre. Il se remit debout. Ralph leva la tête de ses pattes et le regarda.

— C'est l'heure, dit Calhoun.

Thermos de café, couverture d'armée, fusil, provision de cartouches. Il éteignit toutes les lumières et sortit avec Ralph sous le porche, où il resta jusqu'à ce que ses yeux se fassent à l'obscurité.

Calhoun choisit une nouvelle cachette, à l'intérieur de la clairière, juste en face du porche. De là, il avait une bonne vue sur l'endroit où le chemin dessinait une courbe à flanc de colline, s'éloignant de la cabane pour rejoindre la route. Il trouva un arbre assez large pour s'y adosser confortablement et s'installa.

D'avoir relu *L'Ours*, il lui venait de nouvelles pensées sur Potter : il ne devait pas le sous-évaluer. L'homme était vieux, d'accord, mais il avait réussi à tuer Lyle. Un fusil allié à un cerveau alerte, ça relativisait les différences d'âge, de force et de dextérité. Peut-être qu'il reviendrait de jour la prochaine fois. Peut-être qu'il agirait tout à fait différemment. Mieux valait se tenir prêt à tout.

Calhoun ne devait plus relâcher sa vigilance. Pas même de jour. Ni quand il était loin de sa cabane, dans son camion, ou à la boutique. Pas avant que cette affaire ne soit réglée. Potter s'était montré résolu à le tuer, et rien n'indiquait qu'il ne renouvellerait pas sa tentative. Il la renouvellerait jusqu'à ce qu'il ait réglé son compte à Calhoun… ou l'inverse.

Aussi Calhoun passa-t-il la nuit dehors, ravitaillé en caféine, son fusil sur les genoux, Ralph dormant d'un sommeil agité à côté de lui. Il écouta les sons nocturnes des bois et regarda les étoiles tourner dans le ciel. Ses pensées tournoyèrent dans sa tête jusqu'au lever du soleil.

Il rentra, chargea la cafetière, se débarrassa de ses vêtements et prit une longue douche brûlante. Sans prendre la peine de se rhabiller, il héla Ralph, lui rappela que c'était son tour de veille, et se mit au lit.

Il se réveilla à 11 heures. Plus de brouillard dans sa tête. Pas de rêves aux effets secondaires. Deux tasses de café plus tard, il était fin prêt.

Il se rendit en camion jusqu'à la boutique de Jacob Barnes. Il était près de midi et le petit parking était encombré de pick-ups et de 4 × 4.

Lorsqu'il poussa la porte, il vit que l'arrière de la boutique était noir de monde. Toutes les chaises étaient occupées. Quelques hommes étaient debout contre le mur, d'autres accroupis sur le plancher, oscillant sur leurs talons. Tout le monde fumait, buvait des sodas et parlait à voix basse.

Pas un rire ne fusait du groupe. Calhoun n'entendait aucun des jurons obscènes ou des arguments vociférants qui étaient de mise dans ces réunions. Toutes les voix étaient graves.

Calhoun ne s'était jamais joint à ces séances. Les habitués étaient des gars du coin et, cinq ans après son arrivée, ils le considéraient encore d'un œil sceptique. Pour eux, il resterait toujours un étranger. Ils étaient toujours courtois, même amicaux avec lui. Mais ils ne lui feraient jamais tout à fait confiance.

Ça lui allait bien.

Jacob, derrière son comptoir, rangeait des boîtes de conserve dans un sac en papier à l'intention d'une femme que Calhoun ne connaissait pas.

La femme chargea le sac pesant dans ses bras et se retourna. Elle lança un coup d'œil à Calhoun, le salua de la tête et quitta la boutique. Calhoun s'approcha du comptoir.

— Marcus t'a laissé tomber aujourd'hui ?

— Il est sans doute allé voir s'il pouvait donner un coup de main, pour Millie.

Calhoun fronça les sourcils.

— Comment ça ?

Jacob se pencha au-dessus du comptoir en s'appuyant sur ses coudes.

— T'es pas au courant ?

— Au courant de quoi ?

— De l'incendie chez Millie.

— Un incendie ? (Calhoun secoua la tête.) Qu'est-ce qui s'est passé ?

— J'en sais rien, en fait. (Le regard de Jacob était grave.) C'est arrivé la nuit dernière. Sa maison a brûlé de fond en comble et elle, on l'a emmenée à l'hôpital.

— Elle va bien ?

— Disons qu'elle est encore en vie.

Calhoun assena un coup de poing sur le comptoir.

— Bon Dieu, grommela-t-il.

Il se pencha vers Jacob.

— À quoi est dû l'incendie ? Dans quel état est Millie ?

Jacob agita vaguement les mains.

— Ça s'est passé vers le milieu de la nuit. Ils ont tiré Millie de chez elle pendant que ça flambait, c'est tout ce qu'ils veulent bien dire. Ils lui ont collé un masque à oxygène et ils ont filé à l'hôpital, toutes sirènes hurlantes. Il y a pas grand-chose qui reste de sa maison, à ce qu'on dit. Juste les quatre murs, et encore. Moi, j'ai rien vu. Je suis ici depuis 6 heures du matin. Les gens qui arrivent me tiennent au courant.

— Quel hôpital ?

— Rochester, je crois. Le plus proche de chez elle. Faut croire qu'ils étaient pressés.

Calhoun hocha la tête.

— Merci, dit-il à Jacob.

Il sortit, monta dans son camion et prit la route qui menait chez Millie.

Un camion de pompiers stationnait devant la maison, et derrière lui se trouvait une Plymouth noire avec un gyrophare rouge sur le toit et un logo : CAPITAINE DES POMPIERS DU COMTÉ DE YORK. Calhoun se gara derrière la voiture, dit à Ralph de ne pas bouger et sortit.

La charpente était encore debout. Il y avait de gros trous dans le toit, des traces de fumée sur les montants vides des fenêtres et le long de l'avant-toit. La porte d'entrée s'était effondrée et, devant la maison, l'espace était jonché de meubles détrempés et noircis. La Jeep Cherokee de Millie était tapie dans l'allée latérale. Le flanc de la Jeep qui faisait face à la maison était noirci et la peinture boursouflée.

À côté, un petit homme aux cheveux gris, vêtu d'une chemise blanche à manches courtes, sans cravate, parlait à un pompier qui portait quant à lui un T-shirt, un jean et des bottes en caoutchouc jusqu'aux genoux, avec à la main un casque à visière. Lorsque Calhoun s'approcha, l'homme à la chemise blanche leva les yeux et eut un geste agacé.

— Circulez, dit-il. Ôtez votre véhicule de là.

— Millie est une amie à moi, dit Calhoun.

— Millie a beaucoup d'amis, dit l'homme. Mais c'est pas en traînant ici qu'ils l'aideront.

— Vous pouvez me dire ce qui s'est passé ?

L'homme secoua la tête et soupira.

— Écoutez, mon vieux, on n'a pas besoin de spectateurs ici. On essaie justement de comprendre ce qui s'est passé et vous nous gênez.

— Est-ce qu'elle va bien ?

L'homme se tourna vers le pompier et lui parla à voix basse un moment. Le pompier acquiesça, mit son casque et pénétra dans les décombres de la maison. Sur quoi le petit homme retourna à l'endroit où se tenait Calhoun.

Celui-ci lui tendit la main.

— Calhoun. J'habite plus bas, à quelques kilomètres de la grand-route.

— Chiesa, dit l'homme en exerçant sur la main de Calhoun une pression hâtive et molle. Je suis le capitaine des pompiers du comté. Je suis là depuis 4 heures du matin, monsieur Calhoun. Je suis affamé, épuisé et de mauvais poil, et j'essaie de disperser les badauds depuis l'aube.

— Et Millie ?

Chiesa secoua la tête.

— On l'a trouvée sans connaissance là-haut dans sa chambre. Elle a absorbé beaucoup de fumée. (Il haussa les épaules.) Aux dernières nouvelles, elle tenait bon.

— C'est à Rochester qu'ils l'ont emmenée ?

Chiesa acquiesça.

— C'est plus près que Portland.

Calhoun désigna les débris de la maison.

— On sait comment ça s'est produit ?

— Pas encore. Peut-être un court-circuit. Elle avait quelques prises surchargées au rez-de-chaussée. Un ou deux climatiseurs mal raccordés.

— Un incendie volontaire, peut-être ?

— Je ne peux rien dire pour l'instant. C'est pour ça que je suis là. Pour enquêter. Mais on vient juste de venir à bout de l'incendie. En général, c'est une question d'installation électrique.

— Le shérif Dickman est passé ?

— On l'a prévenu. Pour l'instant, il n'est pas censé intervenir.

— Millie avait deux chats, dit Calhoun.

— Première nouvelle, dit Chiesa.

Il regardait par-dessus l'épaule de Calhoun, qui se retourna. Le pompier était sorti de la maison et restait planté là, les sourcils levés.

— Du nouveau, Eddie ?

— Vous devriez venir voir, monsieur.

Chiesa opina.

— OK, j'arrive. (Il se tourna vers Calhoun.) Faites-moi une faveur, vous voulez bien ?

— Pas de problème.

— N'allez pas colporter des rumeurs. Je ne veux pas qu'on commence à parler d'incendie volontaire dans l'arrière-boutique de Jacob Barnes. Je sais que les hypothèses vont aller bon train.

Mais je ne veux surtout pas entendre raconter que le capitaine des pompiers a parlé d'incendie volontaire. Compris ?

Calhoun acquiesça.

— Pas de problème.

— Un détail encore.

— Oui ?

— Fichez le camp d'ici. Sans vouloir vous offenser, ne remettez pas les pieds ici, bon Dieu. Laissez-nous faire notre boulot.

— Reçu cinq sur cinq, dit Calhoun.

Il lui fallut une demi-heure pour gagner l'hôpital de Rochester. Il laissa le camion sur le parking, à l'ombre d'un érable, et baissa légèrement les vitres. Puis il entra.

La réceptionniste lui dit que Millie Dobson était dans l'unité de soins intensifs et que les visites étaient interdites. Elle ignorait tout de son état actuel.

Calhoun la remercia et traversa le hall d'accueil pour gagner les ascenseurs. Les soins intensifs étaient au second étage. Il trouva l'escalier et monta.

Deux infirmières siégeaient derrière un grand comptoir en fer à cheval. L'une était penchée sur un bloc-notes. L'autre, qui tournait le dos à Calhoun, surveillait une armada d'ordinateurs qui faisaient entendre une série de bips formant une mélodie basse et syncopée tandis que des lignes et des graphes se formaient sur les écrans.

Calhoun posa ses coudes sur le comptoir, et dit :

— Excusez-moi.

L'infirmière au bloc-notes leva les yeux.

— Oui ?

— Je viens pour Millie Dobson.

À la voir, on lui donnait la cinquantaine. Elle portait un cardigan bleu pâle sur une blouse blanche. Elle avait une chevelure gris acier, des yeux bleu vif et le corps légèrement affaissé des femmes mûres.

— Les visites ne sont pas autorisées, monsieur.

— Je suis son frère.

L'infirmière inclina la tête de côté. Puis elle sourit, et son visage se couvrit de rides bienveillantes.

— Ben voyons.

— Pouvez-vous me dire comment elle va ?

— Elle n'est pas tirée d'affaire. Toujours inconsciente. Il faudra peut-être l'opérer.

— L'opérer ? Je croyais… (Il secoua la tête.) Elle s'est retrouvée dans un incendie. Elle a absorbé de la fumée, un truc de ce genre.

— C'est sa blessure à la tête qui inquiète les médecins. Elle a subi un choc sévère.

— Une blessure à la tête ? Comment…

L'infirmière haussa les épaules.

— Ils pensent qu'elle a dû heurter quelque chose ou tomber en essayant de s'enfuir dans l'obscurité. Ils ne peuvent pas dire. Elle s'est fracturé le crâne. Les médecins craignent une hémorragie sous-durale.

— Bon Dieu, marmonna-t-il. Écoutez, il faut que je la voie.

— Et vous êtes son frère.

— Exactement.

— Vous vous appelez Dobson ?

— Non, je m'appelle Calhoun. Dobson, c'est le nom d'épouse de Millie.

L'infirmière feuilleta les papiers sur la planchette.

— Ça dit ici qu'elle n'est pas mariée.

— Et pourtant si, dit Calhoun. Elle a divorcé et gardé le nom de son mari.

L'infirmière eut un sourire un peu narquois et secoua la tête.

— Vous voulez vraiment la voir, hein ?

— Oui, m'dame.

Elle plissa les yeux et le dévisagea un moment.

— Entrez. Pas plus d'une minute.

L'infirmière sortit de derrière le comptoir et le guida dans le vestibule. Le lit de Millie était au milieu d'une petite pièce, cerné de machines. Sa tête était emmaillotée de bandages à la façon d'un turban. Un tube sortait de ses narines. D'autres couraient le long de son corps jusqu'à son poignet, attaché sur une planche. Un autre sortait de sous la fine couverture posée sur elle pour aboutir à une poche de liquide accrochée au pied du lit. Des fils électriques rattachés aux diverses machines se faufilaient hors de la couverture remontée sur sa poitrine.

Millie avait l'air rabougrie, grise, vieillie.

Calhoun laissa échapper un soupir.

L'infirmière effleura son bras.

— Je vous donne cinq minutes. Parlez-lui si vous voulez. Mais surtout ne touchez à rien.

Il acquiesça sans détacher son regard de Millie.

Il sentit que l'infirmière ressortait de la pièce.

— Holà, Millie, tu m'entends ?

Elle ne donna aucun signe de vie.

— C'est Stoney. Je suis venu te rappeler qu'on a rendez-vous pour aller dîner. T'as pas intérêt à me laisser tomber, parce que j'ai vraiment hâte d'y être. On se sapera comme des rois, on commandera un grand cru, peut-être qu'on ira danser après.

Le corps de Millie demeura immobile, mais Calhoun crut voir ses yeux remuer sous ses paupières. Il se rapprocha d'elle.

— Qu'est-ce qui s'est passé, Millie ? Qui t'a fait ça ? J'aimerais tant que tu me dises ce qui s'est passé. Que tu me dises si c'est de ma faute.

Elle ne lui donna aucune réponse.

Il recula, s'appuya contre le mur et observa son visage. Les machines alignées près de son lit faisaient entendre leur bip-bip et leur bourdonnement dans un silence clinique.

Puis l'infirmière reparut sur le seuil.

— Il faut partir, maintenant.

Il acquiesça, se rapprocha du lit pour effleurer la joue de Millie, puis il fit demi-tour et suivit l'infirmière hors de la chambre.

De retour près du comptoir, il tira de son portefeuille une des cartes de Kate et y inscrivit son numéro de téléphone.

— S'il vous plaît, dit-il, s'il y a quoi que ce soit de nouveau, vraiment quoi que ce soit, tenez-moi au courant.

Elle prit la carte, y jeta un coup d'œil et dit :

— Pas de problème. On vous appellera. Vous êtes… hum… son plus proche parent ?

— Oui, dit Calhoun. C'est bien ça.

28

D'ABORD Lyle.

Puis Millie.

Calhoun et Ralph étaient assis côte à côte près des ruines du pont qui enjambait naguère la rivière derrière sa cabane. Les truites sauvages commençaient à gober les éphémères qui patinaient à la surface du courant, plus vif à cet endroit. Deux truites s'étaient déplacées vers la zone où le courant se faisait plus lent. Une troisième, la plus grosse, était postée sous une touffe d'herbes inclinée au-dessus de l'eau près de l'autre rive, là où une roche immergée obligeait le courant à former un léger tourbillon.

C'était elle que Calhoun essayait d'attraper mentalement. Les autres étaient trop faciles.

Il se sentait responsable de ce qui était arrivé à Millie, tout comme il savait que Lyle n'aurait pas été assassiné s'il avait accepté d'emmener Green-Potter à la pêche. Milllie lui avait rendu service et elle avait fini à l'hôpital.

Simplifie, simplifie, disait Thoreau. Calhoun avait laissé trop de complications envahir sa vie. Sans l'avoir voulu. S'il avait été plus fort, rien de tout cela ne serait arrivé. Mais il avait laissé Lyle devenir son ami, il s'était autorisé à tomber amoureux de Kate. Il avait guidé et travaillé à la boutique. Il s'était lié avec Millie et le shérif Dickman, Jacob et Marcus, plus récemment Anna et David Ross. Et il n'en était résulté rien de bon. À présent Lyle était mort, Millie dans le coma, et Potter cherchait à le tuer, à son tour.

Eh bien, il faudrait régler cette histoire. Après, peut-être qu'il retournerait dans les bois pour tout reprendre à zéro. Se contenter de trouver de la nourriture, des vêtements, un abri et du carburant, les nécessités premières identifiées par Thoreau. Il fuirait le luxe superflu. Il essaierait de se convaincre que l'amour est un luxe, et d'en convaincre Kate.

Il était rentré tout droit chez lui après avoir quitté le chevet de Millie à l'hôpital de Rochester. Sur le chemin qui le ramenait à Dublin, il s'était promis de ne plus fouiner dans les parages. Plus d'enquête, plus de questions dangereuses pour ses amis. Il avait déjà fait assez de dégâts.

Pour la troisième nuit consécutive, il se prépara à veiller. Cette fois, il était presque impatient de s'y mettre. Son corps ajustait peu à peu ses rythmes afin de rester en veille et en alerte aux heures sombres de la nuit. Il s'accordait à cette vie nocturne qui furetait et voletait, fuyait et bourdonnait dans le noir. Il avait entendu les coyotes hurler, il avait vu les ombres lentes des ratons laveurs et des opossums dans les arbres, les engoulevents, les chauves-souris et les phalènes, les écureuils volants, les porcs-épics et les cerfs. Le bruit de la rivière résonnait, riche et sonore dans l'air nocturne, et il savait que ses truites ne cessaient d'engloutir les insectes toute la nuit durant.

Il se rappela un passage d'un poème de Whitman, qui l'avait frappé si fort qu'il avait pris la peine de le mémoriser :

Je suis celui qui va avec la tendre, la croissante nuit,
J'en appelle à la terre et la mer à moitié retenue par la nuit.
Viens près de moi, nuit, torse nu – près de moi, nuit magnétique, nuit nourricière !

Nuit des vents du sud, nuit des astres vastes et rares !
Nuit calme, nuit acquiesçante – nuit folle, nuit nue d'été.

Calhoun avait hâte d'entamer sa veillée nocturne.

À minuit, Ralph et lui sortirent de la cabane. Il chercha un nouvel emplacement en se dirigeant vers la clairière, non loin de l'endroit où l'homme s'était tenu pour lui tirer dessus, le samedi d'avant.

Il portait ce qu'il avait fini par considérer comme son uniforme de veilleur de nuit : casquette de base-ball noire, sweat-shirt bleu foncé, jeans, espadrilles. Il s'adossa à un arbre et déploya la couverture d'armée sur ses jambes. Sa Thermos de café gisait sur le sol à portée de sa main gauche, son fusil était posé au travers de ses genoux, et Ralph était couché à sa droite.

La lune n'était plus qu'une mince virgule au bas du ciel. Il n'y avait pas de nuages et les étoiles, vives et abondantes, répandaient une pâle lumière jaune dans la clairière.

Calhoun veillait. Il était parfaitement détendu, mais alerte. Pas fatigué le moins du monde en dépit de ses trois nuits blanches. Il se disait qu'il pourrait facilement rester là toute une nuit sans fin, l'esprit vide et satisfait.

Au bout d'une heure, il reprit un peu de café. Ralph leva la tête, s'assura qu'il ne se passait rien d'intéressant, et la laissa retomber sur ses pattes.

Une heure plus tard – il était environ 2 heures du matin – Calhoun tendait la main pour attraper sa Thermos, lorsqu'il entendit un léger bruissement à l'orée de la clairière.

Il fixa intensément l'endroit des yeux.

Encore des cerfs, probablement. Ou un coyote, ou un porc-épic. Ces deux dernières nuits, il avait entendu bien des sons de ce genre.

Puis il y eut un nouveau bruissement et il comprit qu'il se passait quelque chose. Rien à voir avec un cerf. Ni avec les autres bruits d'animaux qu'il avait entendus les nuits précédentes.

Dans son imagination, pour le moins, c'était le son d'une botte écrasant les feuilles humides, celui d'un homme s'efforçant de marcher sans bruit, levant un pied pour le replacer précautionneusement devant lui, testant le sol de la pointe avant de basculer son poids dessus, et qui soulevait ensuite doucement l'autre pied pour le faire glisser le long du sol, vers l'avant.

Ce qu'avait entendu Calhoun, c'était ce pied faisant craquer la litière de feuilles mortes de l'automne précédent.

Ralph se leva vivement. Dressant l'oreille, il émit un gémissement sourd. Il cessa de geindre lorsque Calhoun posa sa main sur son dos. Calhoun sentait le chien trembler.

Puis il vit une ombre glisser entre les buissons et s'approcher de la cabane, se déplaçant à pas si feutrés qu'elle semblait immobile. Une ombre qui se tenait debout, pas la silhouette horizontale d'un cerf.

C'était la silhouette d'un homme penché en avant, marchant avec prudence le long de la clairière sans quitter l'ombre protectrice du sous-bois.

Calhoun effleura la tête de Ralph. "Couché", chuchota-t-il.

Ralph se coucha.

Il lui tapota le museau. "Ne bouge surtout pas."

Il repoussa doucement la couverture de ses jambes, prit sa Remington à deux mains et se releva lentement sans jamais quitter des yeux l'ombre mouvante qui gagnait sa cabane en catimini.

Calhoun bifurqua vers la gauche. Il comptait contourner la cabane par-derrière pour intercepter l'homme de l'autre côté. Il avait étudié le parcours de jour, l'avait planifié en prévision de ce moment, et le chemin était imprimé dans sa tête. Il y avait là des rochers, des souches pourries et des buissons de ronces, mais Calhoun savait où ils se trouvaient et comment les esquiver. Il restait près des sapins qui formaient un écran d'ombres noires et dont les aiguilles faisaient sous ses pieds un tapis doux et silencieux.

Juste avant de passer derrière la cabane, il s'arrêta et observa la clairière.

Il cherchait à comprendre le plan de l'homme. Se faufiler par la porte d'entrée ? Espionner par la fenêtre, repérer l'endroit où il dormait, tirer de là ?

Hormis Kate, les seules personnes qui savaient où se trouvait sa chambre étaient Lyle, le shérif Dickman et l'Homme au Costume.

Il se glissa hors des bois et gagna l'arrière de la cabane. Il s'arrêta, s'appuya contre le mur et tendit l'oreille.

Un bruit de pas. Puis un autre, étouffé mais distinct. Tout près. Il entendit le souffle de l'homme, vif et bas, comme s'il était nerveux ou hors d'haleine.

Calhoun longea précautionneusement le mur jusqu'à l'angle de la cabane. Tenant son fusil des deux mains, il tendit prudemment le cou.

L'homme était penché près de la cabane, le dos tourné. On avait l'impression qu'il nouait ses lacets.

Au moment où Calhoun contournait l'angle, l'homme se redressa. Ce n'était pas Lawrence Potter. Ce type-là était plus grand que Calhoun, avec des épaules robustes, un torse lourd, une taille épaisse. Il tenait un bidon à la main gauche, un fusil à la droite. S'il se retournait, il l'apercevrait.

Calhoun porta son fusil à sa hanche. Le cran de sûreté était levé. Il ne demandait pas mieux que d'atomiser ce fils de pute.

Tandis qu'il se rapprochait, l'homme se pencha et déposa précautionneusement son fusil à terre. Puis il se redressa, agrippa le bidon des deux mains, le souleva à hauteur d'épaule et l'inclina. À la pâle lumière des étoile, Calhoun vit un liquide se déverser du goulot sur sa cabane.

Puis il sentit l'odeur. De l'essence.

Calhoun fit trois pas rapides en avant, leva son fusil et colla le canon contre la nuque de l'homme.

— Bouge pas, chuchota-t-il.

L'homme se figea.

— Jette ce bidon.

L'homme hésita, puis il pivota soudain et lança le bidon en arrière, visant Calhoun à la tête.

Calhoun se baissa aussitôt et le gros bidon d'essence rata son visage de quelques centimètres seulement. Dans l'élan pris pour accomplir ce geste violent, l'inconnu avait trébuché pour atterrir à quatre pattes sur le sol.

Calhoun fit un pas en avant, leva son fusil et lui enfonça la crosse dans les reins.

L'homme poussa un grognement, s'étala sur le sol et resta allongé à plat ventre, haletant et gémissant.

Calhoun ficha l'avant du fusil entre les jambes de l'inconnu.

— Retourne-toi, dit-il. Lentement, ou je te fais sauter les couilles.

— OK, OK, grogna l'homme.

Il se retourna.

— Bon Dieu, dit Calhoun.

C'était Marcus Dillman, le petit-fils de Jacob.

Calhoun recula d'un pas.

— Lève-toi, Marcus, dit-il. Te presse pas, t'as tout ton temps. J'ai de la chevrotine double zéro et je n'hésiterai pas à te faire un trou dans le ventre. J'irais jusqu'à dire que ça me ferait plaisir.

Marcus se remit péniblement à quatre pattes, remplit ses poumons d'air et se releva lentement.

— Je veux voir tes deux mains derrière la tête, dit Calhoun. Et qu'elles y restent.

Marcus croisa ses mains sur sa nuque.

— Faut que je vous explique, monsieur Calhoun.

— Pour l'instant, tu peux te mettre tes explications où je pense. On rentre appeler le shérif, et tu peux prier pour que je ne change pas d'avis en ce qui concerne tes burnes. Parce que tu commences à me les courir, Marcus, et ça m'embêterait pas plus que ça de te descendre. Avance, maintenant. Tout doux, pas à pas.

Marcus, sans décoller les mains de la nuque, se dirigea vers l'avant de la cabane. Calhoun le suivait à deux pas, braquant sa Remington sur son dos.

Comme ils approchaient l'angle de la cabane, un objet dur et pointu vint s'abattre entre les omoplates de Calhoun, le faisant soudain trébucher. Et revint le frapper dans le dos, le projetant sur ses genoux.

Derrière lui, la voix d'un homme dit :

— Jetez ce fusil, monsieur Calhoun.

Calhoun jeta la Remington sur le côté. Il avait reconnu la voix.

Il pivota pour faire face à David Ross.

Ross pointait sur lui une carabine 22 long rifle à simple action. Il la tenait dans sa main gauche à la façon d'un pistolet, la crosse calée contre sa hanche.

— Marcus, dit Ross, pour l'amour de Dieu, enlève les mains de ta nuque. Ramasse ce bidon et finis c'que t'as commencé.

— Vous allez me dire ce qui se passe ici ? dit Calhoun.

— J'en vois pas la nécessité. Ça changera rien à ton sort, d'une façon ou d'une autre.

— Je ne comprends pas pourquoi il a fallu vous en prendre à Millie.

— Ça m'a fait mal au cœur, dit Ross. Chouette fille, Millie.

— Et Lyle, dit Calhoun. Il n'avait jamais fait de mal à personne.

— C'est vrai. (Ross regarda Calhoun en hochant la tête.) Ça servirait à rien de t'expliquer. Mais je suis désolé, pour ce que ça vaut. J'pouvais pas faire autrement.

— Vous êtes malade, Ross.

Ross hocha la tête.

— Ouais, faut croire.

Marcus avait repris le bidon d'essence. Il le vida entièrement sur la cabane.

— C'est prêt, monsieur Ross.

— Lâche pas ce bidon, fiston. Pas question d'le laisser sur place. Ramasse ton fusil et garde-le pointé sur M. Calhoun, ici présent. Marcus a un calibre 30-06, Calhoun, et s'il est lent d'esprit il a la gâchette rapide. Il l'a chargé avec des balles creuses. Il y a de quoi t'faire un trou dans le ventre suffisamment grand pour y garer ton vieux camion. Allez, les gars, on rentre dans la cabane et on en finit.

29

Ils longèrent la cabane en formant une petite procession.

Ross, son arme calée au creux du bras, marchait en tête. Derrière lui, Calhoun était suivi de Marcus Dillman avec sa carabine.

Calhoun examina la situation. Il pouvait se précipiter en avant, jeter Ross à terre d'un coup de poing, peut-être même s'emparer de son fusil. Avec un peu de chance, Marcus hésiterait avant de lui décharger son arme dans le dos. Dans la confusion, il risquait même de le rater.

Ou de l'étendre mort, plus probablement.

Ou bien Calhoun pouvait se jeter en arrière, faire sauter le fusil des bras de Marcus et s'enfuir vers les bois.

Mais ces hommes étaient tous deux chasseurs, ils savaient se servir de leurs armes, viser juste et tirer vite. Calhoun calcula ses chances froidement et objectivement. Il y en avait peu pour qu'il réussisse à s'enfuir sans se prendre une balle. Trop peu.

Une partie de lui-même observait ses propres réactions. Il était calme. Il réfléchissait, pesait ses options. Il se faisait confiance pour prendre la bonne décision.

Et pour l'instant, la bonne décision consistait à poursuivre son chemin. Il attendrait une meilleure occasion.

Ils allaient gagner la porte d'entrée quand Ross s'exclama soudain "Haa ! merde !" et trébucha sur le côté.

Calhoun s'arrêta et sentit le canon du 30-06 heurter le creux de son dos.

Il entendit un grognement sourd et profond. Puis il vit Ralph, les dents plantées dans le mollet de Ross.

Ross brandit son fusil comme un gourdin et assena un coup de crosse sur l'échine du chien. Ralph tint ferme. Ross le frappa de nouveau, cette fois sur l'épaule, et Ralph alla rouler sur l'herbe. Il resta allongé sur le flanc, pantelant.

— Bon Dieu de bon Dieu, grommela Ross.

Il donna un coup de pied dans les côtes de Ralph. Le chien gémit un peu sans bouger.

— Bougez pas, monsieur Calhoun, dit Marcus derrière lui.

— Compte là-dessus, dit Calhoun.

Il s'agenouilla à côté de Ralph, toujours haletant. Sa langue pendait et ses yeux étaient exorbités. Calhoun lui caressa la tête, puis passa sa main le long de l'échine et des côtes. Le petit moignon de queue remua une ou deux fois dans un faible effort pour s'agiter.

Calhoun posa la tête du chien sur ses genoux et la caressa.

— Je t'avais dit de pas bouger, dit-il à Ralph.

— Fais-le dégager, dit Ross à Marcus.

Calhoun sentit le canon du fusil de Marcus contre son dos.

— Faut y aller, monsieur Calhoun, dit Marcus.

Calhoun regarda Ross.

— Si vous avez tué mon chien…

— Ouais ? Tu vas quoi ?

— Je vous tuerai.

Ross acquiesça.

— Dans un sens, j'te comprends. Mais t'auras du mal. (Il agita son fusil.) Reviens par là, Calhoun.

Calhoun se leva et fit quelques pas de côté.

Ralph resta étendu sur le sol. Hormis sa poitrine qui se soulevait rapidement, il ne bougeait plus.

— Tue-le, dit Ross à Marcus.

Marcus fronça les sourcils.

— Hein ?

— Achève ce foutu cabot.

— Oh, monsieur Ross, j'peux pas tuer un chien. C'est un bon chien, çui-là.

— Imbécile, grommela Ross.

Il s'approcha de Ralph et pointa son arme sur la tête du chien.

— Faut que je fasse tout moi-même si je veux que ce soit bien fait.

Marcus le rejoignit aussitôt. Il empoigna la carabine de Ross et la lui arracha des mains.

— Non, monsieur Ross. S'il vous plaît. Faut pas tuer ce chien.

Le temps pour Calhoun de réaliser qu'il pouvait profiter de l'occasion, elle était passée. Il ne pensait qu'à Ralph.

Ross avait repris possession de son arme. Il foudroya Marcus du regard.

— Refais jamais un truc comme ça.

Marcus baissa la tête.

— Désolé, monsieur Ross.

Ross acquiesça.

— OK. Ramasse ce foutu chien et porte-le à l'intérieur, alors.

Marcus posa son fusil sur le sol. Il s'accroupit et murmura :

— J'vais pas te faire de mal, mon petit.

Il ramassa Ralph et le berça contre sa poitrine. Ralph poussa un léger jappement, puis resta immobile entre les bras musclés de Marcus.

— Avance, dit Ross en braquant son arme sur Calhoun. Entre dans la cabane.

Calhoun entra le premier, suivi de Ross, Marcus formant l'arrière-garde avec Ralph dans les bras.

Sur le seuil, Ross dit à Calhoun :

— Doucement… Ouvre la porte et allume la lumière.

Calhoun obéit.

Ils entrèrent tous. Ross fit s'asseoir Calhoun sur une des chaises de cuisine. Marcus déposa Ralph sur le plancher puis se dirigea vers l'évier.

— Qu'est-ce que tu fous ? demanda Ross.

— J'vais chercher un peu d'eau pour c'te pauvre bête.

— On s'en fout de ta pauvre bête.

Marcus ne lui prêta aucune attention. Il trouva un bol qu'il remplit d'eau et le porta à l'endroit où Ralph était étendu. Il s'agenouilla près du chien, lui souleva la tête et rapprocha le bol d'eau. Ralph lapa mollement une ou deux fois, puis laissa sa tête retomber sur le plancher.

Marcus caressa un moment la tête du chien, puis se détourna.

— Et maintenant, monsieur Ross ?

Ross avait tiré une chaise au centre de la cuisine. Il s'y était assis, massant son mollet de la main droite, braquant de l'autre son fusil sur Calhoun.

— Va chercher ton arme, dit-il à Marcus. Faut en finir, maintenant.

Marcus sortit et Calhoun resta assis en face de David Ross, l'homme qui avait tué Lyle, incendié la maison de Millie et tabassé Ralph.

Il estimait qu'il disposait d'environ deux minutes avant le retour de Marcus.

Ross le visait toujours, l'index crispé sur la gâchette. Le petit canon n'était plus qu'un trou noir braqué sur le sternum de Calhoun.

Il n'y avait pas moyen d'empêcher Ross de tirer le premier coup. Mais c'était un fusil à simple action, et avant de tirer une seconde fois, il lui faudrait ôter son doigt de la gâchette, empoigner la culasse, éjecter la douille vide et en glisser une autre dans la chambre.

Il fallait lui céder ce premier coup.

Ross le fixait du regard. Ses yeux pâles étaient vifs, rusés et calmes.

Calhoun le fixa à son tour droit dans les yeux, comme pour prendre le contrôle de son regard. Puis il se retourna soudain et hurla :

— Ralph, non !

Ross tourna imperceptiblement la tête et, au même instant, Calhoun se projeta hors de sa chaise et roula sur le sol avant de se retrouver debout sur ses pieds. Il entendit le *plop !* du calibre 22 et son oreille gauche le brûla douloureusement, juste avant qu'il n'entre en collision avec Ross.

Tous deux trébuchèrent en arrière, culbutant la chaise où Ross était assis. Calhoun attrapa le fusil par le canon, l'arracha des mains de Ross et en fracassa la crosse contre sa tête. Puis il se jeta sur le côté et glissa une nouvelle balle dans la chambre.

— Halte-là, monsieur Calhoun.

Marcus se tenait sur le seuil, sa carabine à la hanche. Il ne voulait pas tuer un chien, d'accord. Mais un homme ? Pas si sûr.

Calhoun n'attendit pas d'être certain. Il tira une balle dans la cuisse droite de Marcus.

Le garçon ouvrit tout grand les yeux. Il regarda sa jambe, où une tache de sang apparaissait sur le devant de son jean. Puis il secoua la tête et regarda Calhoun avec de grands yeux incrédules.

— Vous m'avez tiré dessus, dit-il.

Avant que Calhoun n'ait pu recharger la carabine, Marcus fit demi-tour et sortit par la porte de devant.

Calhoun resta un moment assis sur le plancher, vaguement conscient d'une brûlure à son oreille gauche. Il y porta la main, et elle revint humide de sang.

David Ross, à moitié assis contre le mur, le fixait d'un œil vide, une main contre sa tempe.

Calhoun essuya sa main sanglante sur son pantalon et se leva. Il glissa une autre balle dans la chambre, se dirigea vers Ross, posa le canon de l'arme contre le genou de l'homme et pressa la détente.

Ross hurla et glissa à terre, où il se recroquevilla en position fœtale.

— Toi, tu bouges pas d'ici, lui dit Calhoun.

Il gagna la porte et s'arrêta. Marcus avait pu se poster dehors, le fusil braqué sur le seuil. Calhoun ferait une cible idéale s'il restait planté là, éclairé par-derrière. Mais il était plus probable que Marcus avait fui. Il avait refusé d'abattre Ralph et il n'avait pas tiré sur Calhoun quand il en avait eu l'opportunité. Marcus n'était pas un tueur.

Calhoun sortit rapidement sur la terrasse et c'est alors qu'il entendit au loin des pas lourds et traînants qui remontaient le chemin vers la route. Marcus avait peut-être cinquante mètres d'avance. Même avec une balle dans la jambe, il arrivait encore à marcher.

S'il parvenait à son camion, il prendrait la fuite. Tout ce que Calhoun avait en tête à présent, c'était de le rattraper.

Il sauta à bas de la terrasse et se mit à courir. Quand avait-il essayé pour la dernière fois de courir aussi vite ? Ses pieds dévoraient l'espace.

Le chemin était long de cinq cents mètres environ, et il accéléra l'allure, sautant par-dessus les bosses et les creux. Il entendait Marcus devant lui, et il se figurait le garçon clopinant hâtivement, un grand gars stupide avec une balle dans la cuisse cherchant à rejoindre son camion pour s'enfuir.

Les pieds de Calhoun semblaient à peine toucher le sol. Il était prêt à courir sans fin pour rattraper l'homme qui avait été l'instrument de Ross, qui avait assommé Millie et réduit sa maison en cendres, et qui s'apprêtait à traiter Calhoun de la même façon.

Le chemin s'achevait cinquante mètres plus loin, au sommet de la pente où il dessinait une courbe, et c'est alors qu'il entendit un moteur de camion qu'on mettait en marche.

Puis il y eut un grand fracas d'acier. Calhoun entendit un moteur geindre, un levier de vitesse grincer, des pneus crisser sur le gravier. De nouveau, un fracas. Des phares clignotèrent et scintillèrent violemment devant lui, à travers les arbres.

Il atteignit le sommet de la colline et, malgré l'adrénaline qui affluait dans son corps, il eut soudain envie de rire au spectacle qui s'offrait à ces yeux.

Ross et Marcus étaient venus dans le grand pick-up de Ross, avec la barre d'arrimage à l'avant. Ils s'étaient garés à l'entrée du chemin qui menait chez Calhoun, s'y engageant juste assez pour que le pick-up fût invisible de la route.

À présent, le Blazer de Kate était garé devant le camion, lui barrant l'accès, et Marcus se bornait à emboutir stupidement l'avant de sa barre d'arrimage, frappant, reculant, frappant de nouveau. À la lumière des phares, Calhoun vit que le Blazer n'était plus qu'une épave. Mais c'était un mastodonte et, chaque fois que Marcus l'emboutissait, il ne faisait que reculer de quelques pieds.

Puis, dans l'éclat des phares, Calhoun aperçut le visage de Kate derrière le pare-brise. Son regard était sauvage et furieux, et il se rendit compte que le moteur du Blazer vociférait et que Kate était passé en première pour faire reculer Marcus.

Combat de titans entre deux gros 4 × 4.

Calhoun courut vers le camion. Il ouvrit la portière d'un geste, attrapa Marcus par sa chemise et l'extirpa de force. Tous deux roulèrent sur le sol. Calhoun roula sur le côté et lorsqu'il se remit sur ses pieds, il vit que Marcus tâtait le sol à la recherche de son fusil.

Calhoun se précipita et son pied alla frapper la poitrine de Marcus. Marcus s'écroula en avant, puis se remit debout en chancelant. Sa jambe de pantalon était humide, luisante de sang. Il s'accroupit en jetant à Calhoun un œil farouche, ouvrant ses bras musclés comme un catcheur qui guette le moment de l'assaut.

Calhoun feinta de la gauche, fit deux pas rapides, pivota et son pied alla frapper la cuisse blessée de Marcus.

Marcus hurla et réussit à attraper la jambe de Calhoun. Il le fit basculer au sol et se jeta sur lui, cognant de ses gros poings, martelant les côtes et les bras de Calhoun, portant des coups lourds telle une massue vivante. L'un d'eux atteignit Calhoun en plein cœur, et il eut l'impression que sa cage thoracique se fendait en deux et que tout l'air s'échappait de ses poumons.

Une côte cassée, se dit-il froidement.

Calhoun réussit à se tourner de façon à ce que les poings de Marcus retombent sur son dos et ses épaules. Marcus se jeta sur lui, le retourna sur le dos et le chevaucha. Un poids lourd, impossible à déplacer. Marcus avait ses deux mains sur la gorge de Calhoun. Calhoun haletait, privé d'air. Chaque fois qu'il essayait de reprendre son souffle, c'était comme si quelqu'un lui enfonçait un couteau de boucher dans la poitrine. La tête lui tournait. Ses bras retombaient, lourds et impuissants.

Une image lui traversa soudain la tête, comme un flash instantané. Dans un éclair, il se rappela avoir déjà vécu ceci à une autre époque. Il avait déjà combattu Marcus. Ou un autre gaillard de sa trempe.

Fais quelque chose, se dit-il. Maintenant, ou il sera trop tard.

Il parvint à dégager une de ses mains et, mobilisant ses dernières forces, il enfonça ses doigts raidis dans le plexus solaire de Marcus. Marcus hoqueta et ses mains lâchèrent la gorge de Calhoun, cherchant une prise sur son bras. Calhoun le frappa de nouveau et, lorsque Marcus essaya de s'écarter, il lui décocha un coup de genou entre les jambes, le faisant basculer sur le côté.

Il sauta à son tour sur la poitrine de Marcus et, usant du tranchant de sa main comme d'une arme, il le frappa de toutes ses forces à la jonction de la lèvre supérieure et du nez.

Les yeux de Marcus s'ouvrirent tout grand et il dit quelque chose qui ressemblait à "Hé ?". Son visage se couvrit soudain de sang et il s'écroula. Il resta couché sur le dos, immobile, les yeux exorbités.

Calhoun, à quatre pattes, tête baissée, cherchait à reprendre son souffle. Au bout d'une minute, il se laissa aller sur le dos et ferma les yeux.

Un peu plus tard – quelques minutes ou quelques heures –, Calhoun sentit une lumière vive sur son visage. Il entrouvrit les paupières.

Le soleil ? Non. Un rayon trop lumineux pour que ce soit le soleil.

— Comment ça va, Stoney ?

C'était la voix du shérif Dickman.

Calhoun posa une main en visière.

— Éloigne cette foutue torche, shérif.

Le rayon s'éloigna. Calhoun souleva ses paupières et cligna des yeux. Dickman était accroupi près de lui.

— T'es blessé, fiston ? demanda-t-il.

— Une ou deux côtes cassées, peut-être, grogna Calhoun. (Il se frotta la gorge.) Sinon, je crois que ça va.

— T'as le visage en sang.

— Ross m'a blessé à l'oreille.

— T'as pas raté Marcus.

— Il est très amoché ?

— Pas mal. Tu lui as cassé quatre dents et le nez en prime. Il est encore dans le coaltar.

— Faut croire que j'ai atteint mon but.

— Dieu sait où t'as appris tout ça, mon vieux. T'aurais pu le tuer.

— Je voulais pas le tuer, dit Calhoun. Si j'avais voulu…

Le shérif l'examinait comme s'il le voyait pour la première fois. Il ouvrit la bouche, puis secoua la tête.

— T'es une espèce d'arme fatale, Stoney.

— J'ai fait des trucs que je savais pas pouvoir faire, dit Calhoun.

Il prit une grande inspiration malgré la douleur et se remit péniblement en position assise. Il regarda autour de lui. Kate, debout derrière le shérif, se tenait les épaules, l'air grave. Elle portait une longue jupe et un corsage.

— Hello, chérie, dit Calhoun.

Elle lui sourit et chuchota :

— Hello.

— Où est Ralph ? Ralph va bien ?

Dickman fit un pas de côté et Calhoun aperçut Ralph étendu au sol près de Kate.

Calhoun tendit la main.

— Viens là, dit-il.

Ralph se leva avec difficulté. Il le rejoignit en boitillant et lui lécha le visage.

Calhoun passa un bras autour de son cou.

— Bon Dieu, dit-il, quand vas-tu apprendre à m'obéir ? Je t'avais dit de ne pas bouger.

Ralph haussa plus ou moins les épaules et s'étendit à côté de son maître, le menton sur ses pattes.

30

Le shérif vint s'accroupir près de Calhoun, toujours assis sur le sol à caresser Ralph d'une main, l'autre passée autour des épaules de Kate.

— Faut qu'on t'emmène à l'hôpital, dit Dickman. On te passera aux rayons X et on rafistolera cette oreille.

Calhoun secoua la tête.

— J'ai dû me fêler une côte ou deux et ils n'y pourront pas grand-chose. L'oreille, je peux m'en charger tout seul. J'ai pas besoin d'aller à ce foutu hôpital. J'aime pas trop les hôpitaux.

— Comment te sens-tu ?

— Je vais survivre, dit Calhoun. Où sont Ross et Marcus ?

— Déjà partis en ambulance. T'as explosé le genou de Ross de la bonne manière. (Le shérif jeta un coup d'œil autour de lui.) On a du pain sur la planche. Je vais devoir te parler. Et à toi aussi, Kate, ajouta-t-il à son intention.

— Maintenant ? dit Calhoun.

Dickman haussa les épaules.

— Non. Mais sans trop tarder.

— Je peux déjà te dire ceci. David Ross a reconnu tout à l'heure qu'il avait tué Lyle et agressé Millie. Marcus était son homme de main, mais il ne faisait qu'obéir aux ordres de Ross. Il a sauvé la vie du chien, ça en dit long. T'as qu'à examiner la carabine de Ross, shérif. Il a descendu Lyle avec, il s'en est servi pour me tirer dessus l'autre soir et mon idée c'est qu'il a sans doute tué Lawrence Potter avec, par-dessus le marché.

Dickman hocha la tête.

— Je suis parvenu à la même conclusion. Ce pied que tu as vu…

Calhoun acquiesça.

— C'était un vrai. Celui de Potter.

— Ce que je ne comprends toujours pas, dit le shérif, c'est le mobile. T'as une hypothèse ?

— C'est Ross qui a les réponses, à mon avis. Je crois qu'il visait Potter avant tout et que Lyle a été témoin du meurtre. Il a laissé Lyle sur place, mais il a enterré Potter pour que tout le monde croie que c'était lui, Green, qui avait tué Lyle. Pendant tout ce temps, on a couru après un mort et on a cru que ce mort était à ma poursuite. T'auras peut-être envie de demander à Ross ce qui est véritablement arrivé à Sam Potter pendant le grand incendie de 47. Demande-lui pourquoi il a acheté la propriété des Potter. Et s'il a des choses à dire à propos d'un trésor caché.

Dickman leva les sourcils.

— Un trésor caché ? Tu fais allusion à ce petit bout d'or que t'as trouvé ?

Calhoun haussa les épaules.

Le shérif se remit debout avec un grognement.

— On en reparlera plus tard. Je suppose que tu ne vas pas bouger d'ici ?

— Je ne compte aller nulle part.

— J'ai appelé une dépanneuse. Elle va débarrasser le chemin de ces deux véhicules. (Le shérif se tourna vers Kate.) J'ai bien peur que le tien soit bon pour la casse.

Kate sourit.

— Il était temps.

Tandis que les véhicules de police repartaient, Calhoun et Kate restèrent assis à l'extrémité du chemin. Ils furent bientôt seuls.

Les étoiles pâlissaient au-dessus de leurs têtes. Le ciel prenait des teintes argentées et, dans la forêt, les oiseaux accordaient leurs voix pour le chœur matinal. Calhoun estimait qu'il devait être environ 5 heures du matin. Il s'était écoulé trois heures depuis qu'il avait entendu Marcus piétiner les feuilles mortes près de chez lui.

— Tout va bien, chérie ?

Kate sourit.

— Tout va bien.

— Donne-moi un coup de main.

Elle se leva, glissa un bras autour des épaules de Calhoun et l'aida à se remettre sur pied.

Sa poitrine lui faisait un mal de chien.

Elle l'étreignit doucement une minute, puis dit :

— Viens. On va essayer de te remettre en état.

Il descendit l'allée en boitillant, appuyé sur elle. Ralph trottinait tant bien que mal près d'eux. Calhoun se tourna vers Kate.

— Tu es rudement jolie aujourd'hui, chérie. J'en ai le souffle coupé.

— Si tu as le souffle coupé, dit-elle, c'est parce que tu as deux côtes cassées.

De retour à la cabane, Kate nettoya l'oreille de Calhoun et lui appliqua un pansement de fortune. La balle n'avait fait que l'effleurer, dit-elle. Ça n'était pas aussi terrible que ça en avait l'air avec tout ce sang.

Puis Calhoun ressortit, alla chercher son tuyau et arrosa le mur de sa cabane que Marcus avait aspergé d'essence, laissant le bois absorber l'eau jusqu'à écarter tout danger.

Lorsqu'il rejoignit Kate et Ralph à l'intérieur, Kate avait préparé du café. Ils emportèrent leurs tasses sur la terrasse et regardèrent le jour se lever.

— Millie pense qu'on devrait aller au restaurant, dit Calhoun. Faire une apparition publique. Arrêter de se voir en douce. Elle dit que tout le monde est au courant, de toute façon.

Kate lui pressa la main.

— Millie a peut-être raison. Walter dit la même chose.

— Tu vas faire quoi, pour Walter ?

Elle secoua la tête.

— Prendre soin de lui du mieux que je pourrai, Stoney. Je lui dois ça.

— Oui, je suppose.

— Je tiens à Walter. C'est un type bien et je l'ai aimé autrefois. (Elle hésita.) Dans un sens, je l'aime encore. (Elle prit le visage de Calhoun dans ses mains et le tint contre son visage.) Mais pas comme je t'aime.

— Quand Millie sortira de l'hôpital, si on allait chez Juniper's, tous les trois ? Ça t'irait ?

— Une femme à chaque bras, dit-elle. Quel succès tu auras. Tu as envie d'aller au lit ?

— Je ne me sens pas très fatigué.

— Et alors ?

Plus tard, ils s'endormirent.

Calhoun se réveilla vers le milieu de l'après-midi. Lorsqu'il voulut rouler sur le côté, c'était comme si Marcus avait brisé tous les os de son corps. Il lui fallut plusieurs minutes pour réussir à s'asseoir, basculer ses jambes sur le côté du lit et se lever péniblement.

Les couvertures étaient tombées au pied du lit et Kate dormait de tout son long sur le ventre, serrant un oreiller contre elle, ses cheveux noirs lustrés déployés en éventail sur son dos. Il abaissa son regard sur elle, admirant sa peau douce, sa taille fine, la courbe de ses hanches, ses longues jambes. Puis il sourit, laissa échapper un long soupir et remonta le drap sur elle.

Il clopina jusqu'à la cuisine, rechargea la cafetière et s'affaissa sur une chaise.

Ralph l'avait suivi hors de la chambre. Lui aussi clopinait.

Calhoun lui gratta l'oreille.

— On fait la paire, hein ?

Ralph soupira et se coucha à côté de sa chaise.

Quelques minutes plus tard, Ralph grogna et Calhoun entendit un véhicule venir du chemin. Une portière claqua et il ne se donna pas la peine de se lever en entendant des pas sur le perron.

— Entre, dit-il.

Le shérif Dickman poussa la porte et resta sur le seuil, le chapeau à la main.

— Kate dort encore, dit Calhoun.

Dickman hocha la tête et fit un signe en direction de la terrasse.

— Faut qu'on parle.

— Sers-nous un peu de café, dit Calhoun, et emporte-le dehors.

Ils s'assirent dans les fauteuils à bascule, sirotant leur café. Ralph s'étendit entre eux.

Dickman posa son chapeau sur ses genoux et ses pieds sur la balustrade.

— On a causé avec Ross et Marcus, dit-il. Ils se sont montrés coopératifs, tous les deux.

— Tu peux me raconter ?

— J'y vois aucun inconvénient. Ross a signé une confession. Il était plein de remords d'avoir tué Lyle et blessé Millie. Mais il arrêtait pas de dire qu'il n'avait pas le choix. (Dickman laissa son regard errer du côté de la rivière.) Comme tu l'as deviné, David Ross s'appelait Raczwenc en 1938, l'année où Sam et Emily Potter ont acheté la propriété de l'autre côté de la route et se sont bâti une ferme au fond des bois. Les Raczwenc étaient juifs. Sam Potter, lui, c'était un vieux fanatique sudiste et un antisémite déchaîné. Il avait fait la guerre, et sa section avait été libérer un des camps de la mort. Il a vécu cette horreur en direct… et ça l'a rendu pire. Sam Potter était un malade, un paranoïaque, une âme hantée, ça fait aucun doute. Quoi qu'il en soit, après que les Potter ont emménagé, il est arrivé de drôles de choses aux Raczwenc. Ils ont retrouvé leur bétail décimé : des boucs et des vaches égorgés, les oreilles coupées, le ventre ouvert. Une nuit il se sont réveillés et ils ont vu une croix embrasée devant leur maison.

Le shérif secoua la tête, jeta un coup d'œil à Calhoun et reprit sa contemplation de la rivière.

— David Raczwenc était adolescent. Les Potter avaient deux gosses, une fille et un garçon. Le garçon, Lawrence, avait quelques années de moins que David mais il le persécutait à la moindre occasion. En le traitant de sale Juif, de meurtrier du Christ, toute la merde habituelle. Il se vantait que son père les aurait un jour, qu'il avait vu les Juifs dans les camps de concentration. La tête du gamin était remplie de ce poison. Lawrence Potter racontait que son père avait rapporté un trésor de guerre, un souvenir des camps de la mort.

Le shérif s'arrêta et regarda par-dessus l'épaule de Calhoun. Calhoun se retourna et vit Kate, debout sur le seuil.

— Viens t'asseoir, chérie, dit Calhoun. Autant que tu entendes ça, toi aussi.

Elle s'assit sur la balustrade et leur fit face.

— J'en ai entendu une partie, dit-elle. La partie sur le trésor.

— Lawrence Potter disait à David que son père avait rapporté chez lui un sac plein de dents juives, dit le shérif. Des couronnes, des incrustations en or, des bridges arrachés par les nazis aux bouches de ces pauvres gens. C'était ça, le trésor.

— Quelle horreur, dit Kate dans un souffle.

Dickman laissa échapper un long soupir.

— Un jour d'été avant l'incendie, le jeune David rentra de l'école et trouva Saul, son père, une corde au cou, pendu à une poutre de la grange, le visage ensanglanté. Mort, bien sûr. On a fini par décréter que c'était un suicide alors qu'il avait les bras et le visage lacérés. Il y a eu pas mal de rumeurs pour dire que Sam Potter avait tué Saul, et le shérif local a mené une enquête, mais elle n'a pas abouti.

David Raczwenc était persuadé que Sam Potter avait tué son père, et il brûlait déjà de haine envers les Potter. Ce jour d'octobre 1947, quand l'incendie est arrivé en tornade à travers bois, apparemment décidé à ravager le pays, il a vu sa chance. Il est monté en douce à la ferme des Potter…

— … et il a tué Sam Potter, acheva Calhoun.

— Oui. Il a tué Sam avec sa carabine, puis il a mis le feu à la maison et il est revenu chez lui. Les enfants Potter – Lawrence et Martha – étaient à l'école ce jour-là et leur mère se trouvait ailleurs, sans quoi David les aurait tous tués. (Dickman hocha la tête.) À l'époque, tout le monde a cru que Sam Potter avait succombé à l'incendie. David Ross était le seul à connaître la vérité. Il a grandi, il s'est marié, il a élevé deux gosses, il a vieilli et pas un jour ne s'est écoulé sans qu'il ne repense à Sam Potter qui avait tué son père et à cet affreux trésor dont parlait Lawrence Potter. Il a patienté près de soixante ans. Il a acheté la propriété des Potter quand l'État l'a confisquée et il a veillé dessus en attendant son heure. D'après ce qu'il dit, il n'a jamais douté que Lawrence reviendrait. Il l'a reconnu dès la minute où il l'a vu sortir de ce vieux Dodge. À cause de ses oreilles. Depuis tout petit, Lawrence Potter avait les oreilles décollées.

— Il les a suivis là-bas, il a tué Lawrence et Lyle l'a vu faire, dit Calhoun.

— Ouaip. Quand Ross est arrivé près de l'étang, Lyle pêchait sans se préoccuper du reste et Potter descendait de la colline avec son trésor. Potter était venu avec Lyle et il serait reparti avec Lyle. Mais Ross n'avait pas d'autre choix que de tuer Lyle dans la foulée. Et il l'a fait. Il les a tués tous les deux, puis il a appelé Jacob en disant qu'il avait du boulot pour Marcus, et tous deux ont été enterrer Lawrence au bas de la vallée. Ils ont caché le camion de Lyle dans la remise de David, et la nuit suivante, Ross l'a conduit derrière l'école élémentaire de South Riley. Marcus, qui le suivait en voiture, l'a ramené chez lui. David voulait faire croire que Green avait tué Lyle. Nous lancer à la poursuite d'un mort.

— Sauf que Ralph a trouvé son pied, dit Calhoun.

Le shérif le regarda.

— Tu avais raison, Stoney. C'était un vrai pied.

— J'admets en avoir douté, dit Calhoun.

Dickman sourit.

— Quoi qu'il en soit, Ross t'a vu sortir cette nuit-là avec ton chien et il s'est inquiété à l'idée qu'on risquait de trouver le corps. Du coup il a fait venir Marcus pour l'aider à le déplacer. Le temps qu'on revienne cette nuit-là, le cadavre avait disparu, et le lendemain la pluie avait fait disparaître toutes les odeurs.

— Tout le monde a cru que j'étais fou, dit Calhoun. Moi compris.

— Pas Ross, dit le shérif. Il s'est dit que, tôt ou tard, tu trouverais le fin mot de l'histoire.

Calhoun haussa les épaules.

— J'aurais bien fini par y arriver.

Le shérif acquiesça.

— Ross a volé la carte de crédit de Green et l'a utilisée chez le loueur de voitures deux jours après que vous avez trouvé ce pied, Ralph et toi, juste pour nous faire croire que Green était toujours en vie.

— On a marché. Et Anna Ross, que savait-elle de tout cela ?

— Rien, apparemment. On l'a interrogée ce matin. Elle admet avoir menti sur ce qui s'était passé le soir où tu avais trouvé le pied de Potter sortant du sol. Mais elle ne faisait qu'obéir à son mari. Elle n'était pas au courant de ce qu'il tramait. Les Ross sont de la vieille école, tu sais. Le mari ne dit pas à sa femme ce qu'il mijote, et elle ne pose pas de questions.

— Pourquoi s'en prendre à Millie ? demanda Calhoun.

— Pour la même raison qu'il s'en est pris à toi. Il savait qu'elle consultait les actes de propriété, qu'elle fouinait pour toi. La veille du jour où Ross a mis le feu à sa maison, elle était à la bibliothèque où elle lisait des vieux journaux sur microfiches. Quelqu'un l'a dit à Ross et il a pensé que tôt ou tard elle tomberait sur un article racontant l'assassinat de son père maquillé en suicide, mentionnant peut-être Sam Potter, et que tu ferais le lien avec le reste.

Calhoun secoua la tête.

— Je savais que c'était à cause de moi, cet incendie. Et Jacob Barnes ? Il était complice ?

— Jacob assure qu'il n'était au courant de rien, et Ross le confirme. À un moment donné, il y a plusieurs années, Ross a eu des problèmes financiers. Il a eu des arriérés d'impôts sur le terrain des Potter. Il ne voulait pas le perdre, et il a demandé un prêt à Jacob, qui, en homme d'affaires avisé, a exigé une garantie. C'est alors qu'ils se sont associés. Jacob pensait qu'un jour ils vendraient cette terre pour en tirer de l'argent. Il n'avait aucune idée de ce que tramait Ross, ni de la raison pour laquelle il avait constamment besoin de Marcus. Jacob louait son grand benêt de petit-fils pour cinq dollars l'heure à quiconque avait besoin d'un aide musclé, et le pauvre Marcus ne faisait qu'obéir aux ordres.

— Jusqu'à brûler la maison de Millie Dobson, dit Calhoun.

— Et la tienne, dit Dickman en haussant les épaules.

— Et l'assommer ?

— C'est Ross qui s'en est chargé. Marcus ne ferait pas de mal à une femme.

— Ni à un animal, acquiesça Calhoun. Ross lui a dit de tuer Ralph et il a refusé.

— J'ai une question, dit Kate.

Dickman l'encouragea d'un signe de tête.

— Je m'interroge sur Green. (Elle fronça les sourcils.) Lawrence Potter, je veux dire. Je comprends qu'il ait eu besoin qu'on l'aide à retrouver l'endroit. Il n'y avait pas été depuis soixante ans. C'est pour ça qu'il a embauché Lyle. Mais pourquoi y aller sous un nom d'emprunt ?

Dickman haussa les épaules.

— On ne saura jamais vraiment, parce qu'on aura du mal à lui extorquer une réponse. Pour l'instant, j'ai mis quelques gars à creuser derrière la remise des Ross, pour dégager le corps de Lawrence Potter de sous le tas de fumier où Ross et Marcus l'ont porté cette nuit-là. Pour Ross, Potter savait que son père avait été assassiné le jour de l'incendie et que c'était Ross le coupable. Il n'est pas venu simplement reprendre son trésor mais venger son père. Ross est convaincu que s'il n'avait pas tué Potter, c'est Potter qui l'aurait tué. (Le shérif fit une pause pour boire une gorgée de café.) Ce qui est sûr, c'est que Potter est venu rechercher les dents en or. Son héritage en quelque sorte. (Il haussa les épaules.) Et voilà l'histoire, à moins que vous n'ayez encore un mot à dire.

Calhoun dit :

— Tu as des nouvelles de Millie ?

— Elle va s'en tirer. Elle devra rester hospitalisée quelques jours, mais elle a repris connaissance la nuit dernière et je parie qu'elle est déjà en train de fiche le souk là-bas.

Il se leva et tapota son Stetson contre sa cuisse comme pour l'épousseter.

— Que sont devenues ces dents ?

Dickman sourit.

— David Ross ne voulait pas s'approprier ce trésor. Tout ce qu'il voulait, c'était le soustraire aux Potter. Après avoir tué Potter et Lyle l'autre jour, Ross a pris quelques dents dans sa main et lorsqu'il les a senties sur sa paume, il a dit que c'était comme s'il tenait les vies de six millions d'âmes mises à la torture. Il a fait ce qu'il avait toujours prévu de faire. Il les a toutes jetées dans l'étang, sur le terrain des Potter. Il m'a fait promettre de les laisser là-bas, et je ne vois pas de raison de rompre cette promesse. Il dit qu'il faut qu'elles reposent enfin en paix et je pense qu'il a raison sur ce point.

Lorsque le shérif fut parti, Calhoun se pencha et prit la main de Kate.

— On dirait qu'il va te falloir une nouvelle voiture.

— C'est une bonne chose que j'aie pas fait réparer le tuyau d'échappement.

— Une bonne chose, ce serait qu'on s'associe pour la boutique, dit-il, les yeux fixés sur la rivière, craignant de croiser son regard.

— Toi et moi, associés, dit-elle doucement. J'aime bien cette idée.

Il pressa rapidement sa main. Ça lui plaisait à lui aussi. Il faudrait qu'ils en reparlent.

Mais pas maintenant. Il était trop sage pour tenter de pousser sa chance avec Kate.

La voiture verte était garée près de la cabane lorsque Calhoun revint de la boutique. Il s'était écoulé deux semaines ou presque depuis que David Ross était venu dans la nuit.

Ralph ne bondit pas des marches pour l'accueillir lorsqu'il descendit de son camion. Ralph ne bondissait pas trop ces derniers temps. Ni Calhoun, du reste. Les côtes fêlées mettent du temps à cicatriser.

Calhoun entra et trouva l'Homme au Costume sur la terrasse, buvant un Coca qu'il avait pris dans le réfrigérateur. Ralph, étendu à ses côtés, leva la tête, agita vaguement son moignon de queue, et laissa retomber sa tête sur ses pattes.

— Prends-toi un Coca, Stoney.

— Merci de votre hospitalité, dit Calhoun.

Il se servit un verre, retourna sur la terrasse et s'installa dans le fauteuil à bascule.

— C'est le moment de faire le point.

— Je me disais bien que vous feriez une apparition un de ces jours.

L'Homme au Costume laissa son regard se perdre dans les bois.

— Parfois, commença-t-il, des événements traumatiques obligent les gens à se rappeler des choses enfouies depuis longtemps. Des portes s'ouvrent, des lumières s'allument, et soudain tout est clair.

Calhoun se balançait lentement, écoutant la rivière couler. Il garda le silence.

— Mais pour toi, Stoney, les portes ne se sont pas ouvertes. Si ?

Calhoun secoua la tête.

— Non. Je ne me rappelle rien.

— Bien. (L'Homme au Costume s'éclaircit la gorge.) J'ai cru comprendre que tu avais eu le dessus sur… euh… un homme bien plus grand et bien plus costaud.

— J'ai eu un coup de chance.

Il se rappelait comment il avait utilisé ses mains et ses pieds contre Marcus.

— L'idée t'est-elle venue que tu avais été entraîné à le faire ?

Calhoun secoua la tête.

— Ou à te rappeler des visages si clairement que tu pourrais les dessiner de mémoire ?

— J'ai l'esprit un peu tordu. C'est tout ce que je sais.

L'Homme au Costume sourit. Calhoun ne se rappelait pas l'avoir déjà vu sourire.

— En somme, rien n'a changé depuis notre dernière conversation ?

— Je ne me rappelle rien, si c'est ce que vous voulez dire.

— Tu ne te souviens pas de l'homme qui t'a sauvé la vie, ni de ce que vous faisiez tous les deux à ce moment-là ?

— Non.

— Bien. (L'homme pencha la tête de côté et observa Calhoun.) Tu continues à te poser des questions ?

Calhoun haussa les épaules.

— Parfois, ça me paraît important de relier mes souvenirs. J'ai des flashs. Mais il y a des vides.

— L'histoire de ta vie. Ton enfance, tes parents.

— Oui.

— Je donne rien pour rien, Stoney. Faut me refiler quelque chose de temps à autre, tu sais.

— Je connais notre accord.

L'Homme au Costume finit son Coca, posa la canette vide sur la table et se leva.

— Bien. Je reviendrai.

— Je n'en doute pas.

Ils revinrent ensemble vers la voiture verte. Ralph les suivait. L'homme allait monter dans le véhicule lorsqu'il se retourna pour faire face à Calhoun.

— Dis-moi la vérité maintenant, Stoney, dit-il. Entre quatre yeux. En privé. Qu'est-ce que tu te rappelles pour de bon ?

Calhoun secoua la tête.

— Rien.

— Ça va, tu peux me le dire, tu sais.

— Je ne me rappelle rien.

L'Homme au Costume sourit.

— Parfait.

Il monta dans son camion, mit le contact et passa en marche arrière. Puis il s'arrêta et glissa son poing fermé par la fenêtre.

— Tiens, dit-il à Calhoun. (Il ouvrit le poing et montra sur sa paume trois balles.) Vaut mieux que tu les gardes. Tire sur le premier intrus qui se présente, l'ami.

Calhoun prit les balles. L'homme fit demi-tour et partit.

Calhoun fit rouler les balles sur sa paume, puis s'accroupit à côté de Ralph.

— Tire sur le premier intrus qui se présente, dit-il. Un sacré bon conseil.

Puis il rentra attendre Kate.